KB273485

한국대표단편소설

중학생이 되기 전에 미리 읽는

한국대표단편소설

1판 1쇄 펴낸날 2011년 9월 1일
7쇄 펴낸날 2017년 3월 10일

지은이 초록동화모임
그린이 백명식

펴낸이 은보람
펴낸곳 도서출판 달과소
출판등록 2010년 6월 21일 제2010-000054호
주소 우) 140-902 서울시 용산구 후암동 403-15
전화 02-752-1895 | **팩스** 02-752-1896
전자우편 book@dalgwaso.com
홈페이지 www.dalgwaso.com

본문디자인 초록샘
찍은곳 한빛인쇄

ISBN 978-89-91223-39-4 [43810]

한국대표단편소설

초록동화모임 엮음
백명식 그림

달과소

머리말

왜 명작을 읽을까요?
명작이란 어떤 작품을 이르는 것일까요?

'명작' 이란, 이름난 훌륭한 작품을 이릅니다.
오랜 세월 동안 많은 사람들에게 읽혀져 내려
오면서 '고전' 이 된 것입니다.
그래서 고전은 사라지지 않고 세월이 가면서 점
점 빛을 냅니다.
어떤 이는 고전에 대해서 이렇게 말했습니다.
"고전의 이름이 붙은 저작은 읽으면 읽을수록 새 맛이 난다. 이것은 왜 그런가.
책의 내용은 변함이 없으되 읽은 사람은 성장하고 변화하기 때문이다."
이렇듯 명작은 시대마다 새롭게 읽히고, 읽을 때마다 새로운 맛을 주게 되는 것입
니다.

우리 어린이들은 명작이라고 하면 흔히 외국작품을 생각하게 됩니다.
그러나 우리의 소설에도 명작으로 꼽혀 고전이 된 훌륭한 작품들이 많습니다.
이 명작들은 우리 어린이들이 꼭 읽어야 할 작품들입니다. 어린시절(초등학생)이

나 청소년(중고생) 시절에 읽고, 대학생이 되어서 다시 읽어야 합니다. 그것은 우리 명작을 읽는 즐거움과 재미도 있지만, 앞으로 중학생, 고등학생이 되면서 교과서에도 수록되어 있기 때문입니다.

고전이 된 명작은 문학적인 향기가 가득하고 격조가 높습니다.
그러면서도 무엇보다 재미가 있습니다. 우리들이 책을 읽는 이유는 '재미'와 '즐거움' 때문입니다. 이 두 가지가 없다면 책을 읽지 않을 것입니다. 왜 재미있고 즐거울까요?
소설은 인간의 거울이란 말이 있습니다. 또한 사회의 거울이기도 합니다.
즉, 소설 속에 우리들의 다양한 모습이 그려져 있는 것입니다.
이 책 속에 실린 13편의 우리나라 대표명작은 1920년대부터 쓰여 진 것입니다.
소설 속에는 그 시대의 세상 모습과 인물들의 다양한 삶이 그려져 있습니다. 또한 소설가마다 독특한 필체와 기법을 보여주고 있어 명작을 읽는 재미를 더해주고 있습니다.
어린이 여러분이 이 책을 읽고 나면 지금까지는 몰랐던, 경험하지 못했던 새로운 세상을 알게 될 것입니다. 그것은 우리나라 명작을 읽어본 사람만이 경험할 수 있는 느낌이 될 것입니다. 우리 어린이들에게 우리 명작 13편을 꼭 읽기를, 아니 두 번 세 번씩 읽기를 권합니다.

2011년 8월

동화작가 이상배

차례

운수 좋은 날 현진건 **9**
작품 줄거리 · 30   이해와 감상 · 31

왕치와 소새와 개미 채만식 **33**
작품 줄거리 · 44   이해와 감상 · 45

메밀꽃 필 무렵 이효석 **47**
작품 줄거리 · 64   이해와 감상 · 65

날개 이 상 **67**
작품 줄거리 · 106   이해와 감상 · 107

동백꽃 김유정 **109**
작품 줄거리 · 124   이해와 감상 · 125

봄봄 김유정 **127**
작품 줄거리 · 148   이해와 감상 · 149

감자 김동인 **151**
작품 줄거리 · 164   이해와 감상 · 165

배따라기 김동인 **167**
작품 줄거리 · 194   이해와 감상 · 195

벙어리 삼룡이 나도향 **197**
　　작품 줄거리 · 220　이해와 감상 · 221

황소와 도깨비 이　상 **223**
　　작품 줄거리 · 240　이해와 감상 · 241

B사감과 러브레터 현진건 **243**
　　작품 줄거리 · 254　이해와 감상 · 255

빈처 현진건 **257**
　　작품 줄거리 · 288　이해와 감상 · 289

돈(돼지) 이효석 **291**
　　작품 줄거리 · 302　이해와 감상 · 303

운수 좋은 날

현진건(1900~1943)

1900년 대구에서 태어나 11세 때에 어머니가 돌아가시고 13세 때에 동경의 상성 중학에 입학하였어요. 16세 때 결혼을 하였으며 중국에서 공부하였어요. 1920년 개벽 11호에 〈희생화〉를 발표하고 작가 생활이 시작되었어요. 1921년 개벽 1월호에 〈빈처〉를 발표해 명성을 얻었어요. 1922년 〈백조〉동인이 되었고 1936년 동아일보 '일장기 말살사건'에 연루되어 옥고를 치르기도 했어요. 특히 〈운수 좋은 날〉과 같은 비극적인 현실을 사실적으로 그렸어요. 출옥 후 살림이 기울었고 부암동에서 양계를 하며 조용히 지냈어요. 1943년 44세 때 장결핵으로 세상을 떠났어요.

새침하게 흐린 품이 눈이 올 듯하더니, 눈은 아니 오고 얼다가 만 비가 추적추적 내리었다. 이 날이야말로 동소문 안에서 인력 거꾼 노릇을 하는 김 첨지에게는 오래간만에도 닥친 운수 좋은 날이었다. 문 안에(거기도 문 밖은 아니지만) 들어간답시는 앞집 마나님을 전찻길까지 모셔다 드린 것을 비롯하여, 행여나 손님 이 있을까 하고 정류장에서 어정어정하며 내리는 사람 하나하나 에게 거의 비는 듯한 눈길을 보내고 있다가, 마침내 교사인 듯한 양복쟁이를 동광학교(東光學校)까지 태워다 주기로 되었다.

첫 번에 삼십 전, 둘째 번에 오십 전—. 아침 댓바람에 그리 나 쁘지 않은 일이었다. 그야말로 재수가 옴붙어서 근 열흘 동안 돈 구경도 못한 김 첨지는 십 전짜리 백동화 서 푼, 또는 다섯 푼이 찰깍하고 손바닥에 떨어질 때 거의 눈물을 흘릴 만큼 기뻤었다. 더구나 이 날 이 때에 이 팔십 전이라는 돈이 그에게 얼마나 유 용한지 몰랐다. 컬컬한 목에 모주 한잔도 적실 수 있거니와, 그 보다도 앓는 아내에게 설렁탕 한 그릇도 사다 줄 수 있음이다.

그의 아내가 기침으로 쿨룩거리기는 벌써 달포가 넘었다. 조 밥도 굶기를 먹다시피 하는 형편이니 물론 약 한 첩 써 본 일이 없다. 구태여 쓰려면 못 쓸 바도 아니로되, 그는 병이란 놈에게 약을 주어 보내면 재미를 붙여서 자꾸 온다는 자기의 신조(信條) 에 어디까지 충실하였다. 따라서 의사에게 보인 적이 없으니 무 슨 병인지는 알 수 없으나, 반듯이 누워 가지고 일어나기는커녕 새로 모로도 못 눕는 걸 보면 중증은 중증인 듯. 병이 이대도록 심해지기는 열흘 전에 조밥을 먹고 체한 때문이다. 그 때도 김 첨지가 오래간만에 돈을 얻어서 좁쌀 한 되와 십 전짜리 나무 한 단을 사다 주었더니, 김 첨지의 말에 의하면, 오라질 년이 천방지축(天方地軸)으로 냄비에 넣고 끓였다. 마음은 급하고 불길은 닿지 않아 채 익지도 않은 것을 그 오라질 년이 숟가락은 그만두고 손으로 움켜서 두 뺨에 주먹덩이 같은 혹이 불거지도록 누가 빼앗을 듯이 처넣더니만 그 날 저녁부터 가슴이 땅긴다, 배가 켕긴다 하고 눈을 홉뜨고 지랄을 하였다. 그 때 김 첨지는 열화와 같이 성을 내며,

"에이, 오라질 년. 조랑복은 할 수가 없어. 못 먹어 병, 먹어서 병, 어쩌란 말이야! 왜 눈을 바로 뜨지 못해!"

하고 앓는 이의 뺨을 한 번 후려 갈겼다. 홉뜬 눈은 조금 바르게 되었건만 이슬이 맺히었다. 김 첨지의 눈시울도 뜨끈뜨끈하였다.

환자는 그러고도 먹는 데는 물리지 않았다. 사흘 전부터 설렁탕 국물이 마시고 싶다고 남편을 졸랐다.

"이런 오라질 년! 조밥도 못 먹는 게 설렁탕은. 또 처먹고 지랄병을 하게."

라고 야단을 쳐 보았건만, 못 사주는 마음이 시원치는 않았다.

인제 설렁탕을 사 줄 수도 있다. 앓는 어미 곁에서 배고파 보채는 개똥이(세 살먹이)에게 죽을 사 줄 수도 있다. 팔십 전을 손

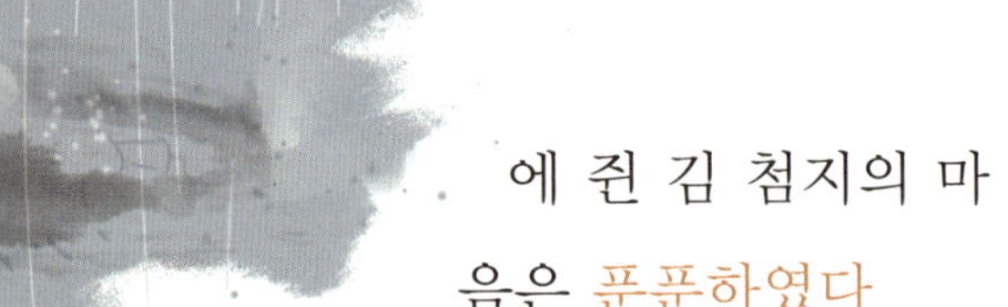

에 쥔 김 첨지의 마음은 푼푼하였다

그러나, 그의 행운은 그걸로 그치지 않았다. 땀과 빗물이 섞여 흐르는 목덜미를 기름 주머니가 다 된 왜목 수건으로 닦으며, 그 학교 문을 돌아 나올 때였다. 뒤에서 "인력거!" 하고 부르는 소리가 났다. 자기를 불러 멈춘 사람이 그 학교 학생인 줄 김 첨지는 한번 보고 짐작할 수 있었다. 그 학생은 다짜고짜로,

"남대문 정거장까지 얼마요?"

푼푼하였다 모자람이 없이 넉넉하였다　왜목 광목. 무명실로 너비를 넓게 짠 피륙

라고 물었다. 아마도 그 학교 기숙사에 있는 이로 겨울 방학을 이용하여 귀향하려 하는 것이리라. 오늘 가기로 작정은 하였건만, 비는 오고 짐은 있고 해서 어찌할 줄 모르다가 마침 김 첨지를 보고 뛰어 나왔음이리라. 그렇지 않다면 왜 구두를 채 신지 못해서 질질 끌고, 비록 '고쿠라' 양복일망정 노박이로 비를 맞으며 김 첨지를 뒤쫓아 나왔으랴.

"남대문 정거장까지 말씀입니까?"

하고, 김 첨지는 잠깐 주저하였다. 이 빗속에 우장도 없이 그 먼 곳을 철벅거리고 가기가 싫었던 것일까? 처음 것, 둘째 것으로 그만 만족한 것이었을까? 아니다. 결코 아니다. 이상하게도 꼬리를 맞물고 덤비는 이 행운 앞에 조금 겁이 났던 것이다. 그리고 집을 나올 때 아내의 부탁이 마음에 켕기었다. 앞집 마나님한테서 부르러 왔을 때 환자는 그 뼈만 남은 얼굴에 유달리 크고 움푹한 눈에다 애걸하는 빛을 띠며,

"오늘은 나가지 말아요. 제발 집에 붙어 있어요. 내가 이렇게 아픈데⋯⋯."

하고 모기 소리같이 중얼거리며 숨을 걸그렁걸그렁하였다. 그래도 김 첨지는 대수롭지 않은 듯이.

"압다, 젠장맞을 년. 빌어먹을 소리를 다 하네. 맞붙들고 앉았으면 누가 먹여 살릴 줄 알아?"

하고 훌쩍 뛰어 나오려니까 환자는 붙잡을 듯이 팔을 내저으며,

고쿠라 일본 고쿠라 지방에서 생산되는 두꺼운 무명 노박이 줄곧 계속적으로
우장 우비 켕기었다 속으로 은근히 거리끼거나 겁이 났다

“나가지 말라도 그래. 그러면 일찍이 들어와요.”

하고 목메인 소리가 뒤를 따랐다. 정거장까지 가잔 말을 들은 순간에 경련을 일으키듯이 떠는 손, 유달리 큼직한 눈, 울 듯한 아내의 얼굴이 김 첨지의 눈앞에 어른어른하였다.

“그래, 남대문 정거장까지 얼마란 말이요?”

하고 학생은 초조한 듯이 인력거꾼의 얼굴을 바라보며 혼잣말같이,

“인천 차가 열한 점에 있고, 그 다음에는 새로 두 점이던가.”

라고 중얼거린다.

“일 원 오십 전만 줍시요.”

이 말이 저도 모를 사이에 불쑥 김 첨지의 입에서 떨어졌다. 제 입으로 부르고도 스스로 그 엄청난 돈 액수에 놀래었다. 한꺼번에 이런 금액을 불러라도 본 지가 그 얼마 만인가! 그러자, 그 돈 벌 용기가 병자에 대한 염려를 사르고 말았다. 설마 오늘 안으로 어쩌랴 싶었다. 무슨 일이 있더라도 제일 제이의 행운을 곱친 것보다도 오히려 갑절이 많은 이 행운을 놓칠 수 없다 하였다.

“일 원 오십 전은 너무 과한데.”

이런 말을 하며 학생은 고개를 기웃하였다.

“아니올시다. 이수로 치면 여기서 거기가 시오 리가 넘는답니다. 또 이런 진날에는 좀 더 주셔야지요.”

사르고 불에 태워 없애고 곱친 갑절을 한
이수 거리를 리(里) 단위로 헤아린 수 진날 질퍽질퍽한 날, 비오는 날

하고 빙글빙글 웃는 차부의 얼굴에는 숨길 수 없는 기쁨이 넘쳐 흘렀다.

"그러면 달라는 대로 줄 터이니 빨리 가요."

관대한 어린 손님은 그런 말을 남기고 총총히 옷도 입고 짐도 챙기러 갈 데로 갔다.

그 학생을 태우고 나선 김 첨지의 다리는 이상하게 가뿐하였다. 달음질을 한다느니보다 거의 나는 듯하였다. 바퀴도 어떻게 속히 도는지 구른다느니보다 마치 얼음을 지쳐 나가는 스케이트 모양으로 미끄러져 가는 듯하였다. 언 땅에 비가 내려 미끄럽기도 하였다.

이윽고 끄는 이의 다리는 무거워졌다. 자기 집 가까이 다다른 까닭이다. 새삼스러운 염려가 그의 가슴을 눌렀다.

"오늘은 나가지 말아요. 내가 이렇게 아픈데."

이런 말이 잉잉 그의 귀에 울렸다. 그리고 병자의 움쑥 들어간 눈이 원망하는 듯이 자기를 노려보는 듯하였다. 그러자 엉엉 하고 우는 개똥이의 곡성도 들은 듯싶다. 딸국딸국하고 숨 모으는 소리도 나는 듯싶다.

"왜 이러우? 기차 놓치겠구먼."

하고, 탄 이의 초조한 부르짖음이 간신히 그의 귀에 들려왔다. 언뜻 깨달으니 김 첨지는 인력거 채를 쥔 채 길 한복판에 엉거주춤 멈춰 있지 않은가.

“예, 예.”

하고 김 첨지는 또 다시 달음질하였다. 집이 차차 멀어갈수록 김 첨지의 걸음에는 다시금 신이 나기 시작하였다. 다리를 재빠르게 놀려야만 쉴새없이 자기의 머리에 떠오르는 모든 근심과 걱정을 잊을 듯이…….

정거장까지 끌어다 주고 그 깜짝 놀란 일 원 오십 전을 정말 제 손에 쥐고는 말마따나 십 리나 되는 길을 비를 맞아가며 질퍽거리고 온 생각은 아니하고, 거저 얻은 듯이 고마웠다. 졸부나 된 듯이 기뻤다. 제 자식뻘밖에 안 되는 어린 손님에게 몇 번 허리를 굽히며,

“안녕히 다녀옵시오.”

라고, 깎듯이 재우쳤다.

그러나 빈 인력거를 털털거리며 이 빗속에 돌아갈 일이 꿈 같았다. 노동으로 인해 흐른 땀이 식자 굶주린 창자에서 물 흐르는 옷에서 어슬어슬 한기가 솟아 나기 시작함에, 일 원 오십 전이란 돈이 얼마나 귀찮고 괴로운 것인 줄 절실히 느끼었다. 정거장을 떠나는 그의 발길은 힘이 하나도 없었다. 온몸이 옹송그려지며 당장 그 자리에 엎어져 못 일어날 것 같았다.

“젠장맞을 것! 이 비를 맞으며 빈 인력거를 털털거리고 돌아간담? 이런 빌어먹을, 이 놈의 비가 왜 남의 상판을 딱딱 때려!”

재우쳤다 재촉하거나 몰아침 한기 추운 기운 옹송그려지며 추워서 움츠러들며
상판 ‘얼굴’을 가리키는 속어

그는 몹시 화를 내며 누구에게 반항이나 하는 듯이 떠들었다. 그럴 즈음에 그의 머리엔 또 새로운 광명이 비쳤나니, 그것은 '이러고 갈 게 아니라 이 근처를 빙빙 돌며 차 오기를 기다리면 또 손님을 태우게 되는지도 몰라.'란 생각이었다. 오늘 운수가 괴상하게도 좋으니까 그런 요행이 또 한번 없으리라고 누가 보증하랴. 꼬리를 잇는 행운이 꼭 자기를 기다리고 있다는 내기를 해도 좋을 만한 믿음을 얻게 되었다. 그렇지만 정거장 인력거꾼의 등쌀이 무서워 정거장 앞에 섰을 수가 없었다. 그래 그는 이전에도 여러 번 해 본 일이라 바로 정거장에서 조금 떨어져서 사람 다니는 길과 전차 길 틈에 인력거를 세워 놓고, 자기는 그 근처를 빙빙 돌며 두고보기로 하였다. 얼마 만에 기차는 왔고 수십 명이나 되는 사람들이 정류장으로 쏟아져 나왔다. 그 중에서 손님을 물색하던 김 첨지의 눈에 양머리에 뒤축 높은 구두를 신고 망토까지 두른 기생 퇴물인 듯, 난봉 여학생인 듯한 여편네의 모양이 띄었다. 그는 살금살금 그 여자의 곁으로 다가갔다.

"아씨, 인력거 아니 타시랍시요?"

그 여학생인지 뭔지가 한참은 매우 때깔을 빼며 입술을 꼭 다문 채 김 첨지를 거들떠보지도 않았다. 김 첨지는 구경하는 거지나 무엇같이 연해 연방 그의 기색을 살피며,

"아씨 정거장 애들보담 아주 싸게 모셔다 드리겠습니다. 댁이 어디신가요?"

하고 추근추근하게도 그 여자의 들고 있는 일본식 버들고리짝에
제 손을 대었다.

"왜 이래? 남 귀찮게."

소리를 벼락같이 지르고는 돌아선다. 김 첨지는 어랍시요 하
고 물러섰다.

전차가 왔다. 김 첨지는 원망스럽게 전차 타는 이를 노리고 있
었다. 그러나, 그의 예감은 틀리지 않았다. 전차가 빡빡하게 사
람을 싣고 움직이기 시작하였을 때 타고 남은 손님 하나가 있었
다. 꿍장하게 큰 가방을 들고 있는 걸 보면 아마 붐비는 차 안에
짐이 크다 하여 차장에게 밀려 내려온 눈치였다. 김 첨지는 대어
섰다.

"인력거를 타시랍시요."

한동안 값으로 실랑이를 하다가 육십 전에 인사동까지 태워다
주기로 하였다. 인력거가 무거워지매 그의 몸은 이상하게도 가
벼워졌고, 그리고 또 인력거가 가벼워져서 몸은 다시금 무거워
졌는데, 이번에는 마음조차 초조해 온다. 집의 광경이 자꾸 눈앞
에 어른거리어 이젠 요행을 바랄 여유도 없었다. 나무 등걸이나
무엇 같고 제 것 같지도 않은 다리를 연해 꾸짖으며 갈팡질팡 뛰
는 수밖에 없었다. 저 놈의 인력거꾼이 저렇게 술이 취해 가지고
이 진땅에 어찌 가노 하고, 길 가는 사람이 걱정을 하리만큼 그
의 걸음은 황급하였다.

버들고리짝 옷을 넣는, 버들의 가지로 짠 상자

흐리고 비오는 하늘은 어둠침침한 게 벌써 황혼에 가까운 듯하다. 창경원 앞까지 다다라서야 그는 턱에 닿는 숨을 돌리고 걸음도 늦추 잡았다. 한 걸음 두 걸음 집이 가까워 올수록 그의 마음은 괴상하게 누그러졌다. 그런데 이 누그러짐은 안심에서 오는 게 아니요, 자기를 덮친 무서운 불행이 다가온 것을 두려워하는 마음에서 오는 것이다.

그는 불행이 닥치기 전 시간을 얼마쯤이라도 늘리려고 버르적거렸다. 기적에 가까운 벌이를 하였다는 기쁨을 될 수 있는 한 오래 지니고 싶었다. 그는 두리번두리번 사방을 살피었다. 그 모양은 마치 자기 집, 곧 불행을 향하고 달려가는 제 다리를 제 힘으로는 도저히 어찌할 수 없으니 누구든지 나를 좀 잡아 다오, 구해 다오 하는 듯하였다.

그럴 즈음에 마침 길가 선술집에서 친구 치삼이가 나온다. 그의 우글우글 살진 얼굴은 주홍이 도는 듯하고, 온 턱과 뺨을 시커멓게 구레나룻이 덮고 있다. 노르탱탱한 얼굴이 바짝 말라서 여기저기 고랑이 파이고, 수염도 있대야 턱밑에만, 마치 솔잎 송이를 거꾸로 붙여 놓은 듯한 김 첨지의 풍채하고는 기이한 대상을 짓고 있었다

"여보게, 김 첨지. 자네 문 안 들어갔다 오는 모양일세그려. 돈 많이 벌었을 테니 한잔하게."

뚱뚱보는 말라깽이를 보자 부르짖었다. 그 목소리는 몸짓과

버르적거렸다 고통스러운 일에서 헤어나려고 팔다리를 내저으며 움직였다
선술집 간단하게 서서 술을 마시는 술집 구레나룻 귀밑에서 턱까지 난 수염
기이한 대상을 짓고 있었다 묘하게 서로 반대의 모습을 하고 있었다

딴판으로 연하고 싹싹하였다. 김 첨지는 이 친구를 만난 게 어떻게 반가운지 몰랐다. 자기를 살려 준 은인이나 무엇같이 고맙기도 하였다.

"자네는 벌써 한잔한 모양일세그려. 자네도 재미가 좋아 보이."

하고 김 첨지는 얼굴을 펴서 웃었다.

"압다. 재미 안 좋다고 술 못 먹을 나인가. 그런데 여보게, 자네 온몸이 어째 물독에 빠진 새앙쥐 같은가? 어서 이리 들어와 말리게."

선술집은 훈훈하고 뜨뜻하였다. 추어탕을 끓이는 솥뚜껑을 열 적마다 뭉게뭉게 떠 오르는 흰 김, 석쇠에서 빠지짓 빠지짓 구워지는 너비아니 구이며, 제육이며, 간이며, 콩팥이며, 북어며, 빈대떡……. 이 너저분하게 늘어놓은 안주 탁자에 김 첨지는 갑자기 속이 쓰려서 견딜 수 없었다. 마음대로 할 양이면 거기 있는 모든 먹음직한 것들을 모조리 깡그리 집어 삼켜도 시원치 않았다. 하되, 배고픈 이는 우선 분량 많은 빈대떡 두 개를 먹고 추어탕을 한 그릇 청하였다. 주린 창자는 음식 맛을 보더니 더욱더욱 비어지며 자꾸자꾸 들이라 들이라 하였다. 순식간에 두부와 미꾸라지든 국 한 그릇을 그냥 물같이 들이키고 말았다. 셋째 그릇을 받아 들었을 때 데우던 막걸리 곱빼기 두 잔이 더웠다. 치삼이와 같이 마시자 원원이 비었던 속이라 찌르르 하고 창자에 퍼지며 얼굴이 화끈하였다. 더하여 곱빼기 한 잔을 또 마셨다.

김 첨지의 눈은 벌써 개개 풀리기 시작하였다. 석쇠에 얹힌 떡 두 개를 숭덩숭덩 썰어서 볼을 볼록거리며 또 곱빼기 두 잔을 부어라 하였다. 치삼은 의아한 듯이 김 첨지를 보며,

"여보게. 또 붓다니, 벌써 우리가 넉 잔씩 먹었네. 돈이 사십 전일세."

"아따 이 놈아, 사십 전이 그리 끔찍하냐? 오늘 내가 돈을 막 벌었어. 참 오늘 운수가 좋았느니."

"그래 얼마를 벌었단 말인가?"

"삼십 원을 벌었어, 삼십 원을! 이런 젠장맞을, 술을 왜 안 부어…… 괜찮다, 괜찮아. 막 먹어도 상관이 없어. 오늘 돈 산더

미같이 벌었는데."

"어, 이 사람 취했군, 그만두세."

"이 놈아, 이걸 먹고 취할 나냐? 어서 더 먹어."

하고는 치삼의 귀를 잡아 채며 취한 이는 부르짖었다. 그리고,
술을 붓는 열다섯 살 됨직한 중대가리에게로 달려들며,

"이 놈, 오라질 놈, 왜 술을 붓지 않아."

라고 야단을 쳤다. 중대가리는 히히 웃고 치삼이를 보며 묻는 듯
이 눈짓을 하였다. 주정꾼이 이 눈치를 알아보고 화를 버럭 내
며,

"이 오라질 놈들 같으니, 이 놈 내가 돈이 없을 줄 알고?"

하자마자 허리춤을 훔척훔척하더니 일 원짜리 한 장을 꺼내어
중대가리 앞에 펄쩍 집어 던졌다. 그 와중에 몇 푼 은전이 잘그
랑 하며 떨어진다.

"여보게, 돈 떨어졌네. 왜 돈을 막 끼얹나."

이런 말을 하며 일변 돈을 줍는다. 김 첨지는 취한 중에도 돈
의 거처를 살피는 듯이 눈을 크게 떠서 땅을 내려다보다가 불시
에 제 하는 짓이 너무 더럽다는 듯이 고개를 소스라치자 더욱 성
을 내며,

"봐라 봐! 이 더러운 놈들아, 내가 돈이 없나! 다리 뼉다구를
꺾어 놓을 놈들 같으니."

하고 치삼이 주워 주는 돈을 받아,

"이 원수엣 돈! 이 육시를 할 돈!"

하면서 팔매질을 친다. 벽에 맞아 떨어진 돈은 다시 술 끓이는 양푼에 떨어지며 정당한 매를 맞는다는 듯이 쨍 하고 울었다.

곱빼기 두 잔은 또 부어질 겨를도 없이 사라져 갔다. 김 첨지는 입술과 수염에 붙은 술을 빨아 들이고 나서 매우 만족한 듯이 그 솔잎 송이 수염을 쓰다듬으며,

"또 부어, 또 부어."

라고 외쳤다. 또 한잔 먹고 나서 김 첨지는 치삼의 어깨를 치며 문득 껄껄 웃는다. 그 웃음소리가 어찌나 컸던지 술집에 있는 이의 눈이 모두 김 첨지에게로 몰리었다. 웃는 이는 더욱 웃으며,

"여보게, 치삼이. 내 우스운 이야기 하나 할까? 오늘 손님을 태우고 정거장에까지 가지 않았겠나."

"그래서?"

"갔다가 그저 오기가 안됐대그려. 그래 전차 정류장에서 어름 어름하며 손님 하나를 태울 궁리를 하지 않았나. 거기 마침 마나님이신지 여학생이신지, 요새야 어디 논다니와 아가씨를 구별할 수가 있던가. 망토를 잡수시고 비를 맞고 서 있겠지. 슬금슬금 가까이 가서 인력거를 타십시오 하고 손가방을 받으랴니까 내 손을 탁 뿌리치고 핵 돌아서더니만 '왜 남을 이렇게 귀찮게 굴어!' 그 소리야말로 꾀꼬리 소리지, 허허!"

김 첨지는 교묘하게도 정말 꾀꼬리 같은 소리를 내었다. 모든

사람은 일시에 웃었다.

　“빌어먹을. 누가 저를 어쩌나? ‘왜 남을 귀찮게 굴어!’ 어이구, 소리가 채신도 없지. 허허.“

　웃음소리들은 높아졌다. 그런 그 웃음소리들이 사라지기 전에 김 첨지는 훌쩍훌쩍 울기 시작하였다.

　치삼은 어이없이 주정뱅이를 바라보며,

　“금방 웃고 지랄을 하더니, 우는 건 무슨 일인가?”

　김 첨지는 연해 코를 들여 마시며,

　“우리 마누라가 죽었다네.”

　“뭐, 마누라가 죽다니, 언제?”

　“이 놈아, 언제는. 오늘이지.”

　“예끼, 미친놈. 거짓말 말아.”

　“거짓말은 왜, 참말로 죽었어……. 참말로. 마누라 시체를 집에 뻐들쳐 놓고 내가 술을 먹다니, 내가 죽일 놈이야. 죽일 놈이야.”

하고 김 첨지는 엉엉 소리 내어 운다. 치삼은 흥이 조금 깨어지는 얼굴로,

　“원, 이 사람아. 참말을 하나, 거짓말을 하나. 그러면 집으로 가세, 가.”

하고 우는 이의 팔을 잡아당기었다. 치삼의 끄는 손을 뿌리치더니 김 첨지는 눈물이 글썽글썽한 눈으로 싱그레 웃는다.

채신도 없지 처신을 경솔히 하여 남을 대하는 위신도 없지

“죽기는 누가 죽어.”

하고 득의 양양,

“죽기는 왜 죽어, 생때같이 살아만 있단다. 그 오라질 년이 밥을 죽이지. 나한테 속았다.”

하고 어린애 모양으로 손뼉을 치며 웃는다.

“이 사람이 정말 미쳤단 말인가. 나도 아주먼네가 않는단 말은 들었었는데.”

하고 치삼이도 어떤 불안을 느끼는 듯이 김 첨지에게 또 돌아가라고 권하였다.

“안 죽었어. 안 죽었대도 그래.”

김 첨지는 화를 내며 확신 있게 소리를 질렀으되 그 소리엔 안 죽은 것을 믿으려고 애쓰는 기색이 있었다. 기어이 일 원어치를 채워서 곱빼기를 한 잔씩 더 먹고 나왔다. 궂은 비는 의연히 추적추적 내린다.

김 첨지는 취중에도 설렁탕을 사 가지고 집에 다다랐다. 집이라 해도 물론 셋집이요, 또 집 전체를 세 든 게 아니라 안과 뚝 떨어진 행랑방 한 간을 빌어 든 것인데 물을 길어 대고 한 달에 일 원씩 내는 터이다. 만일 김 첨지가 주기를 띠지 않았던들 한 발을 대문에 들여 놓았을 때 그 곳을 지배하는 무시무시한 정적(靜寂)—폭풍우가 지나간 뒤의 바다 같은 정적에 다리가 떨렸으리라. 쿨룩거리는 기침 소리도 들을 수 없다. 그르렁거리는 숨소리조차 들을 수 없다. 다만 이 무덤 같은 침묵을 깨뜨리는, 깨뜨린다느니보다 한층 더 침묵을 깊게 하고 불길하게 하는 빡빡거리는 그윽한 소리, 어린애의 젖 빠는 소리가 날 뿐이다. 만일 청각이 예민한 이 같으면, 그 빡빡 소리는 빨 따름이요, 꿀떡꿀떡하고 젖 넘어가는 소리가 없으니, 빈 젖을 빤다는 것도 짐작할런지 모르리라. 혹은 김 첨지도 이 불길한 침묵을 짐작했는지도 모른다. 그렇지 않으면 대문에 들어서자마자 전에 없이,

　"이 난장맞을 년, 남편이 들어오는데 나와 보지도 않아. 이 오라질년."

이라고 고함을 친 게 수상하다. 이 고함이야말로 제 몸을 엄습해 오는 무시무시한 기분을 쫓아 버리려는 허장성세인 까닭이다.

　하여간 김 첨지는 방문을 왈칵 열었다. 구역을 나게 하는 추기 —떨어진 삿자리 밑에서 나온 먼지 냄새, 빨지 않은 지저귀에서 나는 똥 냄새와 오줌 냄새, 가지각색 때가 켜켜이 앉은 옷 냄새, 병인의 땀 섞은 냄새가 섞인 추기가 무딘 김 첨지의 코를 찔렀다. 방 안에 들어서며 설렁탕을 한구석에 놓을 사이도 없이 주정꾼은 목청을 있는 대로 다 내어 호통을 쳤다.

　"이 오라질 년. 주야장천(晝夜長川) 누워만 있으면 제일이야! 남편이 와도 일어나지를 못해."

라는 소리와 함께 발길로 누운 이의 다리를 몹시 찼다. 그러나 발길에 채이는 건 사람의 살이 아니고 나무등걸과 같은 느낌이

난장 마구 때리는 곤장 형벌　허장성세 실력이 없으면서 허세를 부림
추기 송장이 썩는 역한 냄새　삿자리 갈대를 엮어서 만든 자리

있었다. 이 때에 빽빽 소리가 응아 소리로 변하였다. 개똥이가 물었던 젖을 빼어 놓고 운다. 운대도 온 얼굴을 찡그려 붙어서 운다는 표정을 할 뿐이다. 응아 소리도 입에서 나는 게 아니고, 마치 뱃속에서 나는 듯하였다. 울다가 울다가 목도 잠겼고 또 울 기운조차 시진한 것 같다.

발로 차도 그 보람이 없는 걸 보자, 남편은 아내의 머리맡으로 달려들어 그야말로 까치집 같은 환자의 머리를 치켜 들어 흔들며,

"이 년아, 말을 해, 말을! 입이 붙었어, 이 오라질 년!"

"……"

"으응, 이것 봐. 아무 말이 없네."

"……"

"이 년아, 죽었단 말이냐. 왜 말이 없어?"

"……"

"으응, 또 대답이 없네, 정말 죽었나버이."

이러다가 누운 이의 흰자위가 검은자위를 덮은, 위로 치뜬 눈을 알아보자마자,

"이 눈깔! 이 눈깔! 왜 나를 바로 보지 못하고 천정만 바라보느냐, 응?"

하는 말끝엔 목이 메였다. 그러자 산 사람의 눈에서 떨어진 닭똥 같은 눈물이 죽은 이의 뻣뻣한 얼굴을 어룽어룽 적시었다. 문득

김 첨지는 미친 듯이 제 얼굴을 죽은 이의 얼굴에 한데 비벼 대며 중얼거렸다.

"설렁탕을 사다 놓았는데 왜 먹지를 못하니, 왜 먹지를 못하니……. 괴상하게도 오늘은 운수가 좋더니만……."

작품 줄거리

인력거꾼 김 첨지는 열흘 동안 돈 구경도 못하다가 운수 좋게 손님이 계속 생겼어요. 아내가 심하게 아픈 지가 달포가 넘었고 열흘 전 돈을 얻어 조밥을 해먹고 체하여 병이 더 심해졌어요. 이날 뜻하지 않게 돈이 벌리자 김 첨지는 한 잔 할 생각과 아내에게 설렁탕을 사주고 어린 자식에게 죽을 사줄 수도 있다는 마음으로 들 떠 있었어요. 그러나 불길한 생각이 계속 들고 마음이 조급해 지기만 합니다. 집 가까이 오자 다리가 무거워지고 오늘 나가지 말라던 아내의 말이 자꾸 떠올랐어요. 집에서 멀어질수록 발은 가벼워 졌고, 저녁이 되면서 돈벌이는 더 많아졌으나 불행을 향해 다가가고 있는 것 같아 집에 가기가 두려워집니다. 김 첨지는 술집에 들러 친구와 함께 술을 마시고 주정을 해요. 친구 치삼이가 집으로 가라고 하지만 듣지 않고 술을 더 마십니다. 집에 들어서자 아내가 나와 보지도 않는다고 소리를 지르며 불길함을 이기려 합니다. 하지만 이미 죽은 아내와 옆에서 울고 있는 아이를 보고 김 첨지는 울고 말지요. 이상하리만치 운수가 좋았던 날이 김 첨지에게는 가장 큰 불행의 날이 되었어요.

김 첨지라는 인력거꾼의 하루 동안의 일과와 그 아내의 죽음을 통해 당시의 궁핍한 생활과 기구한 운명을 보여주고 있어요. 김 첨지의 머리 속에 끊임없이 떠오르는 아내의 죽음에 대한 예감과 돈을 벌어야 한다는 생각이 서로 갈등을 일으킵니다. 그러나 김 첨지는 그런 불안감에도 불구하고 바삐 귀가하지 않고 술을 마시며 횡설수설합니다. 이것은 불안감을 감추려 하는 행동으로 보이는 것이지요. 그 불안은 집에 들어서면서 순간적인 공포로 절정에 이르고, 방 안에 들어서면서는 비통한 결말에 도달하게 됩니다.

앞에서는 김 첨지의 운수 좋은 하루가, 뒤에서는 아내의 죽음이라는 비극적 결말로 이어지는 극적인 반대를 만들었어요. 이것을 '반어적 표현'이라고 합니다. 사실과 달리 운수 좋은 날로 제목을 정하고 제목 수준에 머무는 것이 아니라, 글이 전개되면서 비극이 점점 다가오게 하지요. 돈을 벌게 되어 '운수 좋은 날'이라고 생각한 바로 그 날이 '가장 운수가 나쁜 날'이 되고 마는 처절한 삶의 실상을 반전을 통해 표현했어요.

왕치와 소새와 개미

채만식(1902~1950)

1902년 옥구에서 5남 1녀 중 막내로 태어났어요. 그는 어려서 서당에서 공부했으며 임피보통학교에 입학했어요. 중앙고보를 거쳐 일본 와세다 대학에서 영문학을 공부했어요. 그러나 관동대지진과 가정의 어려움으로 1년 6개월 만에 학업을 중단하고 귀국하여 동아일보 학예부 기자로 취직했어요. 이때 조선문단에 단편〈세길로〉를 발표하고 문학 활동을 시작했어요.

34세때인 1935년 서울에서의 기자생활을 청산하고 개성으로 가 형의 금광업을 도우며 창작에 몰두했어요. 주요 작품으로는 〈레디 메이드 인생〉, 〈논 이야기〉, 〈탁류〉, 〈치숙〉, 〈태평천하〉 등이 있어요. 6·25전쟁이 발발하기 보름전인 1950년 6월 11일 49세를 일기로 타계했어요.

왕치는 머리가 훌러덩 벗어지고, 소새라는 새는 주둥이가 뚜우 나오고, 개미는 허리가 잘록 부러졌다. 이 왕치의 대머리와 소새의 주둥이 나온 것과 개미의 허리 부러진 것에는 굉장한 내력이 있다.

옛날 옛적, 거기 어디서, 개미와 소새와 왕치가 한 집에서 함께 살고 있었다.

개미는 시방이나 그 때나 다름없이 부지런하고 일을 잘했다. 소새도 소갈찌는 좀 괴팍하고 박절스런 구석은 있으나, 본성이 재치가 있고 바지런바지런해서, 제 앞 하나는 넉넉히 꾸려 나가고도 남았다.

딱한 건 왕치였다. 파리 한 마리 건드릴 근력도 없는 약질이어서 펀펀 놀고 먹어야 했다. 놀고 먹으면서도 밥통은 커서, 먹기는 남 갑절이나 먹었다. 그것도 염치 없는 노릇인데 게다가 속이 없고 빙충맞았다. 또 희떱고 비위가 좋았다.

부모 자식이나 동기간이라면 또 모르겠지만, 타성바지의 아무렇지도 않은 남남끼리 한 집 한 울 안에 모여 살면서 그 모양이니, 눈치는 혼자 먹어 두어야 했다. 개미는 그래도 천성이 너그럽고 낙천가가 되어서 그리 탓하지 않았지만, 성미가 까다로운 소새는 영 아주 왕치를 못 볼 상으로 미워했다. 걸핏하면 꽁해 가지고는 구박을 하고 눈치를 줬다.

어느 가을이었다. 백곡이 풍성한 식욕의 계절 가을이었다. 가

을도 되고 했으니, 우리 잔치나 한번 차리는 게 어떠냐고, 셋이
모여 앉은 자리에서 소새가 제안을 했다.

"거 참, 조오흔 말일세!"

잔치도 잔치지만 자기를 끕끕수를 주자는 말인 줄은 모르고,
먹을 속 살가운 왕치가 냉큼 받아서 찬성이었다. 잠자코 있으나
개미도 이의는 없었다.

사흘 잔치를 하기로 했다. 사흘 동안 계속해서 잔치를 하는데,
차리기는 하나가 하루씩 맡아서 차리기로 했다. 가령, 첫날은 소
새가 잔치를 차리면 둘째 날은 왕치가, 그리고 마지막 날은 개미
가…… 이렇게.

왕치는 그렇게 잔치를 하루씩 도맡아서 차린다는 데는 속으로
뜨악 걱정스러웠으나, 그렇다고 체면에 나는 못 합네 할 수는 없
는 터라, 어물어물 코대답을 해 두었다. 둘이가 먼저 차리거든
우선 먹어 놓고 볼 일이라는 떡심이었다. 그 동안 인생을 이런
떡심으로 부지해 왔으니, 별로 새삼스럴 것도 없었다.

첫 날은 개미가 나섰다. 들로 나갔다. 들에서는 한참 벼를 거
두기가 바빴다. 마침 보니, 촌마누라 하나가 샛밥을 내 가느라
고, 한 광주리 목이 오므라들게 해서 이고, 들 가운데로 지나고
있었다.

좋을씨구나, 개미는 뽀르르 쫓아가서 가랑이 속으로 기어 올
라가서는, 너벅다리께를 사정없이 꽉 물어 떼었다. "아이구머

끕끕수 상대방을 곤경에 빠뜨림　먹을 속 살가운 먹는 것을 좋아하는
코대답 건성으로 하는 대답　샛밥 끼니 외에 먹는 밥

닛!” 죽는 소리를 치면서 촌마누라는 머리의 밥 광주리를 내동댕이를 치고는, 다리야 날 살리라고 도망을 쳤다. 부우연 입쌀밥에, 얼큰한 풋김치에, 구수한 된장찌개에, 짭짤한 자반 갈치 토막에, 골콤한 새우젓에……. 죄다 집으로 날라다 놓고는, 셋이 모여 앉아서 맛있게 잘 먹었다. 보기 드문, 건 잔치였다.

다음 날은 소새가 나섰다. 물가로 갔다. 바닥이 들여다보이게 맑은 물에서 붕어도 뛰고 가물치도 놀고 했다. 여느 때와 달리, 소새는 붕어나 가물치나 단치 따위는 눈도 거듭떠보지 않고, 말뚝에 가 오도카니 앉아서는 기다렸다. 이윽고 싯누런 잉어가 한 놈 꿈틀거리면서 물 위로 머리를 솟구쳤다. 잔뜩 겨냥을 하고 노리던 소새는, 휘익 날면서 주둥이로 잉어의 눈을 꿰어 들었다.

집으로 돌아오니, 개미와 왕치는 손뼉을 치며 맞이했다. 싱싱한 잉어를 놓고 둘러 앉아서 먹는 맛은 또한 특별했다. 소새 차례의 둘째 날의 잔치도 그래서 걸게 지났다.

마지막, 셋째 날은 드디어 왔다. 왕치는 무어라고든 핑계를 대고서 뱃심으로 뭉갤 생각이었으나, 보니 소새의 패앵팽한 눈살이, 안 될 말이었다. 잘 먹은 죄가 이렇게 큰 거라고 생각하면서, 아무 가량도 없는 채 집을 나섰다.

우선 들로 나가 보았다. 들에는 벼만 가득히 익고, 농군들이 벼를 거두기에 바빴지, 보아야 만만히 건드림직한 거라곤 없었다. 설마한들 벼이삭이나 한 목쟁이 주워 가지고 갈 수는 없고. 막막히 헤매고 다니다가 한 곳을 당도한즉, 애꾸눈이 엿장수가 엿목판을 뚜드리면서

"엿들 사려! 호도엿 사려."
하고 멋들어지게 외우고 지나갔다. 덮어놓고 후룩후룩 날아 가서, 엿목판에 가 앉았다. 한 목판 그득 담긴 엿이 또한 먹음직스

러웠다. 이걸 송두리째 집으로 가져만 갔으면 걸기도 하고 한바탕 뽐낼 판인데, 그러나 무슨 재주로! 어떻게 했으면 좋을꼬 하고 요리조리 엿목판을 끼웃거리며 궁리를 한다는 게, 무심결에 엿장수의 어깨에 가 앉았던 모양이었다.

"잡것, 재수 없네!"

엿장수가 손바닥으로 탁 치는 바람에, 하마터면 엿장수의 어깨에서 참혹한 죽음을 할 뻔하고는, 혼비백산 질겁을 하여 도망을 쳤다.

들을 지나서 산 밑으로 가 보았다. 꿩도 날고, 토끼도 기었다. 바위 틈사구니엔 벌집도 있고, 그 단 꿀 냄새에 회가 동했다. 그러나 모두가 화중지병이었다.

잔디밭에서 암소가 송아지와 놀고 있었다. 어미는 너무 크고, 송아지 등에 가 앉아 보았다. 간지럽다고 강종강종 뛰었다. 요놈을 어떻게 사알살 꼬여서 집으로 끌고 갔으면 좋겠는데, 그게 도무지 도리가 없었다. 이마빡으로 옮겨 앉아서 털을 물고 진득이 잡아 당겼다. 부룩송아지여서, 대가리를 세게 내젓는 통에 저만치 가서 떨어졌다. 이 녀석 어디 보자고 엉덩짝에 가 앉아서는,

"이러! 이러!"
하고 간질여 보았다.

송아지는 왕치 하는 짓을 파리인 줄 알고, 꼬리를 획 쳐서 옆구리가 결리도록 얻어맞았다.

혼비백산 혼이 날 정도로 크게 놀람
회가 동했다 먹고 싶은 마음이 간절하고 군침이 돌았다 화중지병 그림의 떡
부룩송아지 아직 길들지 않은 송아지

할 수 없이 물가로 와 보았다. 붕어가 뛰고 메기가 놀고, 하지만 잡는 재주는 없었다. 그럭저럭 해는 점심 때도 지나, 오래지 않아 날이 저물게 되었다. 그대로 빈손으로 돌아가자니 차마 체면이 아니었다. 그렇다고서 언제까지고 이렇게 헤매기만 할 수도 없었다. 답답했다. 엉엉 앉아서 울었다. 막 그럴 즈음, 어저께 소새가 잡아 가지고 온 그런 잉어가 한 놈, 싯누런 몽뚱이를 굼실거리면서 물 위로 떠 올랐다. 왕치는 분연히, 울기를 그치고 팔을 부르걷었다.

"그래, 사내 대장부가 세상에 나서, 원 이래야 옳담매?"

그러면서 단연 그 잉어를 잡을 결심으로, 후르륵 날아, 마침 솟구치는 잉어의 콧등에 오똑 앉았다. 잉어야 그러잖아도 속이 출출한데, 이게 웬 떡이냐고 날름 혀로 차서는, 씹고 무엇하고 할 것도 없이 그대로 꼴깍 삼켜 버렸다.

아침에 일찍 나간 채 한낮이 지나도 왕치는 돌아오지 않아서, 집에서는 소새와 개미는 걱정을 하며 이제나 저제나 까맣게 기다렸다. 그러면서 개미는 소새를 자꾸만 탓을 했다. 부질없이 그런 말을 해서 그 못난이를 못할 노릇을 시켰다고. 괜히 참, 어디 가서 함부로 다니다가 몸을 다치든지, 아닐 말로 죽든지 하면 저 일을 장차 어떡하냐고.

소새는 민망하여, 아 작자가 하도 염치도 없고 보기 싫게 굴길래 좀 그래 보았지라고. 그래도 난 못 하겠노라고 아랫목에 앉아서 뭉개든지, 무어라고 핑계를 대겠지 했지, 누가 그렇게 성큼 나설 줄이야 알았더냐고. 아무러나 어서 무사히 돌아오기나 했으면 좋겠다고. 누누이 발명 겸 후회를 하였다.

한낮이 겨우 지나고 새 때가 되어 오자, 참다 못해 둘이는 왕치를 찾으러 나섰다. 개미는 들로 나갔다. 그러나 암만 찾고 다녀도 왕치의 종적은 알 길이 없었다. 소새는 물가로 나갔다. 역시 암만 찾고 다녀도(벌써 잉어의 뱃속으로 들어간 뒤라) 왕치는 눈에 뜨이지 않았다.

어느덧 날은 저물어 땅거미가 져서 더 찾으려야 찾을 수도 없고, 소새는 마음만 한껏 초조하여, 거듭 뉘우치면서 할 수 없이 집으로 돌아가기로 했다. 혹시 그 동안 왕치가 제풀에 돌아와서 있으면 오죽이나 좋으런 하는 한 오라기의 희망을 가지고. 그리하여 마침 수면을 날아 건너는데, 잉어가 한 놈 굼실거리며 물 위로 떠오르는 게 보였다. 이왕에 나왔으니 사냥이나 해 가지고 갈 생각으로, 홱 몸을 떨어뜨리면서 주둥이로 잉어의 눈을 꿰어 챘다.

집에서는 개미가 먼저 돌아와서 까맣게 혼자 기다리고 있었다. 둘이는 결국 일은 저지른 일이라고 걱정에 땅이 꺼졌으나, 다시 더 찾아 보려 해도 날은 이미 저물었고, 밝은 다음 날로 미루는 수밖에 없었다.

하나가 빠졌다고 텅 빈 것같이 섭섭한 집 안에서, 둘이는 방금

소새가 잡아 가지고 온 잉어를 먹기 시작했다. 좋은 음식을 대하니, 더더욱 동무가 생각이 나서 목에 걸렸다.

중간쯤 먹었을 때였다. 별안간 후루룩 하더니 잉어 배때기 속에서 왕치가 풀쩍 뛰어 나오는 것이었다. 아까, 왕치를 산 채로 잡아 먹은 그 잉어를 우연히 소새가 잡아 온 것이었다.

소새와 개미는 (반가운 것도 반가운 것이지만 깜짝 놀라) 뒤로 나가 자빠지는데, 풀쩍 그렇게 잉어 배때기 속에서 뛰어나오면서 왕치의 하는 행동이 과연 절창이었다.

"휘! 더워! 어서들 먹게! 아, 이놈을 내가 잡느라고, 어떻게 그만 애를 섰던지! 에이 덥다! 어서들 먹게!"

이렇게 너스레를 떨면서, 땀 난 이마를 쓱쓱 손바닥으로 씻었다.

소새는 반가운 것도 놀란 것도 인제는 어디로 가고, 슬그머니 배알이 상했다. 잡기를 번연히 소새 제가 잡아, 그 덕에 생선 배때기 속에서 귀신도 모르게 죽을 것을 살려 냈더니, 넉살 좋게, 제가 잡았다느니, 숫제 어서들 먹으라고 계속 생색을 내니, 세상 그런 비윗장도 있단 말이냐. 소새는 그래서 주둥이가 한 자나 되게 뚜우 나와 샐룩한 눈을 깔아뜨리고 앉아 말이 없었다.

개미가 비로소 정신을 차려 둘을 다시금 보니, 참 우스워 기절을 하겠다. 속 못 차리고 공짜를 너무 바라면 이마가 벗어진다더니, 정말 왕치는 이마의 땀을 쓱쓱 닦는데 보기 좋게 빈대머리가

절창 썩 잘 부르는 노래　너스레 남에게 수다스럽게 말을 늘어놓는 것
배알이 상했다 비위에 거슬려 아니꼽게 생각됐다

훌러덩 단박에 벗어지고 만 것이었다. 소새는 또 주둥이가 한 발이나 쑤욱 나와 버렸고. 개미는 하도하도 우습다 못해 대굴대굴 구르다가 그만 허리가 부러지고 말았다. 이래서 그 때부터 왕치는 대머리가 벗어진 것이고, 소새는 주둥이가 길어진 것이고, 개미는 허리가 부러졌다는 것이다.

작품 줄거리

왕치는 머리가 훌러덩 벗어지고, 소새는 주둥이가 나오고, 개미는 허리가 잘룩한 데는 내력이 있어요. 왕치와 개미와 소새는 함께 살았어요. 개미와 소새는 부지런하고 열심히 생활을 합니다. 하지만 게으른 왕치는 하루종일 빈둥빈둥 놀고먹기만 해요.

어느 가을날 다들 모여 앉아 하루씩 맡아 잔치를 치르기로 하였어요. 개미는 곁참을 이고 가는 촌 마누라의 다리를 물어뜯어 밥 광주리가 엎어지자 이것으로 푸짐한 상을 차렸어요. 다음날 소새는 물가에서 잉어의 눈을 꿰어 잡았어요. 소새와 개미가 잉어를 먹고 있는데 뱃속에서 왕치가 뛰어나왔어요. 왕치를 산 채로 잡아먹은 잉어를 소새가 잡아 온 것입니다. 왕치는 자신을 구출한 소새와 개미에게 고맙다는 말은 커녕, 자기가 잉어를 잡아 온 것처럼 너스레를 떨었어요. 소새는 왕치의 넉살에 화가 나서 주둥이가 한 발이나 나왔고, 왕치는 속을 못 차리고 공짜를 바쳐 이마가 벗어졌고, 개미는 소새와 왕치를 보고 너무 웃어서 허리가 가늘어 졌다고 해요.

이 작품은 동화와 소설의 중간에 위치하는 우화 소설입니다. 이 작품에 의인화되어 있는 왕치, 소새, 개미는 인간의 여러 성격이나 태도를 대신 나타내고 있어요. 이 작품에서는 사투리, 속어 등을 사용하여 등장인물을 풍자하고 인물의 성격을 통해 간접적으로 주제를 나타내었어요. 이 작품은 언제 창작이 되었는지 정확하지 않아요. 다만, 일제 시대의 막을 내린 1945년 이후일 것으로 추정할 뿐입니다. 동물이 등장하는 우화의 세계에서 작가는 광복 이후의 어지러운 사회상의 한 부분을 풍자한 것으로 보여집니다.

메밀꽃 필 무렵

이효석(1907~1942)

강원도 평창에서 태어났어요. 1930년 경성제국대학 법문학부 영문과를 졸업하였어요. 1925년 〈매일신보〉신춘문예에 시〈봄〉이 선외가작으로 뽑힌 일이 있으나 정식으로 활동을 시작한 것은 1928년 〈도시와 유령〉을 발표한 다음부터 입니다. 대학 졸업 후 1931년 경제적 곤란으로 총독부 경무국 검열계에 취직했으나 주위의 지탄을 받자 처가가 있는 경성으로 내려가 경성농업학교 영어 교사로 재직하였어요. 초기 작품은 〈노령근해〉, 〈상륙〉, 〈북국사신〉 등이 있어요. 1933년에는 구인회에 가입하여 활동하였어요.

이 시기에 〈산〉, 〈들〉, 〈메밀꽃 필 무렵〉, 〈석류〉, 〈개살구〉, 〈장미 병들다〉, 〈황제〉 등을 발표했어요. 1942년 뇌막염으로 병석에 눕게 되고, 29여일 후 36세의 나이로 요절하였어요.

여름 장이란 애시당초에 글러서, 해는 아직 중천에 있건만 장
터는 벌써 쓸쓸하고, 더운 햇살이 벌여 놓은 전의 휘장 밑으로
들어와 등줄기를 훅훅 볶는다. 마을 사람들은 거의 돌아간 뒤요,
나무를 다 팔지 못한 나뭇꾼 패가 길거리에 궁싯거리고들 있으
나, 석유나 사고 고기나 사 갈지 모를 이들을 바라보고 언제까지
버티고 있을 수는 없다. 귀찮게 날아드는 파리떼도, 장난꾼 각다
귀들도 귀찮다. 얼금뱅이요 왼손잡이인 드팀전의 허 생원은 기
어코 같이 일하는 조 선달에게 말했다.

“그만 거둘까?”

“잘 생각했네. 봉평 장에서 한번이나 흐뭇하게 팔아 본 일 있
을까. 내일 대화 장에서나 한몫 벌어야겠네.”

“오늘 밤은 밤을 새서 걸어야 될걸.”

“달이 뜨겠지?”

절렁절렁 소리를 내며 조 선달이 그 날 산 돈을 따지는 것을
보고 허 생원은 말뚝에서 넓은 휘장을 걷고, 벌여 놓았던 물건을
거두기 시작하였다. 무명과 명주, 비단이 두 상자에 꽉 찼다. 멍
석 위에는 천 조각이 어수선하게 남았다.

다른 이들도 벌써 거의 전들을 걷고 있었다. 약삭빠르게 떠나
는 패도 있었다. 생선 장수도, 땜장이도, 엿 장수도, 생강 장수도
보이지 않았다. 내일은 진부와 대화에 장이 선다. 그들은 그 어
느 쪽으로든지 밤을 새며 육칠십 리 밤길을 타박거리지 않으면

전 물건을 늘어 놓고 파는 가게　궁싯거리고 어찌할지 몰라 머뭇거리고
각다귀 모기와 비슷하나 몸이 훨씬 크고 다리가 길다
얼금뱅이 얼굴이 얽은 사람을 이르는 말　드팀전 천을 파는 가게

안 된다. 장판은 잔치 뒷마당같이 어수선하게 벌어지고, 술집에
는 싸움이 터져 있었다. 주정꾼 욕지거리에 섞여 여자의 날카로
운 목소리가 들렸다. 장날 저녁은 정해 놓고 여자의 고함소리로
시작되는 것이다.

"생원, 시침을 떼두 다 아네. …… 충줏집 말야."

여자 목소리 때문에 문득 생각난 듯이 조 선달은 비죽이 웃는
다.

"화중지병이지. 나이 어린 패들을 적수로 하고서야 대거리가
돼야 말이지."

"그렇지도 않을걸. 축들이 사족을 못 쓰는 것도 사실은 사실이
나, 아무리 그렇다곤 해도 왜 그 동이 말일세, 감쪽같이 충줏
집을 후린 눈치거든."

"뭐, 그 애숭이가? 물건 가지고 꾀었나 보지. 착실한 녀석인
줄 알았더니."

"그것만은 알 수 있나……. 고민 말고 가 보세나그려. 내 한턱
씀세."

그다지 마음이 당기지 않는 것을 쫓아갔다. 허 생원은 여자와
는 인연이 없었다. 얽둑배기 상판을 쳐들고 다가설 숫기도 없었
으나 여자 쪽에서 정을 보낸 적도 없었고, 쓸쓸하고 뒤틀린 반생
이었다. 충줏집을 생각만 하여도 철없이 얼굴이 붉어지고 발밑
이 떨리고 그 자리에 소스라쳐 버린다. 충줏집 문을 들어서서 술

좌석에서 과연 동이를 만났을 때에는 어찌 된 서슬엔지 발끈 화가 나 버렸다. 상 위에 붉은 얼굴을 쳐들고 제법 계집과 수작을 부리는 것을 보고 견딜 수 없었던 것이다. 녀석이 제법 난봉꾼인데 꼴사납다. 머리에 피도 안 마른 녀석이 낮부터 술 처먹고 계집과 농탕이야. 장돌뱅이 망신만 시키고 돌아다니누나. 그 꼴에 우리들과 한몫 보자는 셈이지. 동이 앞에 막아서면서부터 책망이었다. 걱정도 팔자요 하는 듯이 빤히 쳐다보는 상기된 눈망울에 부딪치자, 결김에 따귀를 한 대 갈겨 주지 않고는 배길 수 없었다. 동이도 화를 내며 팩하고 일어서기는 하였으나, 허 생원은 얼굴색도 변하지 않고 마음먹은 대로 다 지껄였다. ―어디서 주워 먹은 선머슴인지는 모르겠으나, 네게도 아비 어미 있겠지. 그 사나운 꼴 보면 맘 좋겠다. 장사란 탐탁하게 해야 돼지, 계집이다 무어야. 나가거라, 냉큼 꼴 치워.

그러나 한마디도 대거리하지 않고 하염없이 나가는 꼴을 보려니, 도리어 측은히 여겨졌다. 아직도 서먹서먹한 사이인데 너무 과하지 않았을까 하고 마음이 섬짓해졌다. 주제도 넘지, 같은 술손님이면서 아무리 젊다고 자식 나이 된 것을 치고 닦아세울 것은 무어야 원. 충줏집은 입술을 쫑긋하고 술 붓는 솜씨도 거칠었으나, 젊은 애들한테는 그것이 약이 된다며 조 선달이 얼버무려 넘겼다. 용기도 생긴 데다가 웬일인지 흠뻑 취해 보고 싶은 생각도 있어서 허 생원은 주는 술잔이면 거의 다 들이켰다. 거나해짐에 따라 동이의 뒷일이 한결같이 궁금해졌다. 내 꼴에 여자를 가로채서는 어떡할 작정이었누 하고 어리석은 꼬락서니를 모질게 책망하는 마음도 한편에 있었다. 그렇기 때문에 얼마나 지난 뒤인지 동이가 헐레벌떡거리며 황급히 부르러 왔을 때에는, 마시던 잔을 그 자리에 던지고 정신없이 허덕이며 충줏집을 뛰어 나간 것이다.

"생원의 당나귀가 줄을 끊고 야단이에요."

"각다귀들 장난이지, 필연코."

짐승도 짐승이려니와 동이의 마음씨가 가슴을 울렸다. 뒤를 따라 장터를 달음질하려니 거슴츠레한 눈이 뜨거워질 것 같다.

"부락스런 녀석들이라 어쩌는 수 있어야죠."

"나귀에게 심하게 구는 녀석들은 그냥 두지는 않을걸."

반평생을 같이 지내 온 짐승이었다. 같은 주막에서 잠자고, 같은 달빛에 젖으면서 장에서 장으로 걸어 다니는 동안에 이십 년의 세월이 사람과 짐승을 함께 늙게 하였다. 까스러진 목뒤 털은 주인의 머리털과도 같이 바스러지고, 개진개진 젖은 눈은 주인의 눈과 같이 눈곱을 흘렸다. 몽당 비처럼 짧게 쓸리운 꼬리는, 파리를 쫓으려고 기껏 휘저어 보아야 벌써 다리까지는 닿지 않았다. 닳아 없어진 굽을 몇 번이나 도려내고 새 철을 신겼는지 모른다. 굽은 벌써 더 자라나기는 틀렸고 닳아 버린 철 사이로는 피가 빼짓이 흘렀다. 냄새만 맡고도 주인을 분간하였다. 호소하

는 목소리로 야단스럽게 울며 반겨한다.

어린아이를 달래듯이 목덜미를 어루만져 주니 나귀는 코를 벌름거리고 입을 투르르거렸다. 콧물이 튀었다. 허 생원은 짐승 때문에 속도 무던히 썩었다. 아이들의 장난이 심한 눈치여서 땀 밴 몸뚱어리가 부들부들 떨리고 좀체 흥분이 식지 않는 모양이었다. 굴레가 벗어지고 안장도 떨어졌다. 요 몹쓸 자식들, 하고 허 생원은 호령을 하였으나 패들은 벌써 줄행랑을 논 뒤요, 몇 남지 않은 아이들이 호령에 놀라 비슬비슬 멀어졌다.

"우리들 장난이 아니우. 암놈을 보고 저 혼자 난리지."

코흘리개 한 녀석이 멀리서 소리를 쳤다.

"고 녀석 말투가……."

"김 첨지 당나귀가 가 버리니까 온통 흙을 차고 거품을 흘리면서 미친 소같이 날뛰는걸. 꼴이 우스워 우리는 보고만 있었다우. 배를 좀 보지."

아이는 앵돌아진 투로 소리를 치며 깔깔 웃었다. 허 생원은 모르는 결에 낯이 뜨거워졌다. 뭇 시선을 막으려고 그는 짐승의 배 앞을 가리어 서지 않으면 안 되었다.

"늙은 주제에 암샘을 내는 거야. 저 놈의 짐승이."

아이의 웃음소리에 허 생원은 주춤하면서 기어코 견딜 수 없어 채찍을 들더니 아이를 쫓았다.

"쫓으려거든 쫓아 보지. 왼손잡이가 사람을 때려."

줄달음에 달아나는 각다귀에는 당하는 재주가 없었다. 왼손잡이는 아이 하나도 후릴 수 없다. 그만 채찍을 던졌다. 술기도 돌아 몸이 유난스럽게 화끈거렸다.

"그만 떠나세. 녀석들과 어울리다가는 한이 없어. 장판의 각다귀들이란 어른보다도 더 무서운 것들인걸."

조 선달과 동이는 각각 제 나귀에 안장을 얹고 짐을 싣기 시작하였다. 해가 꽤 많이 기울어진 모양이었다.

드팀전 장돌림을 시작한 지 이십 년이나 되어도 허 생원은 봉평 장을 빼논 적은 드물었다. 충주·제천 등의 이웃 군에도 가고, 멀리 영남 지방도 헤매기는 하였으나 강릉쯤에 물건 하러 가는 외에는 처음부터 끝까지 군내를 돌아다녔다. 닷새만큼씩의 장날에는 달보다도 확실하게 면에서 면으로 건너간다. 고향이 청주라고 자랑삼아 말하였으나 고향을 돌보러 간 일도 있는 것 같지는 않았다. 장에서 장으로 가는 길의 아름다운 강산이 그대로 그에게는 그리운 고향이었다. 반날 동안이나 뚜벅뚜벅 걷고 장터 있는 마을에 거의 가까왔을 때 거친 나귀가 한바탕 우렁차게 울면―더구나 그것이 저녁녘이어서 등불들이 어둠 속에 깜박거릴 무렵이면 늘 당하는 것이건만, 허 생원은 변치 않고 언제든지 가슴이 뛰놀았다.

젊은 시절에는 알뜰하게 벌어 돈푼이나 모아 본 적도 있기는 있었으나, 읍내에 백중이 열린 해 호탕스럽게 놀고 투전을 하고

장돌림 장터를 돌아다니며 장사를 함　백중 음력 칠월 보름으로 절에서 재를 올린다
투전 노름의 한 종류

하여 사흘 동안에 다 털어 버렸다. 나귀까지 팔게 된 판이었으나 애끓는 정분에 그것만은 이를 물고 단념하였다. 결국 도로 아미타불로 장돌림을 다시 시작할 수밖에는 없었다. 짐승을 데리고 읍내를 도망해 나왔을 때에는 너를 팔지 않기 다행이었다고 길가에서 울면서 짐승의 등을 어루만졌던 것이었다. 빚을 지기 시작하니 재산을 모을 염두는 애초에 틀리고 간신히 입에 풀칠을 하러 장에서 장으로 돌아다니게 되었다.

호탕스럽게 놀았다고는 하여도 여자 한번 만나 보지 못하였다. 여자란 쌀쌀하고 매정했다. 평생 인연이 없는 것이어서 신세가 서글퍼졌다. 일신에 가까운 것이라고는 언제나 변함없는 한 필의 당나귀였다.

그렇다고는 하여도 꼭 한 번의 첫사랑을 잊을 수는 없었다. 뒤에도 처음에도 없는 단 한 번의 괴이한 인연! 봉평에 다니기 시작한 젊은 시절의 일이었으나 그것을 생각할 적만은 그도 산 보람을 느꼈다.

"달밤이었으나 어떻게 해서 그렇게 됐는지 지금 생각해도 도무지 알 수 없어."

허 생원은 오늘 밤도 또 그 이야기를 끄집어 내려는 것이다. 조 선달은 친구가 된 이래 귀에 못이 박히도록 들어 왔다. 그렇다고 싫증을 낼 수도 없었으나 허 생원은 시치미를 떼고 되풀이하고 싶은 대로 되풀이하고야 말았다.

도로 아미타불 애쓴 일이 아무 보람 없이 처음과 마찬가지로 되었음을 이르는 말
호탕 성격이 거리낌없이 너그럽고 활달함   일신 한 몸

"달밤에는 그런 이야기가 격에 맞거든,"

조 선달 편을 바라는 보았으나 물론 미안해서가 아니라 달빛에 감동하여서였다. 이지러는 졌으나 보름을 갓 지난 달은 부드러운 빛을 흐뭇이 흘리고 있다. 대화까지는 팔십 리의 밤길, 고개를 둘이나 넘고 개울을 하나 건너고 벌판과 산길을 걸어야 된다. 길은 지금 긴 산허리에 걸려 있다. 밤중을 지난 무렵인지 죽은 듯이 고요한 속에서 짐승 같은 달의 숨소리가 손에 잡힐 듯이 들리며, 콩포기들과 옥수수 잎새가 한층 달에 푸르게 젖었다. 산허리는 온통 메밀밭이어서 피기 시작한 꽃이 소금을 뿌린 듯이 흐뭇한 달빛에 숨이 막힐 지경이다. 붉은 대궁이 향기같이 애잔하고 나귀들의 걸음도 시원하다. 길이 좁은 까닭에 세 사람은 나귀를 타고 외줄로 늘어섰다. 방울 소리가 시원스럽게 딸랑딸랑 메밀밭께로 흘러간다. 앞장선 허 생원의 이야기 소리는 꽁무니에 선 동이에게는 확적히는 안 들렸으나, 그는 그대로 개운한 제 멋에 적적하지는 않았다.

"장 선 꼭 이런 날 밤이었네. 객주집 토방이란 무더워서 잠이 들어야지. 밤중은 돼서 혼자 일어나 개울가에 목욕하러 나갔지. 봉평은 지금이나 그제나 마찬가지지. 보이는 곳마다 메밀밭이어서 개울가가 어디 없이 하얀 꽃이야. 돌밭에 벗어도 좋을 것을, 달이 너무나 밝은 까닭에 옷을 벗으러 물방앗간으로 들어가지 않았나. 이상한 일도 많지. 거기서 난데없는 성 서

대궁 줄기 확적히 확실하여 틀림이 없이
객주집 장사꾼들의 물건을 흥정 붙여 주거나, 장사꾼들을 재워 주는 집
토방 마루를 놓을 수 있게 된 처마 밑의 흙 일색 아주 뛰어나게 아름다운 미인

방네 처녀와 마주쳤단 말이네. 봉평서야 제일 가는 일색이었
지—팔자에 있었나 보지.”
　아무렴 하고 응답하면서 말머리를 아끼는 듯이 한참이나 담배
를 빨 뿐이었다. 구수한 자줏빛 연기가 밤 기운 속에 흘러서는
녹았다.

"날 기다린 것은 아니었으나, 그렇다고 달리 기다리는 놈팽이
가 있는 것도 아니었네. 처녀는 울고 있단 말야. 짐작은 했으
나 성 서방네는 한창 어려워서 도망갈 판이었지. 한 집안 일이
니 딸에겐들 걱정이 없을 리 있겠나? 좋은 데만 있으면 시집도
보내련만 시집은 죽어도 싫다지……. 그러나 처녀란 울 때같
이 정을 끄는 때가 있을까. 처음에는 놀라기도 한 눈치였으나,
걱정 있을 때는 누그러지기도 쉬운 듯해서 이럭저럭 이야기가
되었네……. 생각하면 무섭고도 기막힌 밤이었어."
"제천인지로 줄행랑을 놓은 건 그 다음 날이렸다."
"다음 장도막에는 벌써 온 집안이 사라진 뒤였네. 장터는 소문
에 발끈 뒤집혀 고작해야 술집에 팔려 가기가 쉽다고 처녀의
뒷공론이 자자들 하단 말이야. 제천 장터를 몇 번이나 뒤졌겠
나. 허나 처녀의 꼴은 꿩궈 먹은 자리야. 첫날밤이 마지막 밤
이었지. 그 때부터 봉평이 마음에 들어 반평생을 두고 다니게
되었네. 반평생인들 잊을 수 있겠나."
"수 좋았지. 그렇게 신통한 일이란 쉽지 않아. 대개는 못난 사
람 얻어 새끼 낳고, 걱정 늘고 생각만 해도 진저리가 나지.
……그러나 늙으막바지까지 장돌뱅이로 지내기도 힘드는 노릇
아닌가? 난 가을까지만 하고 이 일과도 하직하려네. 대화쯤에
조그만 가게나 하나 벌이고 식구들을 부르겠어. 사철 내내 뚜
벅뚜벅 걷기란 여간 어려워야지."

"옛 처녀나 만나면 같이나 살까……. 난 거꾸러질 때까지 이 길 걷고 저 달 볼 테야."

산길을 벗어나니 큰길로 나왔다. 꽁무니의 동이도 앞으로 나서 나귀들은 가로 늘어섰다.

"총각도 젊겠다, 지금이 한창 시절이렸다. 충줏집에서는 그만 실수를 해서 그 꼴이 되었으나 섧게 생각 말게."

"처, 천만에요. 되려 부끄러워요. 지금 제 처지에 무슨 여자예요. 자나 깨나 어머니 생각뿐인데요."

허 생원의 이야기로 해 한 끝이라 동이의 어조는 한풀 수그러진 것이었다.

"아비 어미란 말에 가슴이 터지는 것도 같았으나, 제겐 아버지가 없어요. 피붙이라고는 어머니 하나뿐인걸요."

"돌아가셨나?"

"처음부터 없어요."

"그런 법이 세상에……."

생원과 선달이 야단스럽게 껄껄들 웃으니 동이는 정색하고 우길 수밖에는 없었다.

"부끄러워서 말하지 않으려 했으나 정말예요. 제천 촌에서 달도차지 않은 아이를 낳고 어머니는 집을 쫓겨났죠. 우스운 이야기나, 그러기 때문에 지금까지 아버지 얼굴도 본 적 없고 있는 고장도 모르고 지내 와요."

실심 근심 걱정으로 마음이 어지러워지고 맥이 빠짐

　고개가 앞에 놓인 까닭에 세 사람은 나귀를 내렸다. 둔덕은 험하고 입을 벌리기도 대근하여 이야기는 한동안 끊겼다. 나귀는 걸핏하면 미끄러졌다. 허 생원은 숨이 차 몇 번이고 다리를 쉬지 않으면 안 되었다. 고개를 넘을 때마다 나이가 알렸다. 동이 같은 젊은 사람이 그지없이 부러웠다. 땀이 등을 한바탕 쪽 씻어

둔덕 논, 밭이 두두룩하게 언덕진 곳　대근하여 견디기가 힘들고 만만하지 아니하여
나이가 알렸다 힘이 들어 나이가 많음을 새삼 느꼈다

내렸다.

　고개 너머는 바로 개울이었다. 장마에 흘러 버린 널다리가 아직도 걸리지 않은 채로 있는 까닭에 벗고 건너야 되었다. 고의를 벗어 띠로 등에 얽어 매고 반 벌거숭이의 우스꽝스런 꼴로 물 속에 뛰어들었다. 금방 땀을 흘린 뒤였으나 밤 물은 뼈를 찔렀다.

　"그래, 대체 기르긴 누가 기르고?"

　"어머니는 하는 수 없이 의부를 얻어 가서 술 장사를 시작했죠. 술이 고주망태라 의부라고 순전히 망나니예요. 철들어서부터 맞기 시작한 것이 하룬들 편한 날 있었을까. 어머니는 말리다가 채이고 맞고 칼부림을 당하고 하니 집 꼴이 무어겠소. 열 여덟살 때 집을 뛰쳐 나와서부터 이 짓이죠."

　"총각 나이로는 꽤 무던하다고 생각했더니 듣고 보니 딱한 신세로군."

　물은 깊어 허리까지 찼다. 속 물살도 어지간히 센 데다가 발에 채이는 돌멩이도 미끄러워 금시에 훌칠 듯하였다. 나귀와 조 선달은 재빨리 거의 건넜으나 동이는 허 생원을 붙드느라고 두 사람은 훨씬 떨어졌다.

　"모친의 친정은 원래부터 제천이었던가?"

　"웬걸요. 시원스리 말은 안 해 주나 봉평이라는 것만은 들었죠."

　"봉평? 그래, 그 아비 성은 무엇이고?"

널다리 널빤지로 건너지른 다리　고의 남자의 여름 홑바지
의부 어머니가 다시 얻은 남편　훌칠 물살에 쏠릴

"알 수 있나요. 도무지 듣지를 못했으니까."

"그, 그렇겠지."

하고 중얼거리며 흐려지는 눈을 까물까물하다가 허 생원은 경망하게도 발을 헛디디었다. 앞으로 고꾸라지기가 바쁘게 몸째 풍덩 빠져 버렸다. 허우적거릴수록 몸을 걷잡을 수 없어 동이가 소리를 치며 가까이 왔을 때에는 벌써 퍽으나 흘렀었다. 옷째 쫄딱 젖으니 물에 젖은 개보다도 참혹한 꼴이었다. 동이는 물 속에서 어른을 해깝게 업을 수 있었다. 젖었다고는 하여도 여윈 몸이라 장정 등에는 오히려 가벼웠다.

"이렇게까지 해서 안됐네. 내 오늘은 정신이 빠진 모양이야."

"염려하실 것 없어요."

"그래, 모친은 아비를 찾지는 않는 눈치지?"

"늘 한번 만나고 싶다고는 하는데요."

"지금 어디 계신가?"

"의부와도 갈라져 제천에 있죠. 가을에는 봉평에 모셔 오려고 생각 중인데요. 이를 물고 벌면 이럭저럭 살아 갈 수 있겠죠."

"아무렴, 기특한 생각이야. 가을이랬다?"

동이의 탐탁한 등어리가 뼈에 사무쳐 따뜻하다. 물을 다 건넜을 때에는 도리어 서글픈 생각에 좀 더 업혔으면도 하였다.

"진종일 실수만 하니 웬일이요? 생원."

조 선달이 바라보며 기어코 웃음이 터졌다.

경망 말이나 행동이 경솔함   해깝게 가볍게

"나귀야, 나귀 생각하다 실족을 했어. 말 안 했던가. 저 꼴에 제법 새끼를 얻었단 말이지. 읍내 강릉집 피마에게 말일세. 귀를 쫑긋 세우고 달랑달랑 뛰는 것이 나귀 새끼같이 귀여운 것이 있을까. 그것 보러 나는 일부러 읍내를 도는 때가 있다네."

"사람을 물에 빠뜨릴 정도면 딴은 대단한 나귀 새끼군."

허 생원은 젖은 옷을 웬만큼 짜서 입었다. 이가 덜덜 갈리고 가슴이 떨리며 몹시도 추웠으나 마음은 알 수 없이 둥실둥실 가벼웠다.

"주막까지 부지런히들 가세나. 뜰에 불을 피우고 훗훗이 쉬어. 나귀에겐 더운 물을 끓여 주고, 내일 대화 장 보고는 제천이다."

"생원도 제천으로……?"

"오래간만에 가 보고 싶어. 동행하려나, 동이?"

나귀가 걷기 시작하였을 때, 동이의 채찍은 왼손에 있었다. 오랫동안 아둑시니같이 눈이 어둡던 허 생원도 요번만은 동이의 왼손잡이가 눈에 띄지 않을 수 없었다.

걸음도 해깝고 방울 소리가 밤 벌판에 한층 청청하게 울렸다.

달이 어지간히 기울어졌다.

허 생원은 이리저리 떠돌아다니며 장사를 하는 장돌뱅이입니다. 허 생원은 우연히 동이라는 총각을 만나 동행을 하게 되지요.

하얀 달빛 아래 흐드러지게 핀 메밀꽃밭을 걸어가며 허 생원은 항상 마음속에 품고 있었던 이야기를 꺼냅니다. 고즈넉한 달밤에 목욕을 하러 개울가로 갔어요. 물레방앗간이 있는 그 곳에서 울고 있는 성 서방의 딸을 만났어요. 그녀는 봉평에서 제일가는 일색이었어요. 둘이는 서로 사랑을 나누었어요. 하지만 다음날 성 서방네는 빚 때문에 제천으로 도망 갔다는 말을 들어요. 허 생원에게는 그 하룻밤의 사랑이 힘들고 고된 생활을 잊게 하는 위안이 되었던 것입니다. 허 생원은 이날 밤 동이가 아버지를 모르고 자라난 사생아임을 알게 됩니다. 또 동이어머니의 고향은 봉평이라 했어요. 게다가 동이도 자기처럼 왼손잡이라는 것을 알았어요. 허 생원은 동이 어머니가 성처녀가 아닐까 생각해요. 허 생원은 동이와 같이 제천으로 가 동이 어머니를 만날 생각입니다.

이 작품은 인간의 순수한 마음을 허 생원과 나귀를 통해 나타내고자 하는 낭만주의적인 소설입니다. 강원도의 봉평에서 대화에 이르는 팔십리를 배경으로, 장을 서는 곳마다 따라다니는 장돌뱅이들을 등장시켜 이야기를 꾸몄어요. 그 길을 동행하는 세 인물의 지난 일들을 통해 인간의 순수한 사랑을 나타내고 있어요. 늙고 초라한 장돌뱅이 허 생원이 젊었을 때 정을 통한 처녀의 아들 동이를 친자로 확인하는 과정을 호기심있게 그려 한층 재미를 더하지요. 하얀 달빛과 메밀꽃이 알알이 흐드러지게 피어 있는 밤길 묘사는 이 글의 절정이라고 할 수가 있어요. 달빛과 메밀꽃을 그림 그리듯이 어우러져 표현함으로써 시적인 정취를 더 한층 느끼게 합니다.

날개

이 상 (1910~1937)

본명은 김해경. 1910년 서울에서 태어났어요. 보성고보를 졸업하고 경성고등학
교를 졸업한 후 조선 총독부 건축 기사로 일했어요. 하루 저녁에 한글을 모두
깨우쳤다고 할 정도로 수재였어요.

어린 시절의 체험이 잘 나타나 있는 소설〈12월 12일〉은 1930년 〈조선〉에 연재
되었어요. 〈12월 12일〉은 이상의 제 1차 각혈 시기로 추정되기도 해요. 〈12월
12일〉은 이상의 최초의 소설이자, 최초의 한글 소설이며, 유일한 장편 소설입
니다. 23세 때 폐병이 걸리면서 일을 그만두고 소설을 쓰기 시작했어요. 1936
년 발표한 〈날개〉는 자신의 마음을 드러내는 작품이기도 해요. 글을 쓸 때는 일
반적인 형식을 벗어나 아무렇게나 쓰기도 했어요. 27세의 젊은 나이로 안타깝
게 생을 마감했어요.

'박제가 되어 버린 천재'를 아시오? 나는 유쾌하오. 이런 때 연애까지가 유쾌하오.

육신이 흐느적흐느적하도록 피로했을 때만 정신이 은화처럼 맑소. 니코틴이 내 횟배 앓는 뱃속으로 스미면 머릿속에 으레 백지가 준비되는 법이오. 그 위에다 나는 위트와 패러독스를 바둑 포석처럼 늘어놓소. 가증할 상식의 병이오.

나는 또 여인과 생활을 설계하오. 연애 기법에마저 서먹서먹해진 지성의 극치를 흘깃 좀 들여다본 일이 있는, 말하자면 일종의 정신분일자 말이오. 이런 여인의 반―그것은 온갖 것의 반이오―만을 영수하는 생활을 설계한다는 말이오. 그런 생활 속에 한 발만 들여놓고 흡사 두 개의 태양처럼 마주 쳐다보면서 낄낄거리는 것이오. 나는 아마 어지간히 인생의 제행이 싱거워서 견딜 수가 없게끔 되고 그만둔 모양이오. 굿바이.

굿바이, 그대는 이따금 그대가 제일 싫어하는 음식을 탐식하는 아이러니를 실천해 보는 것도 놓을 것 같소. 위트와 패러독스와…….

그대 자신을 위조하는 것도 할 만한 일이오. 그대의 작품은 한 번도 본 일이 없는 기성품에 의하여 차라리 경편하고 고매하리다.

19세기는 될 수 있거든 봉쇄하여 버리오. 도스토예프스키 정신이란 자칫하면 낭비일 것 같소. 위고를 불란서의 빵 한 조각이

포석 바둑을 둘 때 처음 돌을 벌여 놓음 제행 ①우주의 만물. ②모든 수행
경편 ①가볍고 간단하여 사용하기에 편리함. ②몸이 가벼워 자재로움
고매 인품, 학식, 재질 등이 높고 뛰어남

라고는 누가 그랬는지 지언인 듯싶소. 그러나 인생 혹은 모형에 있어서 '디테일' 때문에 속는다거나 해서야 되겠소? 화를 보지 마오. 부디 그대께 고하는 것이니…….

"테이프가 끊어지면 피가 나오. 상채기도 머지않아 완치될 줄 믿소. 굿바이."

감정은 어떤 '포즈'. 그 '포즈'의 원소만을 지적하는 것이 아닌지 나도 모르겠소.

그 포즈가 부동 자세까지 고도화할 때 감정은 딱 공급을 정지합네다.

나는 내 비범한 발육을 회고하여 세상을 보는 안목을 규정하였소.

여왕봉과 미망인—세상의 하고많은 여인이 본질적으로 이미 미망인이 아닌 이가 있으리까? 아니, 여인의 전부가 그 일상에 있어서 개개 '미망인'이라는 내 논리가 뜻밖에도 여성에 대한 모독이 되오? 굿바이.

그 33번지라는 것이 구조가 흡사 유곽이라는 느낌이 없지 않다.

한 번지에 18가구가 죽 어깨를 맞대고 늘어서서 창호가 똑같고 아궁이 모양이 똑같다. 게다가 각 가구에 사는 사람들이 송이송이 꽃과 같이 젊다.

해가 들지 않는다. 해가 드는 것을 그들이 모른 체하는 까닭이다. 턱살 밑에다 철줄을 매고 얼룩진 이부자리를 널어 말린다는 핑계로 미닫이에 해가 드는 것을 막아 버린다. 침침한 방안에서 낮잠들을 잔다. 그들은 밤에는 잠을 자지 않나? 알 수 없다. 나는 밤이나 낮이나 잠만 자느라고 그런 것을 알 길이 없다. 33번지 18가구의 낮은 참 조용하다.

조용한 것은 낮뿐이다. 어둑어둑하면 그들은 이부자리를 걷어 들인다. 전등불이 켜진 뒤의 18가구는 낮보다 훨씬 화려하다. 저물도록 미닫이 여닫는 소리가 잦다. 바빠진다. 여러 가지 냄새가 나기 시작한다. 비웃 굽는 내, 탕고도 오랑내, 뜨물내, 비눗내.

그러나 이런 것들보다도 그들의 문패가 제일로 고개를 끄덕이게 하는 것이다.

이 18가구를 대표하는 대문이라는 것이 일각이

져서 외따로 떨어지기는 했으나, 있다. 그러나 그것은 한 번도 닫힌 일이 없는, 한길이나 마찬가지 대문인 것이다. 온갖 장사아치들은 하루 가운데 어느 시간에라도 이 대문을 통하여 드나들 수 있는 것이다. 이네들은 문간에서 두부를 사는 것이 아니라, 미닫이를 열고 방에서 두부를 사는 것이다. 이렇게 생긴 33번지 대문에 그들 18가구의 문패를 몰아다 붙이는 것은 의미가 없다. 그들은 어느 사이엔가 각 미닫이 위 백인당이니 길상당이니 써 붙인 한곁에다 문패를 붙이는 풍속을 가져 버렸다.

내 방 미닫이 위 한곁에 칼표 딱지를 넷에다 낸 것만한 내— 아니! 내 아내의 명함이 붙어 있는 것도 이 풍속을 좇은 것이 아닐 수 없다.

나는 그러나 그들의 아무와도 놀지 않는다. 놀지 않을 뿐만 아니라 인사도 않는다. 나는 내 아내와 인사하는 외에 누구와도 인사하고 싶지 않았다.

내 아내 외의 다른 사람과 인사를 하거나 놀거나 하는 것은 내 아내 낯을 보아 좋지 않은 일인 것만 같이 생각이 되었기 때문이다. 나는 이만큼까지 내 아내를 소중히 생각한 것이다. 내가 이렇게까지 내 아내를 소중히 생각한 까닭은 이 33번지 18가구 속에서 내 아내가 내 아내의 명함처럼 제일 작고 제일 아름다운 것을 안 까닭이다. 18가구에 각기 빌려 들은 송이송이 꽃들 가운데서도 내 아내가 특히 아름다운 한 떨기의 꽃으로 이 함석 지붕

....

장사아치들 물건을 사고 파는 일을 직업으로 하는 사람을 나타냄

밑 볕 안 드는 지역에서 어디까지든지 찬란하였다. 따라서 그런 한 떨기 꽃을 지키고—아니 그 꽃에 매어달려 사는 나라는 존재가 도무지 형언할 수 없는 거북살스러운 존재가 아닐 수 없었던 것은 물론이다.

나는 어디까지든지 내 방이—집이 아니다. 집은 없다—마음에 들었다. 방안의 기온은 내 체온을 위하여 쾌적하였고, 방안의 침침한 정도가 또한 내 안력을 위하여 쾌적하였다. 나는 내 방 이상의 서늘한 방도 또 따뜻한 방도 희망하지 않았다. 이 이상으로 밝거나 이 이상으로 아늑한 방은 원하지 않았다. 내 방은 나 하나를 위하여 요만한 정도를 꾸준히 지키는 것 같아 늘 내 방에 감사하였고, 나는 또 이런 방을 위하여 이 세상에 태어난 것만 같아서 즐거웠다.

그러나 이것은 행복이라든가 불행이라든가 하는 것을 계산하는 것은 아니었다. 말하자면 나는 내가 행복되다고도 생각할 필요가 없었고, 그렇다고 불행하다고도 생각할 필요가 없었다. 그냥 그 날을 그저 까닭없이 펀둥펀둥 게으르고만 있으면 만사는 그만이었던 것이다.

내 몸과 마음에 옷처럼 잘 맞는 방 속에서 뒹굴면서, 축 쳐져 있는 것은 행복이니 불행이니 하는 그런 세속적인 계산을 떠난, 가장 편리하고 안일한 말하자면 절대적인 상태인 것이다. 나는 이런 상태가 좋았다.

안력 시력

이 절대적인 내 방은 대문간에서 세어서 똑 일곱째 칸이다. 럭키 세븐의 뜻이 없지 않다. 나는 이 일곱이라는 숫자를 훈장처럼 사랑하였다. 이런 이 방이 가운데 장지로 말미암아 두 칸으로 나뉘어 있었다는 그것이 내 운명의 상징이었던 것을 누가 알랴?

아랫방은 그래도 해가 든다. 아침결에 책보만한 해가 들었다가 오후에 손수건만해지면서 나가 버린다. 해가 영영 들지 않는 윗방이 즉 내 방인 것은 말할 것도 없다. 이렇게 볕드는 방이 아내 방이요, 볕 안 드는 방이 내 방이요 하고 아내와 나 둘 중에 누가 정했는지 나는 기억하지 못한다. 그러나 나에게는 불평이 없다. 아내가 외출만 하면 나는 얼른 아랫방으로 와서 그 동쪽으로 난 들창을 열어 놓고 열어 놓으면 들이비치는 햇살이 아내의 화장대를 비쳐 가지각색 병들이 아롱이 지면서 찬란하게 빛나고, 이렇게 빛나는 것을 보는 것은 다시없는 내 오락이다. 나는 조그만 돋보기를 꺼내 가지고 아내만이 사용하는 지리가미를 꺼내 가지고 그을려 가면서 불장난을 하고 논다. 평행 광선을 굴절시켜서 한 초점에 모아 가지고 그 초점이 따근따근해지다가, 마지막에는 종이를 그을리기 시작하고, 가느다란 연기를 내면서 드디어 구멍을 뚫어 놓는 데까지 이르는, 고 얼마 안 되는 동안의 초조한 맛이 죽고 싶을 만큼 내게는 재미있었다.

이 장난이 싫증이 나면 나는 또 아내의 손잡이 거울을 가지고 여러 가지로 논다. 거울이란 제 얼굴을 비칠 때만 실용품이다.

***

지리가미 휴지

그 외의 경우에는 도무지 장난감인 것이다. 이 장난도 곧 싫증이 난다. 나의 유희심은 육체적인 데서 정신적인 데로 비약한다. 나는 거울을 내던지고 아내의 화장대 앞으로 가까이 가서 나란히 늘어놓인 그 가지각색의 화장품 병들을 들여다본다. 고것들은 세상의 무엇보다도 매력적이다. 나는 그 중의 하나만을 골라서 가만히 마개를 빼고 병 구멍을 내 코에 가져다 대고 숨 죽이듯이 가벼운 호흡을 하여 본다. 이국적인 센슈얼한 향기가 폐로 스며들면 나는 저절로 스르르 감기는 내 눈을 느낀다. 확실히 아내의 체취의 파편이다.

나는 도로 병마개를 막고 생각해 본다. 아내의 어느 부분에서 요 냄새가 났던가를…… 그러나 그것은 분명하지 않다. 왜? 아내의 체취는 여기 늘어서 있는 가지각색 향기의 합계일 것이니까.

아내의 방은 늘 화려하였다. 내 방이 벽에 못 한 개 꽂히지 않은 소박한 것인 반대로, 아내 방에는 천장 밑으로 쫙 돌려 못이 박히고, 못마다 화려한 아내의 치마와 저고리가 걸렸다. 여러 가지 무늬가 보기 좋다. 나는 그 여러 조각의 치마에서 늘 아내의 동체와, 그 동체가 될 수 있는 여러 가지 포즈를 연상하고 연상하면서 내 마음은 늘 점잖지 못하다.

그렇건만 나에게는 옷이 없었다. 아내는 내게 옷을 주지 않았다. 입고 있는 골덴 양복 한 벌이 내 자리옷이었고 통상복과 나들이옷을 겸한 것이었다. 그리고 하이네크의 스웨터가 한 조각

자리옷 잠옷

사철을 통한 내 내의다. 그것들은 하나같이 다 빛이 검다. 그것은 내 짐작 같아서는 즉 빨래를 될 수 있는 데까지 하지 않아도 보기 싫지 않게 하기 위한 것이 아닌가 한다.

나는 허리와 두 가랑이 세 군데 다—고무 밴드가 끼여 있는 부드러운 사루마다를 입고 그리고 아무 소리 없이 잘 놀았다.

어느덧 손수건만해졌던 볕이 나갔는데 아내는 외출에서 돌아오지 않는다. 나는 요만 일에도 좀 피곤하였고 또 아내가 돌아오기 전에 내 방으로 가 있어야 될 것을 생각하고 그만 내 방으로 건너간다. 내 방은 침침하다. 나는 이불을 뒤집어쓰고 낮잠을 잔다. 한 번도 걷은 일이 없는 내 이부자리는 내 몸뚱이의 일부분처럼 내게는 참 반갑다. 잠은 잘 오는 적도 있다. 그러나 전신이 까칫까칫하면서 영 잠이 오지 않는 적도 있다. 그런 때는 아무 제목으로나 제목을 하나 골라서 연구하였다. 나는 내 좀 축축한 이불 속에서 참 여러 가지 발명도 하였고 논문도 많이 썼다. 시도 많이 지었다. 그러나 그것들은 내가 잠이 드는 것과 동시에 내 방에 담겨서 철철 넘치는 그 흐늑흐늑한 공기에다 비누처럼 풀어져서 온 데간데없고, 한잠 자고 깨인 나는 속이 무명 헝겊이나 메밀 껍질로 띵띵 찬 한 덩어리 베개와도 같은 한 벌 신경이었을 뿐이고 뿐이고 하였다.

그러기에 나는 빈대가 무엇보다도 싫었다. 그러나 내 방에서는 겨울에도 몇 마리의 빈대가 끊이지 않고 나왔다. 내게 근심이 있었다면 오직 이 빈대를 미워하는 근심일 것이다. 나는 빈대에게 물려서 가려운 자리를 피가 나도록 긁었다. 쓰라리다. 그것은 그윽한 쾌감에 틀림없었다. 나는 혼곤히 잠이 든다.

나는 그러나 그런 이불 속의 사색 생활에서도 적극적인 것을 궁리하는 법이 없다. 내게는 그럴 필요가 대체 없었다. 만일 내가 그런 좀 적극적인 것을 궁리해 내었을 경우에 나는 반드시 내 아내와 의논하여야 할 것이고, 그러면 반드시 나는 아내에게 꾸지람을 들을 것이고—나는 꾸지람이 무서웠다느니보다는 성가셨다. 내가 제법 한 사람의 사회인의 자격으로 일을 해보는 것도 아내에게 사설 듣는 것도 나는 가장 게으른 동물처럼 게으른 것이 좋았다. 될 수만 있으면 이 무의미한 인간의 탈을 벗어 버리고도 싶었다.

나에게는 인간 사회가 스스러웠다. 생활이 스스러웠다. 모두가 서먹서먹할 뿐이었다.

아내는 하루에 두 번 세수를 한다.

나는 하루 한 번도 세수를 하지 않는다.

나는 밤중 세 시나 네 시쯤 해서 변소에 갔다. 달이 밝은 밤에는 한참씩 마당에 우두커니 섰다가 들어오곤 한다. 그러니까 나는 이 18가구의 아무와도 얼굴이 마주치는 일이 거의 없다. 그러면서도 나는 이 18가구의 젊은 여인네 얼굴들을 거반 다 기억하고 있었다. 그들은 하나같이 내 아내만 못하였다.

열한 시쯤 해서 하는 아내의 첫 번 세수는 좀 간단하다. 그러나 저녁 일곱 시쯤 해서 하는 두 번째 세수는 손이 많이 간다. 아내는 낮에보다도 밤에 더 좋고 깨끗한 옷을 입는다. 그리고 낮에도 외출하고 밤에도 외출하였다.

아내에게 직업이 있었던가? 나는 아내의 직업이 무엇인지 알 수 없다. 만일 아내에게 직업이 없었다면 같이 직업이 없는 나처럼 외출할 필요가 생기지 않을 것인데—아내는 외출한다. 외출할 뿐만 아니라 내객이 많다. 아내에게 내객이 많은 날은 나는 온종일 내 방에서 이불을 쓰고 누워 있어야만 된다.

불장난도 못 한다. 화장품 냄새도 못 맡는다. 그런 날은 나는 의식적으로 우울해하였다. 그러면 아내는 나에게 돈을 준다. 오십 전짜리 은화다. 나는 그것이 좋았다. 그러나 그것을 무엇에 써야 옳을지 몰라서 늘 머리맡에 던져두고 두고 한 것이 어느 결에 모여서 꽤 많아졌다 어느 날 이것을 본 아내는 금고처럼 생긴 벙어리를 사다 준다. 나는 한푼씩 한푼씩 그 속에 넣고 열쇠는 아내가 가져갔다. 그 후에도 나는 더러 은화를 그 벙어리에 넣은 것을 기억한다. 그리고 나는 게을렀다. 얼마 후 아내의 머리 쪽에 보지 못하던 누깔잠이 하나 여드름처럼 돋았던 것은 바로 그 금고형 벙어리의 무게가 가벼워졌다는 증거일까. 그러나 나는 드디어 머리맡에 놓았던 그 벙어리에 손을 대지 않고 말았다. 내 게으름은 그런 것에 내 주의를 환기시키기도 싫었다.

누깔잠 비녀의 일종

아내에게 내객이 있는 날은 이불 속으로 암만 깊이 들어가도 비 오는 날만큼 잠이 잘 오지 않았다. 나는 그런 때 아내에게 왜 늘 돈이 있나 왜 돈이 많은가를 연구했다.

내객들은 장지 저쪽에 내가 있는 것을 모르나 보다. 내 아내와 나도 좀 하기 어려운 농을 아주 서슴지 않고 쉽게 해 던지는 것이다. 그러나 내 아내를 찾은 서너 사람의 내객들은 늘 비교적 점잖았다고 볼 수 있는 것이, 자정이 좀 지나면 으레 돌아들 갔다. 그들 가운데는 퍽 교양이 얕은 자도 있는 듯싶었는데, 그런 자는 보통 음식을 사다 먹고 논다. 그래서 보충을 하고 대체로 무사하였다. 나는 우선 아내의 직업이 무엇인가를 연구하기에 착수하였으나 좁은 시야와 부족한 지식으로는 이것을 알아내기 힘이 든다. 나는 끝끝내 내 아내의 직업이 무엇인가를 모르고 말려나 보다.

아내는 늘 진솔 버선만 신었다. 아내는 밥도 지었다. 아내가 밥을 짓는 것을 나는 한 번도 구경한 일은 없으나 언제든지 끼니 때면 내 방으로 내 조석밥을 날라다 주는 것이다. 우리 집에는 나와 내 아내 외의 다른 사람은 아무도 없다. 이 밥은 분명 아내가 손수 지었음에 틀림없다.

그러나 아내는 한 번도 나를 자기 방으로 부른 일은 없다. 나는 늘 윗방에서 나 혼자서 밥을 먹고 잠을 잤다.

밥은 너무 맛이 없었다. 반찬이 너무 엉성하였다. 나는 닭이나

진솔 버선 봄, 가을에 다듬어 지어서 신는 버선

강아지처럼 말없이 주는 모이를 넓적넓적 받아 먹기는 했으나 내심 야속하게 생각한 적도 더러 없지 않다. 나는 안색이 여지없이 창백해 가면서 말라 들어갔다. 나날이 눈에 보이듯이 기운이 줄어들었다. 영양 부족으로 하여 몸뚱이 곳곳의 뼈가 불쑥불쑥 내어밀었다. 하룻밤 사이에도 수십 차를 돌쳐 눕지 않고는 여기 저기가 배겨서 나는 배겨낼 수가 없었다.

그렇기 때문에 나는 내 이불 속에서 아내가 늘 흔히 쓸 수 있는 저 돈의 출처를 탐색해 내는 일변 장지 틈으로 새어나오는 아랫방의 음성은 무엇일까를 간단히 연구하였다. 나는 잠이 잘 안 왔다.

깨달았다. 아내가 쓰는 그 돈은 내게는 다만 실없는 사람들로밖에 보이지 않는 까닭 모를 내객들이 놓고 가는 것이 틀림없으리라는 것을 깨달았다.

그러나 왜 그들 내객은 돈을 놓고 가나? 왜 내 아내는 그 돈을 받아야 되나? 하는 예의 관념이 내게는 도무지 알 수 없는 것이었다.

그것은 그저 예의에 지나지 않는 것일까? 그렇지 않으면 혹 무슨 대가일까? 보수일까? 내 아내가 그들의 눈에는 동정을 받아야만 할 한 가엾은 인물로 보였던가?

이런 것들을 생각하노라면 으레 내 머리는 그냥 혼란하여 버리고 버리고 하였다. 잠들기 전에 획득했다는 결론이 오직 불쾌

하다는 것뿐이었으면서도 나는 그런 것을 아내에게 물어 보거나
한 일이 참 한 번도 없다. 그것은 대체 귀찮기도 하려니와 한잠
자고 일어나는 나는 사뭇 딴사람처럼 이것도 저것도 다 깨끗이
잊어버리고 그만두는 까닭이다.

내객들이 돌아가고, 혹 외출에서 돌아오고 하면 아내는 간편
한 것으로 옷을 바꾸어 입고 내 방으로 나를 찾아온다. 그리고
이불을 들치고 내 귀에는 영 생동생동한 몇 마디 말로 나를 위로
하려 든다. 나는 조소도 고소도 홍소도 아닌 웃음을 얼굴에 띠고
아내의 아름다운 얼굴을 쳐다본다. 아내는 방그레 웃는다. 그러
나 그 얼굴에 떠도는 일말의 애수를 나는 놓치지 않는다.

아내는 능히 내가 배고파하는 것을 눈치챌 것이다. 그러나 아
랫방에서 먹고 남은 음식을 나에게 주려 들지는 않는다. 그것은
어디까지든지 나를 존경하는 마음일 것임에 틀림없다. 나는 배
가 고프면서도 적이 마음이 든든한 것을 좋아했다. 아내가 무엇
이라고 지껄이고 갔는지 귀에 남아 있을 리가 없다. 다만 내 머
리맡에 아내가 놓고 간 은화가 전등불에 흐릿하게 빛나고 있을
뿐이다.

고 금고형 벙어리 속에 고 은화가 얼마만큼이나 모였을까? 나
는 그러나 그것을 쳐들어 보지 않았다. 그저 아무런 의욕도 기원
도 없이 그 단춧구멍처럼 생긴 틈바구니로 은화를 떨어뜨려 둘
뿐이다.

　왜 아내의 내객들이 아내에게 돈을 놓고 가나 하는 것이 풀 수 없는 의문인 것같이, 왜 아내는 나에게 돈을 놓고 가나 하는 것도 역시 나에게는 똑같이 풀 수 없는 의문이었다. 내 비록 아내가 내게 돈을 놓고 가는 것이 싫지 않았다 하더라도 그것은 다만 고것이 내 손가락 닿는 순간에서부터 고 벙어리 주둥이에서 자취를 감추기까지의 하잘것없는 짧은 촉각이 좋았달 뿐이지 그 이상 아무 기쁨도 없다.

　어느 날 나는 고 벙어리를 변소에 갖다 넣어 버렸다. 그 때 벙

<hr>

촉각 살갗이 닿아서 받는 느낌

어리 속에는 몇 푼이나 되는지 모르겠으나 고 은화들이 꽤 들어 있었다.

나는 내가 지구 위에 살며 내가 이렇게 살고 있는 지구가 질풍 신뢰의 속력으로 광대 무변의 공간을 달리고 있다는 것을 생각했을 때 참 허망하였다. 나는 이렇게 부지런한 지구 위에서는 현기증도 날 것 같고 해서 한시바삐 내려 버리고 싶었다.

이불 속에서 이런 생각을 하고 난 뒤에는 나는 고 은화를 고 벙어리에 넣고 넣고 하는 것조차 귀찮아졌다. 나는 아내가 손수 벙어리를 사용하였으면 하고 생각하였다. 벙어리도 돈도 사실은 아내에게만 필요한 것이지 내게는 애초부터 의미가 전연 없는 것이었으니까 될 수만 있으면 그 벙어리를 아내가 아내 방으로 가져갔으면 하고 기다렸다. 그러나 아내는 가져가지 않는다. 나는 내가 아내 방으로 가져다 둘까 하고 생각하여 보았으나 그 즈음에는 아내의 내객이 워낙 많아서 내가 아내 방에 가 볼 기회가 도무지 없었다. 그래서 나는 하는 수 없이 변소에 갖다 집어넣어 버리고 만 것이다.

나는 서글픈 마음으로 아내의 꾸지람을 기다렸다. 그러나 아내는 끝내 아무 말도 하지 않았다. 않았을 뿐 아니라 여전히 돈은 돈대로 머리맡에 놓고 가지 않나! 내 머리맡에는 어느덧 은화가 꽤 많이 모였다.

내객이 아내에게 돈을 놓고 가는 것이나 아내가 내게 돈을 놓

질풍 신뢰 심한 바람과 번개 또는 그것처럼 빠르고 심함의 비유
광대 무변 한없이 넓고 커서 끝이 없음

고 가는 것이나 일종의 쾌감—그 외의 다른 아무런 이유도 없는 것이 아닐까 하는 것을 나는 또 이불 속에서 연구하기 시작하였다. 쾌감이라면 어떤 종류의 쾌감일까를 계속하여 연구하였다. 그러나 그것은 이불 속의 연구로는 알 길이 없었다. 쾌감, 쾌감, 하고 나는 뜻밖에도 이 문제에 대해서만 흥미를 느꼈다.

아내는 물론 나를 늘 감금하여 두다시피 하여 왔다. 내게 불평이 있을 리 없다. 그런 중에도 나는 그 쾌감이라는 것의 유무를 체험하고 싶었다.

나는 아내의 밤 외출 틈을 타서 밖으로 나왔다. 나는 거리에서 잊어버리지 않고 가지고 나온 은화를 지폐로 바꾼다. 오 원이나 된다. 그것을 주머니에 넣고 나는 목적지를 잃어버리기 위하여 얼마든지 거리를 쏘다녔다. 오래간만에 보는 거리는 거의 경이에 가까울 만큼 내 신경을 흥분시키지 않고는 마지 않았다. 나는 금시에 피곤하여 버렸다. 그러나 나는 참았다. 그리고 밤이 이슥하도록 까닭을 잃어버린 채 이 거리 저 거리로 지향 없이 헤매었다. 돈은 물론 한 푼도 쓰지 않았다. 돈을 쓸 아무 엄두도 나서지 않았다. 나는 벌써 돈을 쓰는 기능을 완전히 상실한 것 같았다.

나는 과연 피로를 이 이상 견디기가 어려웠다. 나는 가까스로 내 집을 찾았다. 나는 내 방을 가려면 아내 방을 통과하지 않으면 안 될 것을 알고, 아내에게 내객이 있나 없나를 걱정하면서 미닫이 앞에서 좀 거북살스럽게 기침을 한 번 했더니, 이것은 참

또 너무도 암상스럽게 미닫이가 열리면서 아내의 얼굴과 그 등
뒤에 낯선 남자의 얼굴이 이쪽을 내다보는 것이다. 나는 별안간
내어 쏟아지는 불빛에 눈이 부셔서 좀 머뭇머뭇했다.

나는 아내의 눈초리를 못 본 것은 아니다. 그러나 나는 모른
체하는 수밖에 없었다. 왜? 나는 어쨌든 아내의 방을 통과하지
아니하면 안 되니까…….

나는 이불을 뒤집어썼다. 무엇보다도 다리가 아파서 견딜 수
가 없었다.

이불 속에서는 가슴이 울렁거리면서 암만해도 까무러칠 것만
같았다. 걸을 때는 몰랐더니 숨이 차다. 등에 식은땀이 쭉 내배
인다. 나는 외출한 것을 후회하였다. 이런 피로를 잊고 어서 잠
이 들었으면 좋았다. 한잠 잘 자고 싶었다.

얼마 동안이나 비스듬히 엎드려 있었더니 차츰차츰 뚝딱거리
는 가슴 동계가 가라앉는다. 그만해도 우선 살 것 같았다. 나는
몸을 돌쳐 반듯이 천장을 향하여 눕고 쭈욱 다리를 뻗었다.

그러나 나는 또다시 가슴의 동계를 피할 수 없게 되었다. 아랫
방에서 아내와 그 남자의 내 귀에도 들리지 않을 만큼 낮은 목소
리로 소곤거리는 기척이 장지 틈으로 전하여 왔던 것이다. 청각
을 더 예민하게 하기 위하여 나는 눈을 떴다. 그리고 숨을 죽였
다.

그러나 그 때는 벌써 아내와 남자는 앉았던 자리를 툭툭 털고

가슴 동계 가슴이 울렁거림

일어섰고 일어서면서 옷과 모자 쓰는 기척이 나는 듯하더니 이어 미닫이가 열리고 구두 뒤축 소리가 나고 그리고 뜰에 내려서는 소리가 쿵 하고 나면서 뒤를 따르는 아내의 고무신 소리가 두어 발짝 찍찍 나고 사뿐사뿐 나나 하는 사이에 두 사람의 발소리가 대문 쪽으로 사라졌다.

나는 아내의 이런 태도를 본 일이 없다. 아내는 어떤 사람과도 결코 소곤거리는 법이 없다. 나는 윗방에서 이불을 쓰고 누워 있는 동안에도 혹 술이 취해서 혀가 잘 돌아가지 않는 내객들의 담화는 더러 놓치는 수가 있어도 아내의 높지도 낮지도 않은 말소리는 일찍이 한 마디도 놓쳐 본 일이 없다. 더러 내 귀에 거슬리는 소리가 있어도 나는 그것이 태연한 목소리로 내 귀에 들렸다는 이유로 충분히 안심이 되었다.

그렇던 아내의 이런 태도는 필시 그 속에 여간하지 않은 사정이 있는 듯싶이 생각이 되고 내 마음은 좀 서운했으나 그보다도 나는 좀 너무 피로해서 오늘만은 이불 속에서 아무것도 연구하지 않기로 굳게 결심하고 잠을 기다렸다. 잠은 좀처럼 오지 않았다. 대문간에 나간 아내도 좀처럼 들어오지 않았다. 그러는 동안에 흐지부지 나는 잠이 들어 버렸다. 꿈이 얼쑹덜쑹 종을 잡을 수 없는 거리의 풍경을 여전히 헤매었다.

나는 몹시 흔들렸다. 내객을 보내고 들어온 아내가 잠든 나를 잡아 흔드는 것이다. 나는 눈을 번쩍 뜨고 아내의 얼굴을 쳐다보

담화 서로 주고 받는 이야기

았다. 아내의 얼굴에는 웃음이 없다. 나는 좀 눈을 비비고 아내의 얼굴을 자세히 보았다. 노기가 눈초리에 떠서 얇은 입술이 바르르 떨린다. 좀처럼 이 노기가 풀리기는 어려울 것 같았다. 나는 그대로 눈을 감아 버렸다. 벼락이 내리기를 기다린 것이다. 그러나 쌔근하는 숨소리가 나면서 부스스 아내의 치맛자락 소리가 나고 장지가 여닫히며 아내는 아내 방으로 돌아갔다. 나는 다시 몸을 돌쳐 이불을 뒤집어쓰고는 개구리처럼 엎드리고 엎드려서 배가 고픈 가운데도 오늘 밤의 외출을 또 한번 후회하였다.

나는 이불 속에서 아내에게 사죄하였다. 그것은 네 오해라고…….

나는 사실 밤이 퍽이나 이슥한 줄만 알았던 것이다. 그것이 네 말마따나 자정 전인지는 정말이지 꿈에도 몰랐다. 나는 너무 피곤하였다. 오래간만에 나는 너무 많이 걸은 것이 잘못이다.

내 잘못이라면 잘못은 그것밖에 없다. 외출은 왜 하였더냐고?

나는 그 머리맡에 저절로 모인 오 원 돈을 아무에게라도 좋으니 주어 보고 싶었던 것이다. 그뿐이다. 그러나 그것도 내 잘못이라면 나는 그렇게 알겠다. 나는 후회하고 있지 않나?

내가 그 오 원 돈을 써버릴 수가 있었던들 나는 자정 안에 집에 돌아올 수 없었을 것이다. 그러나 거리는 너무 복잡하였고 사람은 너무도 들끓었다. 나는 어느 사람을 붙들고 그 오 원 돈을 내어주어야 할지 갈피를 잡을 수가 없었다. 그러는 동안에 나는 여지없이 피곤해 버리고 말았던 것이다.

나는 무엇보다도 좀 쉬고 싶었다. 눕고 싶었다. 그래서 나는 하는 수 없이 집으로 돌아온 것이다. 내 짐작 같아서는 밤이 어지간히 늦은 줄만 알았는데, 그것이 불행히도 자정 전이었다는 것은 참 안된 일이다. 미안한 일이다. 나는 얼마든지 사죄하여도 좋다. 그러나 종시 아내의 오해를 풀지 못하였다 하면 내가 이렇게까지 사죄하는 보람은 그럼 어디 있나? 한심하였다.

한 시간 동안을 나는 이렇게 초조하게 굴지 않으면 안 되었다. 나는 이불을 홱 제쳐 버리고 일어나서 장지를 열고 아내 방으로 비칠비칠 달려갔던 것이다. 내게는 거의 의식이라는 것이 없었다. 나는 아내 이불 위에 엎드러지면서 바지 포켓 속에서 그 돈 오 원을 꺼내 아내 손에 쥐어 준 것을 간신히 기억할 뿐이다.

이튿날 잠이 깨었을 때 나는 내 아내 방 아내 이불 속에 있었다. 이것이 이 33번지에서 살기 시작한 이래 내가 아내 방에서 잔 맨 처음이었다.

해가 들창에 훨씬 높았는데 아내는 이미 외출하고 벌써 내 곁에 있지는 않다. 아니! 아내는 엊저녁 내가 의식을 잃은 동안 외출한 것인지도 모른다.

그러나 나는 그런 것을 조사하고 싶지 않았다. 다만 전신이 찌뿌드드한 것이 손가락 하나 꼼짝할 힘조차 없었다. 책보보다 좀 작은 면적의 별이 눈이 부시다. 그 속에서 수없이 먼지가 흡사

미생물처럼 난무한다. 코가 콱 막히는 것 같다. 나는 다시 눈을 감고 이불을 푹 뒤집어쓰고 낮잠을 자기에 착수하였다. 그러나 코를 스치는 아내의 체취는 꽤 도발적이었다. 나는 몸을 여러 번 여러 번 비비꼬면서 아내의 화장대에 늘어선 고 가지각색 화장품 병들의 마개를 뽑았을 때 풍기는 냄새를 더듬느라고 좀처럼 잠은 들지 않는 것을 나는 어찌하는 수도 없었다.

견디다 못하여 나는 그만 이불을 걷어차고 벌떡 일어나서 내 방으로 갔다. 내 방에는 다 식어 빠진 내 끼니가 가지런히 놓여 있는 것이다. 아내는 내 모이를 여기다 두고 나간 것이다. 나는 우선 배가 고팠다. 한 숟갈을 입에 떠 넣었을 때 그 촉감은 참 너무도 냉회와 같이 써늘하였다. 나는 숟갈을 놓고 내 이불 속으로 들어갔다. 하룻밤을 비었던 내 이부자리는 여전히 반갑게 나를 맞아 준다. 나는 내 이불을 뒤집어쓰고 이번에는 참 늘어지게 한잠 잤다. 잘—

내가 잠을 깬 것은 전등이 켜진 뒤다. 그러나 아내는 아직도 돌아오지 않았나 보다. 아니! 돌아왔다 또 나갔는지도 알 수 없다. 그러나 그런 것을 상고하여 무엇하나?

정신이 한결 난다. 나는 밤 일을 생각해 보았다. 그 돈 오 원을 아내 손에 쥐어 주고 넘어졌을 때에 느낄 수 있었던 쾌감을 나는 무엇이라고 설명할 수가 없었다. 그러나 내객들이 내 아내에게 돈 놓고 가는 심리며 내 아내가 내게 돈 놓고 가는 심리의 비밀

상고 자세하게 참고하거나 검토함

을 나는 알아낸 것 같아서 여간 즐거운 것이 아니다.

나는 속으로 빙그레 웃어 보았다.

이런 것을 모르고 오늘까지 지내온 내 자신이 어떻게 우스꽝스럽게 보이는지 몰랐다.

따라서 나는 또 오늘 밤에도 외출하고 싶었다. 그러나 돈이 없다. 나는 또 엊저녁에 그 돈 오 원을 한꺼번에 아내에게 주어 버린 것을 후회하였다. 또 고 벙어리를 변소에 갖다 처넣어 버린 것도 후회하였다. 나는 실없이 실망하면서 습관처럼 그 돈 오 원이 들어 있던 내 바지 포켓에 손을 넣어 한 번 휘둘러보았다. 뜻밖에도 내 손에 쥐어지는 것이 있었다. 이 원 밖에 없다. 그러나 많아야 맛은 아니다. 얼마간이고 있으면 된다. 나는 그만한 것이 여간 고마운 것이 아니었다.

나는 기운을 얻었다. 나는 그 단벌 다 떨어진 골덴 양복을 걸치고 배고픈 것도 주제 사나운 것도 다 잊어버리고 활갯짓을 하면서 또 거리로 나섰다. 나서면서 나는 제발 시간이 화살 닫듯 해서 자정이 어서 홱 지나 버렸으면 하고 조바심을 태웠다. 아내에게 돈을 주고 아내 방에서 자 보는 것은 어디까지든지 좋았지만 만일 잘못해서 자정 전에 집에 들어갔다가 아내의 눈총을 맞는 것은 그것은 여간 무서운 일이 아니었다.

나는 저물도록 길가 시계를 들여다보고 들여다보고 하면서 또 지향 없이 거리를 방황하였다. 그러나 이날은 좀처럼 피곤하지

활갯짓 걸을 때에 두 팔을 활발하게 내젓는 짓

는 않았다. 다만 시간이 좀 너무 더디게 가는 것만 같아서 안타
까웠다.

경성역(京城驛) 시계가 확실히 자정을 지난 것을 본 뒤에 나는
집을 향하였다. 그 날은 그 일각 대문에서 아내와 아내의 남자가
이야기하고 섰는 것을 만났다. 나는 모른 체하고 두 사람 곁을
지나서 내 방으로 들어갔다. 뒤이어 아내도 들어왔다. 와서는 이
밤중에 평생 안 하던 쓰레질을 하는 것이었다. 조금 있다가 아내
가 눕는 기척을 엿보자마자 나는 또 장지를 열고 아내 방으로 가
서 그 돈 이 원을 아내 손에 덥석 쥐어 주고 그리고―하여간 그
이 원을 오늘 밤에도 쓰지 않고 도로 가져온 것이 참 이상하다는
듯이 아내는 내 얼굴을 몇 번이고 엿보고―아내는 드디어 아무
말도 없이 나를 자기 방에 재워 주었다. 나는 이 기쁨을 세상의
무엇과도 바꾸고 싶지는 않았다. 나는 편히 잘 잤다.

이튿날도 내가 잠이 깨었을 때는 아내는 보이지 않았다. 나는
또 내 방으로 가서 피곤한 몸이 낮잠을 잤다. 내가 아내에게 흔
들려 깨었을 때는 역시 불이 들어온 뒤였다. 아내는 자기 방으로
나를 오라는 것이다. 이런 일은 또 처음이다. 아내는 끊임없이
얼굴에 미소를 띠고 내 팔을 이끄는 것이다. 나는 이런 아내의
태도 이면에 엔간치 않은 음모가 숨어 있지나 않은가 하는 적이
불안을 느끼지 않을 수 없었다.

나는 아내가 하자는 대로 아내의 방으로 끌려갔다. 아내 방에

쓰레질 비로 쓸어서 집안을 깨끗이 하는 짓

는 저녁 밥상이 조촐하게 차려져 있는 것이다. 생각하여 보면 나는 이틀을 굶었다. 나는 지금 배고픈 것까지도 긴가민가하여 잊어버리고 어름어름하던 차다.

나는 생각하였다. 이 최후의 만찬을 먹고 나자마자 벼락이 내려도 나는 차라리 후회하지 않을 것을. 사실 나는 인간 세상이 너무나 심심해서 못 견디겠던 차다. 모든 것이 성가시고 귀찮았으나 그러나 불의의 재난이라는 것은 즐겁다.

나는 마음을 턱 놓고 조용히 아내와 마주 이 해괴한 저녁밥을 먹었다.

우리 부부는 이야기하는 법이 없었다. 밥을 먹은 뒤에도 나는 말이 없이 부스스 일어나서 내 방으로 건너가 버렸다. 아내는 나를 붙잡지 않았다. 나는 벽에 기대어 앉아서 담배를 한 대 피워 물고 그리고 벼락이 떨어질 테거든 어서 떨어져라 하고 기다렸다.

오 분! 십 분!

그러나 벼락은 내리지 않았다. 긴장이 차츰 풀어지기 시작한다. 나는 어느덧 오늘 밤에도 외출할 것을 생각하고 있었다. 돈이 있었으면 하고 생각하고 있었다.

그러나 돈은 확실히 없다. 오늘은 외출하여도 나중에 올 무슨 기쁨이 있나? 내 앞이 그저 아뜩하였다. 나는 화가 나서 이불을 뒤집어쓰고 이리 뒹굴 저리 뒹굴 굴렀다. 금시 먹은 밥이 목으로

자꾸 치밀어 올라온다. 메스꺼웠다.

하늘에서 얼마라도 좋으니 왜 지폐가 소낙비처럼 퍼붓지 않나? 그것이 그저 한없이 야속하고 슬펐다.

나는 이렇게밖에 돈을 구하는 아무런 방법도 알지는 못했다. 나는 이불 속에서 좀 울었나 보다. 왜 없느냐면서…….

그랬더니 아내가 또 내 방에를 왔다. 나는 깜짝 놀라 아마 이제서야 벼락이 내리려나 보다 하고 숨을 죽이고 두꺼비 모양으로 엎드려 있었다. 그러나 떨어진 입을 새어나오는 아내의 말소리는 참 부드러웠다. 정다웠다. 아내는 내가 왜 우는지를 안다는 것이다. 돈이 없어서 그러는 게 아니냔다. 나는 실없이 깜짝 놀랐다. 어떻게 사람의 속을 환하게 들여다보는고 해서 나는 한편으로 슬그머니 겁도 안 나는 것은 아니었으나 저렇게 말하는 것을 보면 아마 내게 돈을 줄 생각이 있나 보다, 만일 그렇다면 오죽이나 좋을 일일까. 나는 이불 속에 뚤뚤 말린 채 고개도 들지 않고 아내의 다음 거동을 기다리고 있으니까 옜소하고 내 머리맡에 내려뜨리는 것은 그 가뿐한 음향으로 보아 지폐에 틀림없었다. 그리고 내 귀에다 대고 오늘일랑 어제보다도 늦게 돌아와도 좋다고 속삭이는 것이다. 그것은 어렵지 않다. 우선 그 돈이 무엇보다도 고맙고 반가웠다.

어쨌든 나섰다. 나는 좀 야맹증이다. 그래서 될 수 있는 대로 밝은 거리로 돌아다니기로 했다.

야맹증 망막의 능력이 감퇴하여 밤에는 사물이 잘 보이지 아니하는 현상

　그리고는 경성역 일이 등대합실 한결 티룸에를 들렀다. 그것
은 내게는 큰 발견이었다. 거기는 우선 아무도 아는 사람이 안
온다. 설사 왔다가도 곧들가니까 좋다. 나는 날마다 여기 와서
시간을 보내리라 속으로 생각하여 두었다. 제일 여기 시계가 어
느 시계보다도 정확하리라는 것이 좋았다. 섣불리 서투른 시계
를 보고 그것을 믿고 시간 전에 집에 돌아갔다가 큰코를 다쳐서
는 안 된다.

　나는 한 부스에 아무것도 없는 것과 마주 앉아서 잘 끓은 커피
를 마셨다. 총총한 가운데 여객들은 그래도 한 잔 커피가 즐거운
가 보다. 얼른 얼른 마시고 무얼 좀 생각하는 것같이 담벼락도
좀 쳐다보고 하다가 곧 나가 버린다. 서글프다. 그러나 내게는
이 서글픈 분위기가 거리의 티룸들의 그 거추장스러운 분위기보
다는 절실하고 마음에 들었다. 이따금 들리는 날카로운 혹은 우
렁찬 기적 소리가 모짜르트보다도 더 가깝다. 나는 메뉴에 적힌
몇 가지 안 되는 음식 이름을 치읽고 내리읽고 여러번 읽었다.
그것들은 아물아물하는 것이 어딘가 내 어렸을 때 동무들 이름
과 비슷한 데가 있었다.

　거기서 얼마나 내가 오래 앉았는지 정신이 오락가락하는 중에
객이 슬며시 뜸해지면서 이 구석 저 구석 걷어치우기 시작하는
것을 보면 아마 닫는 시간이 된 모양이다. 열한 시가 좀 지났구
나, 여기도 결코 내 안주의 곳은 아니구나, 어디 가서 자정을 넘

길까? 두루 걱정을 하면서 나는 밖으로 나섰다. 비가 온다.

빗발이 제법 굵은 것이 우비도 우산도 없는 나를 고생을 시킬 작정이다. 그렇다고 이런 괴이한 풍모를 차리고 이 홀에서 어물어물하는 수도 없고 에이 비를 맞으면 맞았지 하고 그냥 나서 버렸다.

대단히 선선해서 견딜 수가 없다. 골덴 옷이 젖기 시작하더니 나중에는 속속들이 스며들면서 추근거린다. 비를 맞아 가면서라도 견딜 수 있는 데까지 거리를 돌아다녀서 시간을 보내려 하였으나, 인제는 선선해서 이 이상은 더 견딜 수가 없다. 오한이 자꾸 일어나면서 이가 딱딱 맞부딪는다. 나는 걸음을 늦추면서 생각하였다. 오늘 같은 궂은 날도 아내에게 내객이 있을라구? 없겠지, 하는 생각이 드는 것이다.

집으로 가야겠다. 아내에게 불행히 내객이 있거든 내 사정을 하리라. 사정을 하면 이렇게 비가 오는 것을 눈으로 보고 알아 주겠지.

부리나케 와 보니까 그러나 아내에게는 내객이 있었다. 나는 너무 춥고 척척해서 얼떨김에 노크하는 것을 잊었다. 그래서 나는 보면 아내가 덜 좋아할 것을 그만 보았다.

나는 감발자국 같은 발자국을 내면서 덤벙덤벙 아내 방을 디디고 내 방으로 가서 쭉 빠진 옷을 활활 벗어 버리고 이불을 뒤썼다. 덜덜덜덜 떨린다. 오한이 점점 더 심해 들어온다. 여전 땅

풍모 풍채와 용모

이 꺼져 들어가는 것만 같았다. 나는 그만 의식을 잃어버리고 말았다.

이튿날 내가 눈을 떴을 때 아내는 내 머리맡에 앉아서 제법 근심스러운 얼굴이다. 나는 감기가 들었다. 여전히 으스스 춥고 또 골치가 아프고 입에 군침이 도는 것이 쓸쓸하면서 다리 팔이 척 늘어져서 노곤하다. 아내는 내 머리를 쓱 짚어 보더니 약을 먹어

노곤하다 지쳐서 나른하다

야지 한다. 아내 손이 이마에 선뜻한 것을 보면 신열이 어지간한 모양인데 약을 먹는다면 해열제를 먹어야지 하고 속생각을 하자니까 아내는 따뜻한 물에 하얀 정제약 네 개를 준다. 이것을 먹고 한잠 푹 자고 나면 괜찮다는 것이다. 나는 널름 받아먹었다. 쌉싸름한 것이 짐작 같아서는 아마 아스피린인가 싶다. 나는 다시 이불을 쓰고 단번에 그냥 죽은 것처럼 잠이 들어 버렸다.

나는 콧물을 훌쩍훌쩍 하면서 여러 날을 앓았다. 앓는 동안에 끊이지 않고 그 정제약을 먹었다. 그러는 동안에 감기도 나았다. 그러나 입맛은 여전히 소태처럼 썼다.

나는 차츰 또 외출하고 싶은 생각이 났다. 그러나 아내는 나더러 외출하지 말라고 이르는 것이다. 이 약을 날마다 먹고 그리고 가만히 누워 있으라는 것이다. 공연히 외출을 하다가 이렇게 감기만 들어서 저를 고생시키는게 아니냔다. 그도 그렇다. 그럼 외출을 하지 않겠다고 맹세하고 그 약을 연복하여 몸을 좀 보해 보리라고 나는 생각하였다.

나는 날마다 이불을 뒤집어쓰고 밤이나 낮이나 잤다. 유난스럽게 밤이나 낮이나 졸려서 견딜 수가 없는 것이다. 나는 이렇게 잠이 자꾸만 오는 것은 내가 몸이 훨씬 튼튼해진 증거라고 굳게 믿었다.

나는 아마 한 달이나 이렇게 지냈나 보다. 내 머리와 수염이 좀 너무 자라서 훗훗해서 견딜 수가 없어서 내 거울을 좀 보리라

훗훗해서 약간 갑갑할 정도로 훈훈하게 더워서

고 아내가 외출한 틈을 타서 나는 아내 방으로 가서 아내의 화장대 앞에 앉아 보았다. 상당하다. 수염과 머리가 참 상당하였다.

오늘은 이발을 좀 하리라고 생각하고 겸사겸사 고 화장품 병들 마개를 뽑고 이것저것 맡아 보았다. 한동안 잊어버렸던 향기 가운데서는 몸이 배배 꼬일 것 같은 체취가 전해 나왔다. 나는 아내의 이름을 속으로만 한 번 불러 보았다.

'연심이—' 하고…….

오래간만에 돋보기 장난도 하였다. 거울 장난도 하였다. 창에 든 볕이 여간 따뜻한 것이 아니었다. 생각하면 오월이 아니냐.

나는 커다랗게 기지개를 한 번 켜 보고 아내 베개를 내려 베고 벌떡 자빠져서는 이렇게 편안하고도 즐거운 세월을 하느님께 흠씬 자랑하여 주고 싶었다. 나는 참 세상의 아무것과도 교섭을 가지지 않는다. 하느님도 아마 나를 칭찬할 수도 처벌할 수도 없는 것 같다.

그러나 다음 순간 실로 세상에도 이상스러운 것이 눈에 띄었다. 그것은 최면약 아달린 갑이었다. 나는 그것을 아내의 화장대 밑에서 발견하고 그것이 흡사 아스피린처럼 생겼다고 느꼈다. 나는 그것을 열어 보았다. 꼭 네 개가 비었다.

나는 오늘 아침에 네 개의 아스피린을 먹은 것을 기억하고 있었다. 나는 잤다. 어제도 그제도 그끄제도……나는 졸려서 견딜 수가 없었다. 나는 감기가 다 나았는데도 아내는 내게 아스피린을 주었다. 내가 잠이 든 동안에 이웃에 불이 난 일이 있다. 그 때에도 나는 자느라고 몰랐다. 이렇게 나는 잤다. 나는 아스피린 으로 알고 그럼 한 달 동안을 두고 아달린을 먹어 온 것이다. 이 것은 좀 너무 심하다.

별안간 아뜩하더니 하마터면 나는 까무러칠 뻔하였다. 나는 그 아달린을 주머니에 넣고 집을 나섰다. 그리고 산을 찾아 올라 갔다.

인간 세상의 아무것도 보기가 싫었던 것이다. 걸으면서 나는 아무쪼록 아내에 관계되는 일은 일체 생각하지 않도록 노력하였 다. 길에서 까무러치기 쉬우니까다. 나는 어디라도 양지가 바른 자리를 하나 골라 자리를 잡아 가지고 서서히 아내에 관하여서 연구할 작정이었다. 나는 길가의 돌창, 핀 구경도 못한 진 개나 리꽃, 종달새, 돌멩이도 새끼를 까는 이야기, 이런 것만 생각하 였다. 다행히도 길가에서 나는 졸도하지 않았다.

거기는 벤치가 있었다. 나는 거기 정좌하고 그리고 그 아스피 린과 아달린에 관하여 연구하였다. 그러나 머리가 도무지 혼란 하여 생각이 체계를 이루지 않는다. 단 오 분이 못 가서 나는 그 만 귀찮은 생각이 번쩍 들면서 심술이 났다. 나는 주머니에서 가 지고 온 아달린을 꺼내 남은 여섯 개를 한꺼번에 질겅질겅 씹어 먹어 버렸다. 맛이 익살맞다. 그리고 나서 나는 그 벤치 위로 가 로 기다랗게 누웠다. 무슨 생각으로 내가 그따위 짓을 했나, 알

정좌 몸을 바르게 하고 앉음

수가 없다. 그저 그러고 싶었다. 나는 거기서 그냥 깊이 잠이 들었다. 잠결에도 바위틈으로 흐르는 물소리가 졸졸 하고 언제까지나 귀에 어렴풋이 들려 왔다.

내가 잠을 깨었을 때는 날이 환히 밝은 뒤다. 나는 거기서 일주야를 잔 것이다. 풍경이 그냥 노오랗게 보인다. 그 속에서도 나는 번개처럼 아스피린과 아달린이 생각났다.

아스피린, 아달린, 아스피린, 아달린, 마르크스, 맬서스, 마도로스, 아스피린, 아달린……

아내는 한 달 동안 아달린을 아스피린이라고 속이고 내게 먹였다.

그것은 아내 방에서 이 아달린 갑이 발견된 것으로 미루어 증거가 너무나 확실하다.

무슨 목적으로 아내는 나를 밤이나 낮이나 재웠어야 됐나?

나를 밤이나 낮이나 재워 놓고, 그리고 아내는 내가 자는 동안에 무슨 짓을 했나? 나를 조금씩 조금씩 죽이려던 것일까? 그러나 또 생각하여 보면 내가 한 달을 두고 먹어 온 것이 아스피린이었는지도 모른다. 아내는 무슨 근심되는 일이 있어서 밤이면 잠이 잘 오지 않아서 정작 아내가 아달린을 사용한 것이나 아닌가? 그렇다면 나는 참 미안하다. 나는 아내에게 이렇게 큰 의혹을 가졌다는 것이 참 안됐다.

나는 그래서 부리나케 거기서 내려왔다. 아랫도리가 홰홰 내

의혹 의심하여 수상히 여김

어 저이면서 어찔어찔한 것을 나는 겨우 집을 향하여 걸었다. 여덟 시 가까이였다.

나는 내 잘못된 생각을 죄다 일러바치고 아내에게 사죄하려는 것이다. 나는 너무 급해서 그만 또 말을 잊어버렸다. 그랬더니 이건 참 큰일났다. 나는 내 눈으로 절대로 보아서 안 될 것을 그만 딱 보아 버리고 만 것이다.

나는 얼떨결에 그만 냉큼 미닫이를 닫고 그리고 현기증이 나는 것을 진정시키느라고 잠깐 고개를 숙이고 눈을 감고 기둥을 짚고 섰자니까, 일 초 여유도 없이 홱 미닫이가 다시 열리더니 매무새를 풀어헤친 아내가 불쑥 내밀면서 내 멱살을 잡는 것이다. 나는 그만 어지러워서 게가 나둥그러졌다. 그랬더니 아내는 넘어진 내 위에 덮치면서 내 살을 함부로 물어뜯는 것이다. 아파 죽겠다. 나는 사실 반항할 의사도 힘도 없어서 그냥 넙적 엎드려 있으면서 어떻게 되나 보고 있자니까, 뒤이어 남자가 나오는 것 같더니 아내를 한아름에 덥석 안아 가지고 방으로 들어가는 것이다. 아내는 아무 말 없이 다소곳이 그렇게 안겨 들어가는 것이 내 눈에 여간 미운 것이 아니다. 밉다.

아내는 너 밤 새워 가면서 도둑질하러 다니느냐, 계집질하러 다니느냐고 발악이다. 이것은 참 너무 억울하다. 나는 어안이 벙벙하여 도무지 입이 떨어지지를 않았다. 너는 그야말로 나를 살해하려던 것이 아니냐고 소리를 한번 꽥 질러 보고도 싶었으나,

매무새 옷을 입은 맵시　어안이 벙벙하여 뜻밖에 놀랍거나 기가 막혀. 어리둥절하다

그런 긴가민가한 소리를 섣불리 입 밖에 내었다가는 무슨 화를 볼는지 알 수 없다. 차라리 억울하지만 잠자코 있는 것이 우선 상책인 듯싶이 생각이 들길래, 나는 이것은 또 무슨 생각으로 그랬는지 모르지만 툭툭 떨고 일어나서 내 바지 포켓 속에 남은 돈 몇 원 몇 십 전을 가만히 꺼내서는 몰래 미닫이를 열고 살며시 문지방 밑에다 놓고 나서는, 나는 그냥 줄달음박질을 쳐서 나와 버렸다.

여러 번 자동차에 치일 뻔하면서 나는 그래도 경성역으로 찾아갔다. 빈자리와 마주 앉아서 이 쓰디쓴 입맛을 거두기 위하여 무엇으로나 입가심을 하고 싶었다.

커피! 좋다. 그러나 경성역 홀에 한 걸음 들여 놓았을 때 나는 내 주머니에는 돈이 한 푼도 없는 것을 그것을 깜박 잊었던 것을 깨달았다. 또 아뜩하였다. 나는 어디선가 그저 맥없이 머뭇머뭇하면서 어쩔 줄을 모를 뿐이었다. 얼빠진 사람처럼 그저 이리 갔다 저리 갔다 하면서…….

나는 어디로 들입다 쏘다녔는지 하나도 모른다. 다만 몇 시간 후에 내가 미스꼬시 옥상에 있는 것을 깨달았을 때는 거의 대낮이었다.

나는 거기 아무데나 주저앉아서 내 자라온 스무여섯 해를 회고하여 보았다. 몽롱한 기억 속에서는 이렇다는 아무 제목도 불거져 나오지 않았다.

입가심 입안을 개운하게 가셔내는 일   회고 돌아다 봄

나는 또 내 자신에게 물어 보았다. 너는 인생에 무슨 욕심이 있느냐고. 그러나 있다고도 없다고도 그런 대답은 하기가 싫었다. 나는 거의 나 자신의 존재를 인식하기조차도 어려웠다.

허리를 굽혀서 나는 그저 금붕어를 들여다보고 있었다. 금붕어는 참 잘들도 생겼다. 작은 놈은 작은 놈대로 큰 놈은 큰 놈대로 다 싱싱하니 보기 좋았다. 내리비치는 오월 햇살에 금붕어들

존재 실제로 있는 그것. 지구 상에 존재하는 온갖 생물

은 그릇 바탕에 그림자를 내려뜨렸다. 지느러미는 하늘하늘 손수건을 흔드는 흉내를 낸다. 나는 이 지느러미 수효를 헤어 보기도 하면서 굽힌 허리를 좀처럼 펴지 않았다. 등이 따뜻하다.

나는 또 오탁의 거리를 내려다보았다. 거기서는 피곤한 생활이 똑 금붕어 지느러미처럼 흐늑흐늑 허우적거렸다. 눈에 보이지 않는 끈적끈적한 줄에 엉켜서 헤어나지들을 못한다. 나는 피로와 공복 때문에 무너져 들어가는 몸뚱이를 끌고 그 오탁의 거리 속으로 섞여 가지 않는 수도 없다 생각하였다.

나서서 나는 또 문득 생각하여 보았다. 이 발길이 지금 어디로 향하여 가는 것인가를…….

그 때 내 눈앞에는 아내의 모가지가 벼락처럼 내려 떨어졌다. 아스피린과 아달린.

우리들은 서로 오해하고 있느니라. 설마 아내가 아스피린 대신에 아달린의 정량을 나에게 먹여 왔을까? 나는 그것을 믿을 수 없다. 아내가 대체 그럴 까닭이 없을 것이니, 그러면 나는 날밤을 새면서 도둑질을 계집질을 하였나? 정말이지 아니다.

우리 부부는 숙명적으로 발이 맞지 않는 절름발이인 것이다. 내나 아내나 제 거동에 로직을 붙일 필요는 없다. 변해할 필요도 없다. 사실은 사실대로 오해는 오해대로 그저 끝없이 발을 절뚝거리면서 세상을 걸어가면 되는 것이다. 그렇지 않을까?

그러나 나는 이 발길이 아내에게로 돌아가야 옳은가 이것만은 분간하기가 좀 어려웠다. 가야 하나? 그럼 어디로 가나?

이 때 뚜우 하고 정오 사이렌이 울었다. 사람들은 모두 네 활개를 펴고 닭처럼 푸드덕거리는 것 같고 온갖 유리와 강철과 대리석과 지폐와 잉크가 부글부글 끓고 수선을 떨고 하는 것 같은 찰나! 그야말로 현란을 극한 정오다.

나는 불현듯 겨드랑이가 가렵다. 아하, 그것은 내 인공의 날개가 돋았던 자국이다. 오늘은 없는 이 날개. 머릿속에서는 희망과 야심이 말소된 페이지가 딕셔너리 넘어가듯 번뜩였다.

나는 걷던 걸음을 멈추고 그리고 일어나 한번 이렇게 외쳐 보고 싶었다.

날개야 다시 돋아라.
날자. 날자. 한 번만 더 날자꾸나.
한 번만 더 날아 보자꾸나.

현란 눈이 부시도록 찬란하다 딕셔너리 사전

지식 청년인 '나'는 놀거나 밤낮없이 잠을 자면서 아내에게 길들여집니다. '나'는 몸이 건강하지 못하고 자의식이 강하며 현실 감각이 없어요. 오직 한번 아내를 차지해 본 이외에는 단 한 번도 아내의 남편이었던 적이 없어요.

아내가 외출하고 난 뒤에 아내의 방에 가서 화장품 냄새를 맡거나 돋보기로 화장지를 태우면서 아내에 대한 욕구를 대신합니다. 아내는 자신의 매음행위에 거추장스러운 '나'를 볕 안 드는 방에서 나오지 못하도록 수면제를 먹입니다.

그 약이 감기약 아스피린인 줄 알고 지내던 '나'는 어느 날 그것이 수면제 '아달린'이라는 것을 알고 산으로 올라가 아내를 연구해요.

'나'를 죽음으로 몰고 갔을지도 모를 수면제—그것을 한꺼번에 여섯 알이나 먹고 일주야(一晝夜)를 자고 깨어나서, 아내에 대한 의혹을 미안해 해요. '나'는 아내에게 사죄하러 집으로 돌아와요. 그러나 그만 아내의 매음 현장을 목격하고 맙니다.

도망쳐 나온 '나'는 거리를 쏘다니던 끝에 미스꼬시 백화점 옥상에 올라가 스물여섯 해의 과거를 회상해요. 이 때 정오의 사이렌이 울고, '나'는 "날개야 다시 돋아라. ……한번만 더 날아 보자꾸나"라고 외치고 싶어집니다.

주인공인 '나'와 아내는 여러 관점에서 해석되고 있지만 대체로 분열된 자아의 두 모습으로 이해하면 됩니다. 이렇게 '나'와 아내의 갈등 속에 결국에는 '날개'라는 상상의 이미지를 꺼내어 현실을 벗어나려 하는 의지를 볼 수가 있어요. '나'는 아내의 보호를 받는 혹은 아내에게 붙어사는 존재로서 그려집니다. 아내의 직업은 창녀입니다. '나'와 아내의 관계는 시키면 하는 종속적인 관계입니다. 스스로의 인격적인 소유권이 없는 '나'에 비해 아내는 나를 지배하고 키우는 위치에 있기 때문이지요.

아내의 매음 현장이 '나'에게는 접근 할 수 없는 공간이며, 외출을 통해 아내의 감금에서 일단 풀려 나온 '나'는 잠시 해방의 기쁨을 느끼기도 합니다. '나'의 외출 시간은 아내가 집에서 하는 매음을 스스로 묵인 하는 시간이 되는 것이지요.

이러한 시간이 강요된 억압으로부터 해방되는 시작이 됩니다. 그러므로 날개를 달고 어디론가 날아가고 싶은 소망은 탈출의 욕망이며, '나'를 구속하는 아내와 그의 거짓됨에 맞설 수 있게 하는 진정한 '나'가 있다는 것을 믿는 것입니다.

김유정(1908~1937)

강원도 춘천에서 태어났어요. 휘문고보 졸업하고 1927년 연희전문에 입학했으나 맏형의 금광 사업 실패와 방탕으로 집안이 기울었어요. 이 때문에 학교를 중퇴하고 한동안 객지를 방황하다가 1931년경에는 강원도 춘성에서 야학을 열고 문맹 퇴치 운동을 벌이기도 했어요. 29세에 폐결핵으로 죽기까지 3년 동안 좋은 작품을 많이 남겼답니다. 1935년 단편 〈소낙비〉가 조선일보에 〈노다지〉가 중앙일보에 각각 당선되어 문단에 등단하였어요. 대표작에는 〈소나기〉, 〈노다지〉, 〈금 따는 콩밭〉 등이 있어요.

오늘도 또 우리 수탉이 막 쫓기었다. 내가 점심을 먹고 나무를 하러 가려고 나올 때였다. 산으로 올라서려니까 등뒤에서 푸드 득 푸드득 하고 닭의 햇소리가 야단이다. 깜짝 놀라서 고개를 돌 려보니 아니나 다르랴, 두 놈이 또 얼리었다.

점순네 수탉(대가리가 크고 꼭 오소리같이 실팍하게 생긴 놈)이 덩 저리 작은 우리 수탉을 함부로 해내는 것이다. 그것도 그냥 해내 는 것이 아니라 푸드득하고 면두를 쪼고 물러섰다가 좀 사이를 두고 푸드득하고 모가지를 쪼았다. 이렇게 멋을 부려 가며 여지 없이 닭아 놓는다. 그러면 이 못생긴 것은 쪼일 적마다 주둥이로 땅을 받으며 그 비명이 킥, 킥, 할 뿐이다. 물론 미처 아물지도 않 은 면두를 또 쪼이며 붉은 선혈은 뚝뚝 떨어진다. 이걸 가만히 내 려다보자니 내 대가리가 터져서 피가 흐르는 것같이 두 눈에서 불이 번쩍 난다. 대뜸 지게 막대기를 메고 달려들어 점순네 닭을 후려칠까 하다가 생각을 고쳐 먹고 헛매질로 떼어만 놓았다.

이번에도 점순이가 쌈을 붙여 났을 것이다. 바짝바짝 내 약을 올리느라고 그랬음에 틀림없을 것이다. 고놈의 계집애가 요새 들어서 왜 나를 못 먹겠다고 고렇게 아르릉거리는지 모른다.

나흘 전 감자 쪼간만 하더라도 나는 저에게 조금도 잘못한 것 은 없다. 계집애가 나물을 캐러 가면 갔지 남 울타리 엮는 데 와 서 쌩이질을 하는 것은 다 뭐냐. 그것도 발소리를 죽여 가지고 등뒤로 살며시 와서,

"애! 너 혼자만 일하니?"

하고 긴치 않는 수작을 하는 것이다.

어제까지도 저와 나는 이야기도 잘 않고 서로 만나도 본체만체하고 이렇게 점잖게 지내던 터이련만 오늘로 갑작스레 대견해졌음은 웬일인가. 항차 망아지만한 계집애가 남 일하는 놈 보구…….

"그럼 혼자 하지, 떼로 하듸?"

내가 이렇게 내뱉는 소리를 하니까,

"너 일하기 좋니?"

또는,

"한여름이나 되거든 하지 벌써 울타리를 하니?"

잔소리를 두루 늘어놓다가 남이 들을까 봐 손으로 입을 틀어 막고는 그 속에서 깔깔댄다. 별로 우스울 것도 없는데 날씨가 풀리더니 이 놈의 계집애가 미쳤나 하고 의심하였다. 게다가 조금 뒤에는 제 집 쪽을 할금할금 돌아 보더니 행주치마의 속으로 꼈던 바른손을 뽑아서 나의 턱밑으로 불쑥 내미는 것이다. 언제 구웠는지 더운 김이 확 끼치는 굵은 감자 세 개가 손에 뿌듯이 쥐였다.

"느 집엔 이거 없지?"

하고 생색 있는 큰소리를 하고는 제가 준 것을 남이 알면 큰일날 테니 여기서 얼른 먹어 버리란다. 그리고 또 하는 소리가,

"너, 봄 감자가 맛있단다."

"난 감자 안 먹는다. 너나 먹어라."

나는 고개도 돌리지 않고 일하던 손으로 그 감자를 도로 어깨 너머로 쑥 밀어 버렸다. 그랬더니 그래도 가는 기색이 없고, 뿐만 아니라 쌔근쌔근하고 심상치 않게 숨소리가 점점 거칠어진다. 이건 또 뭐야 싶어서 그 때에야 비로소 돌아다보니 나는 참으로 놀랐다. 우리가 이 동네에 들어온 것은 근 삼 년째 되어 오지만 여태껏 가무잡잡한 점순이의 얼굴이 이렇게까지 홍당무처럼 새빨개진 적이 없었다. 게다가 눈에 독을 올리고 한참 나를 요렇게 쏘아 보더니 나중에는 눈물까지 어리는 것이 아니냐. 그리고 바구니를 다시 집어들더니 이를 꼭 악물고는 엎어질 듯 자빠질 듯 논둑으로 횡하게 달아나는 것이다.

어쩌다 동리 어른이,

"너 얼른 시집을 가야지?"

하고 웃으면,

"염려 마서유. 갈 때 되면 어련히 갈라구!"

이렇게 천연덕스레 받는 점순이었다. 본시 부끄럼을 타는 계집애도 아니거니와 또한 분하다고 눈에 눈물을 보일 얼병이도 아니다. 분하면 차라리 나의 등어리를 바구니로 한번 모질게 후려치고 달아날지언정.

그런데 고약한 그 꼴을 하고 가더니 그 뒤로는 나를 보면 잡아

얼병이 똑똑하지 못한 사람

먹으려 기를 복복 쓰는 것이다.

　설혹 주는 감자를 안 받아 먹는 것이 실례라 하면, 주면 그냥 주었지 '느 집엔 이거 없지?'는 다 뭐냐. 그러잖아도 저희는 마름이고 우리는 그 손에서 배재를 얻어 땅을 부치므로 일상 굽실거린다. 우리가 이 마을에 처음 들어와 집이 없어서 곤란하게 지낼 때 집터를 빌리고 그 위에 집을 또 짓도록 마련해 준 것도 점순네의 호의였다. 그리고 우리 어머니 아버지도 농사 때 양식이 딸리면 점순이네한테 가서 부지런히 꾸어다 먹으면서 인품 그런 집은 다시 없으리라고 침이 마르도록 칭찬하곤 하는 것이다. 그러면서도 열 일곱씩이나 된 것들이 수군수군하고 붙어 다니면 동네의 소문이 사납다고 주의를 시켜 준 것도 또 어머니였다. 왜냐하면 내가 점순이하고 일을 저질렀다가는 점순네가 노할 것이고, 그러면 우리는 땅도 떨어지고 집도 내쫓기고 하지 않으면 안 되는 까닭이었다.

　그런데 이 놈의 계집애가 까닭 없이 기를 복복 쓰며 나를 말려 죽이려고 드는 것이다.

　눈물을 흘리고 간 다음 날 저녁 나절이었다. 나무를 한 짐 잔뜩 지고 산을 내려오려니까 어디서 닭이 죽는 소리를 한다. 이거 뉘집에서 닭을 잡나, 하고 점순네 울 뒤로 돌아오다가 나는 그만 두 눈이 똥그래졌다. 점순이가 저희 집 봉당에 홀로 걸터 앉았는데 이게 치마 앞에다 우리 씨암탉을 꼭 붙들어 놓고는,

"이 놈의 닭! 죽어라, 죽어라."

요렇게 암팡스레 패 주는 것이 아닌가. 그것도 대가리나 치면 모른다마는 아주 알도 못 낳으라고 그 볼기짝께를 주먹으로 콕 콕 쥐어박는 것이다.

나는 눈에 쌍심지가 오르고 사지가 부르르 떨렸으나 사방을 한번 휘둘러 보고야 그제서야 점순이 집에 아무도 없음을 알았다. 잡은 참 지게 막대기를 들어 울타리의 중턱을 후려치며,

"이놈의 계집애! 남의 닭 알 못 낳으라구 그러니?"

하고 소리를 뺵 질렀다.

그러나 점순이는 조금도 놀라는 기색이 없고 그대로 의젓이 앉아서 제 닭 가지고 하듯이 또 죽어라, 죽어라, 하고 패는 것이다. 이걸 보면 내가 산에서 내려올 때를 겨냥해 가지고 미리부터 닭을 잡아 가지고 있다가 너 보라는 듯이 내 앞에서 쥐지르고 있음이 확실하다.

그러나 나는 그렇다고 남의 집에 뛰어 들어가 계집애하고 싸울 수도 없는 노릇이고 형편이 썩 불리함을 알았다. 그래 닭이 맞을 적마다 지게 막대기로 울타리를 후퍼칠 수밖에 별 도리가 없다. 왜냐하면 울타리를 치면 칠수록 울섶이 물러앉으며 뼈대만 남기 때문이다. 허나 아무리 생각하여도 나만 밑지는 노릇이다.

"아, 이 년아! 남의 닭 아주 죽일 터이야?"

내가 도끼눈을 뜨고 다시 꽥 호령을 하니까 그제서야 울타리께로 쪼르르 오더니 울 밖에 섰는 나의 머리를 겨누고 닭을 내팽개친다.

"예이, 더럽다! 더럽다!"

"더러운 걸 널더러 입때 끼고 있으랬니? 망할 계집애년 같으

니"

하고, 나도 더럽단 듯이 울타리께를 횡하니 돌아 내리며 약이 오를 대로 다 올랐다. 암탉이 풍기는 서슬이 나의 이마빼기에다 물지똥을 찍 갈겼는데 그걸 본다면 알집이 터졌을 뿐 아니라 골병은 단단히 든 듯싶다. 그리고 나의 등뒤를 향하여 나에게만 들릴 듯 말 듯한 음성으로,

"이 바보 녀석아!"

"애! 너 배냇병신이지?"

그만도 좋으련만,

"애! 너 느 아버지가 고자라지?"

"뭐, 울 아버지가 그래 고자야?"

할 양으로 열벙거지가 나서 고개를 홱 돌리어 바라봤더니 그 때까지 울타리 위로 나와 있어야 할 점순이의 대가리가 어디 갔는지 보이지를 않는다. 그러다 돌아 서서 오자면, 아까에 한 욕을 울 밖으로 또 퍼붓는 것이다. 욕을 이토록 먹어 가면서도 대거리 한마디 못하는 걸 생각하니 돌부리에 채이어 발톱 밑이 터지는 것도 모를 만큼 분하고 급기야는 두 눈에 눈물까지 불끈 내솟는다.

그러나 점순이의 침해는 이것뿐이 아니다.

사람들이 없으면 틈틈이 제 집 수탉을 몰고 와서 우리 수탉과 쌈을 붙여 놓는다. 제 집 수탉은 썩 험상궂게 생기고 쌈이라면

배냇병신 태어날 때부터 신체에 장애가 있는 사람을 업신여겨 이르는 말
고자 생식기가 불완전한 남자를 이르는 말 열벙거지 울화가 치밀어 답답한 기운
대거리 상대방에 맞서서 대듦 침해 침범하여 해를 끼침

해를 치는 고로 으레 이길 것을 알기 때문이다. 그래서 툭하면 우리 수탉이 면두며 눈깔이 피로 흐드르하게 되도록 해 놓는다. 어떤 때에는 우리 수탉이 나오지를 않으니까, 요 놈의 계집애가 모이를 쥐고 와서 꾀어 내다가 쌈을 붙인다.

이렇게 되면 나도 다른 를 차리지 않을 수 없었다. 하루는 우리 수탉을 붙들어 가지고 넌지시 장독께로 갔다. 쌈닭에게 고추장을 먹이면 병든 황소가 살모사를 먹고 용을 쓰는 것처럼 기운이 뻗친다 한다. 장독에서 고추장 한 접시를 떠서 닭 주둥아리께로 들여 밀고 먹여 보았다. 닭도 고추장에 맛을 들였는지 거스르지 않고 거진 반 접시나 곧잘 먹는다. 그리고 먹고 금시는 용을 못 쓸 터이므로 얼마쯤 기운이 돌도록 횃속에다 가두어 두었다.

밭에 두엄을 두어 짐 져 내고 나서 쉴 참에 그 닭을 안고 밖으로 나왔다. 마침 밖에는 아무도 없고 점순이만 저희 울안에서 헌 옷을 뜯는지 혹은 솜을 터는지 웅크리고 앉아서 일을 할 뿐이다.

나는 점순네 수탉이 노는 밭으로 가서 닭을 내려 놓고 가만히 맥을 보았다. 두 닭은 여전히 얼리어 쌈을 하는데 처음에는 아무 보람이 없었다. 멋지게 쪼는 바람에 우리 닭은 또 피를 흘리고 그러면서도 날갯죽지만 푸드득푸드득하고 올라 뛰고 뛰고 할 뿐으로, 제법 한번 쪼아 보지도 못한다.

그러나 한번엔 어쩐 일인지 용을 쓰고 펄쩍 뛰더니 발톱으로

 차례를 정하는 것. 또는 그 차례

눈을 하비고 내려오며 면두를 쪼았다. 큰 닭도 여기에는 놀랐는지 뒤로 멈칫하며 물러난다. 이 기회를 타서 작은 우리 수탉이 또 날쌔게 덤벼 들어 다시 면두를 쪼니 그제서 감때사나운 그 대가리에서도 피가 흐르지 않을 수 없다.

옳다 알았다, 고추장만 먹이면 되는구나 하고 나는 속으로 아주 쟁그러워 죽겠다. 그 때에는 뜻밖에 내가 닭쌈을 붙여 놓는데 놀라서 울 밖으로 내다보고 섰던 점순이도 입맛이 쓴지 눈살을 찌푸렸다.

나는 두 손으로 볼기짝을 두드리며 연방,

"잘한다! 잘한다!"

하고, 신이 머리끝까지 뻗치었다.

그러나 얼마 되지 않아서 나는 넋이 풀리어 기둥같이 묵묵히 서 있게 되었다. 왜냐하면 큰 닭이 한번 쪼인 앙갚음으로 호들갑스레 연거푸 쪼는 서슬에 우리 수탉은 찔끔 못 하고 막 굻는다. 이걸 보고서 이번에는 점순이가 깔깔거리고 되도록 이 쪽에서 많이 들으라고 웃는 것이다.

나는 보다 못하여 덤벼 들어서 우리 수탉을 붙들어 가지고 도로 집으로 들어왔다. 고추장을 좀 더 먹였더라면 좋았을 걸, 너무 급하게 쌈을 붙인 것이 퍽 후회가 난다. 장독께로 돌아와서 다시 턱밑에 고추장을 들이댔다. 흥분으로 말미암아 그런지 당최 먹질 않는다.

나는 할 수 없이 닭을 반듯이 눕히고 그 입에다 궐련 물부리를 물리었다. 그리고 고추장 물을 타서 그 구멍으로 조금씩 들여 부었다. 닭은 좀 괴로운지 킥킥하고 재채기를 하는 모양이나 그러나 당장의 괴로움은 매일같이 피를 흘리는 데 멜 게 아니라 생각하였다.

그러나 한두어 종지 가량 고추장 물을 먹이고 나서는 나는 그만 풀이 죽었다. 싱싱하던 닭이 왜 그런지 고개를 살며시 뒤틀고는 손아귀에서 뼈드러지는 것이 아닌가. 아버지가 볼까 봐서 얼른 홰에다 감추어 두었더니 오늘 아침에서야 겨우 정신이 든 모양 같다.

그랬던 걸 이렇게 오다 보니까 또 쌈을 붙여 놓으니, 이 망할 계집애가 필연 우리 집에 아무도 없는 틈을 타서 제가 들어와 홰에서 꺼내 가지고 나간 것이 분명하다.

나는 다시 닭을 잡아다 가두고 염려는 스러우나 그렇다고 산으로 나무를 하러 가지 않을 수도 없는 형편이었다.

소나무 삭정이를 따며 가만히 생각해 보니 암만해도 고 년의 모가지를 돌려 놓고 싶다. 이번에 내려가면 망할 년 등줄기를 한 번 되게 후려치겠다 하고 싱둥겅둥 나무를 지고는 부리나케 내려왔다.

거의 집에 다 내려와서 나는 호드기 소리를 듣고 발이 딱 멈추었다. 산기슭에 널려 있는 굵은 바윗돌 틈에 노란 동백꽃이 소보

궐련 종이로 말아 놓은 담배 물부리 담배를 끼고 빨 수 있게 만든 물건
삭정이 산 나무에 붙어 있는 말라 죽은 가지 싱둥겅둥 대충대충
호드기 봄철에 물 오른 버드나무 가지를 비틀어 뽑은 껍질이나 밀집 토막으로 만든 피리

록하니 깔리었다. 그 틈에 끼어 앉아서 점순이가 청승맞게시리 호드기를 불고 있는 것이다. 그보다도 더 놀란 것은 고 앞에서 또 푸드득, 푸드득, 하고 들리는 닭의 횃소리다. 필연코 요 년이 나의 약을 올리느라고 또 닭을 집어 내다가 내가 내려올 길목에다 쌈을 시켜 놓고 저는 그 앞에 앉아서 천연스레 호드기를 불고 있음에 틀림없으리라.

나는 약이 오를 대로 올라서 두 눈에서 불과 함께 눈물이 퍽 쏟아졌다. 나뭇지게도 벗어 놓을 새 없이 그대로 내동댕이치고는 지게 막대기를 뻗치고 허둥허둥 달려들었다.

가까이 와 보니 과연 나의 짐작대로 우리 수탉이 피를 흘리고 거의 빈사 지경에 이르렀다. 닭도 닭이려니와 그러함에도 불구하고 눈 하나 깜짝 없이 고대로 앉아서 호드기만 부는 그 꼴에 더욱 치가 떨린다. 동네에서도 소문이 났거니와 나도 한때는 걱실걱실히 일 잘 하고 얼굴 예쁜 계집애인 줄 알았더니 시방 보니까 그 눈깔이 꼭 여우 새끼 같다.

나는 대뜸 달려들어서 나도 모르는 사이에 큰 수탉을 한방에 때려 엎었다. 닭은 푹 엎어진 채 다리 하나 꼼짝 못 하고 그대로 죽어 버렸다. 그리고 나는 멍하니 섰다가 점순이가 매섭게 눈을 흡뜨고 닥치는 바람에 뒤로 벌렁 나자빠졌다.

"이 놈아! 너 왜 남의 닭을 때려 죽이니?"

"그럼 어때?"

하고 일어나다가,

"뭐, 이 자식아! 누 집 닭인데?"

하고 복장을 떼미는 바람에 다시 벌렁 자빠졌다. 그리고 나서 가만히 생각을 하니 분하기도 하고 무안도 스럽고, 또 한편 일을 저질렀으니, 인젠 땅이 떨어지고 집도 내쫓기고 해야 될는지 모른다.

나는 비슬비슬 일어나며 소맷자락으로 눈을 가리고는, 얼김에 엉, 하고 울음을 놓았다. 그러나 점순이가 앞으로 다가와서,

"그럼, 너 이 담부터 안 그럴 테냐?"

하고 물을 때에야 비로소 살 길을 찾은 듯싶었다. 나는 눈물을 우선 씻고 뭘 안 그러는지 명색도 모르건만,

"그래!"

하고 무턱대고 대답하였다.

"요 담부터 또 그래 봐라, 내 자꾸 못살게 굴 테니."

"그래 그래, 이젠 안 그럴 테야!"

"닭 죽은 건 염려 마라. 내 안 이를 테니."

그리고 뭣에 떠다 밀렸는지 나의 어깨를 짚은 채 그대로 퍽 쓰러진다. 그 바람에 나의 몸뚱이도 겹쳐서 쓰러지며, 한창 피어 퍼드러진 노란 동백꽃 속으로 폭 파묻혀 버렸다.

알싸한, 그리고 향긋한 그 냄새에 나는 땅이 꺼지는 듯이 온 정신이 그만 아찔하였다.

"너 말 마라!"

"그래!"

조금 있더니 요 아래서,

"점순아! 점순아! 이 년이 바느질을 하다 말고 어딜 갔어?"

하고 어딜 갔다 온 듯싶은 그 어머니가 역정이 대단히 났다.

점순이가 겁을 잔뜩 집어 먹고 꽃 밑을 살금살금 기어서 산 아래로 내려간 다음, 나는 바위를 끼고 엉금엉금 기어서 산 위로 치빼지 않을 수 없었다.

나흘 전에 점순이는 울타리 엮는 내 등 뒤로 와서 더운 김이 홱 끼치는 감자를 내밀었어요. 나는 그녀의 손을 밀어 버렸어요. 이상한 낌새에 뒤를 돌아본 나는, 쌔근쌔근하고 독이 오른 그녀가 나를 쳐다보다가 나중에는 눈물까지 흘리는 것을 보고 깜짝 놀래요. 다음날 점순이는 자기 집 봉당에 홀로 걸터앉아 우리 집 씨암탉을 붙들어 놓고 때리고 있었어요. 점순이는 사람들이 없으면 수탉을 데리고 와서 우리 집 수탉과 싸움을 붙였어요. 약이 오른 나도 우리 집 수탉에게 고추장을 먹이고 용을 쓸 때까지 기다려서 점순네 닭과 싸움을 붙였어요. 그러던 어느 날 점순이가 바윗돌에 앉아서 닭싸움을 보며 청승맞게 호드기를 불고 있었어요. 약이 오른 나는 지게막대기로 점순네 큰 닭을 때려 죽였어요. 그러자 점순이가 눈을 흡뜨고 내게 달려들어요. 다음부터는 그러지 않으면 비밀로 해주겠다고 하는 점순이에게 그러마고 약속합니다. 노란 동백꽃 속에 함께 파묻힌 나는 점순이의 향긋한 냄새에 정신이 아찔해져요. 이때 점순이는 어머니가 부르자 겁을 먹고 꽃 밑을 살금살금 기어서 내려가고 나는 산으로 내뺍니다.

이 작품의 사건의 발단은 과거의 사건 속에서 시작되는 것이 특징입니다. 사건의 진행 과정에서 재미를 더하는 것은 닭싸움인데 첫 장면에서부터 닭싸움이 나와요. 며칠 전 감자 사건으로 점순이의 비위를 건드린 것이 발단이 되어 오늘의 닭싸움이 생기게 되었다는 것입니다. 이 작품은 이런 구성 방법으로 과거와 현재를 교묘하게 이어 가면서 사건을 진행해 나가고 있어요. 소극적인 성격을 가진 '나'는 아직 성적으로 미숙하지만 점순이는 남녀의 애정에 일찍 눈을 떠서 나에게 관심을 보입니다. 이들의 갈등은 닭싸움을 매개로 하여 점차적으로 고조되어 가다가 점순이의 닭이 죽음으로써 절정을 맞게 됩니다. 이 사건을 계기로 대립적 관계에 있던 두 사람은 화해하게 됩니다. 이러한 사춘기 남녀의 대비적 성격이 갈등을 나타내고 희극적 분위기를 만들어 냅니다. 닭싸움을 통한 두 남녀의 대립은 자못 긴장된 느낌을 주기도 하지만 닭의 죽음에서 보여주는 나의 순박함과 점순이의 영악함을 대비시켜 갈등을 해소 합니다.

김유정(1908~1937)

강원도 춘천에서 태어났어요. 휘문고보 졸업하고 1927년 연희전문에 입학했으나 맏형의 금광 사업 실패와 방탕으로 집안이 기울었어요. 이 때문에 학교를 중퇴하고 한동안 객지를 방황하다가 1931년경에는 강원도 춘성에서 야학을 열고 문맹 퇴치 운동을 벌이기도 했어요. 29세에 폐결핵으로 죽기까지 3년 동안 좋은 작품을 많이 남겼답니다. 1935년 단편 〈소낙비〉가 조선일보에 〈노다지〉가 중앙일보에 각각 당선되어 문단에 등단하였어요. 대표작에는 〈소나기〉, 〈노다지〉, 〈금 따는 콩밭〉 등이 있어요.

"장인님! 인제 저……."

내가 이렇게 뒤통수를 긁고, 나이가 찼으니 성례를 시켜 줘야 하지 않겠느냐고 하면 대답이 늘,

"이 자식아! 성례고 뭐고 더 자라야지!"

하고 만다.

이 자라야 한다는 것은 내가 아니라 내 아내가 될 점순이의 키 말이다.

내가 여기에 와서 돈 한푼 안 받고 일하기를 삼 년하고 꼬박 일곱 달 동안을 했다. 그런데도 미처 못 자랐다니까 이 키는 언제야 자라는 겐지 짜장 영문 모른다. 일을 좀 더 잘해야 한다든지, 혹은 밥을 많이 먹는다고 노상 걱정이니까 좀 덜 먹어야 한다든지 하면 나도 얼마든지 할 말이 많다. 하지만 점순이가 아직 어리니까 더 자라야 한다는 말에는 어찌해 볼 수 없이 그만 벙벙하고 만다.

이래서 나는 애초 계약이 잘못된 걸 알았다. 이태면 이태, 삼 년이면 삼 년, 기한을 딱 작정하고 일을 해야 할 것이다. 덮어놓고 딸이 자라는 대로 성례를 시켜 주마 했으니 누가 늘 지키고 섰는 것도 아니고, 그 키가 언제 자라는지 알 수 있는가. 그리고 난 사람의 키가 무럭무럭 자라는 줄만 알았지 붙박이 키에 옆으로만 벌어지는 몸도 있는 것을 누가 알았으랴. 때가 되면 장인님이 어련하랴 싶어서 군소리 없이 꾸벅꾸벅 일만 해 왔다. 그럼

성례 혼인 예식 짜장 정말로, 과연 이태 두 해
어련하랴 싶어서 알아서 성례를 시켜 줄 것이라 생각해서

말이다. 장인님이 제가 다 알아 채서,

　"어참, 너 일 많이 했다. 그만 장가 들어라."

하고 살림도 내 주고 해야 나도 좋을 것이 아니냐. 시치미를 딱 떼고 도리어 그런 소리가 나올까 봐서 지레 펄펄 뛰고 이 야단이다. 명색이 좋아 데릴사위지 일하기에 싱겁기도 할 뿐더러 이건 참 아무것도 아니다. 숙맥이 그걸 모르고 점순이의 키 자라기만 까맣게 기다리지 않았나.

　언젠가는 하도 갑갑해서 자를 가지고 덤벼들어서 그 키를 한 번 재 볼까, 했다마는 우리는 장인님이 내외를 해야 한다고 해서 마주 서 이야기도 한마디하는 법 없다. 우물길에서 언제나 마주 칠 적이면 겨우 눈어림으로 재 보고 하는 것인데, 그럴 적마다 나는 저만침 가서

　"제 에미 키도!"

하고 논둑에다 침을 퉤, 뱉는다. 아무리 잘 봐야 내 겨드랑(다른 사람보다 좀 크긴 하지만) 밑에서 넘을락 말락 밤낮 요 모양이다.

　개 돼지는 푹푹 크는데 왜 이리도 사람은 안 크는지, 한동안 머리가 아프도록 궁리도 해 보았다. 아하, 물동이를 자꾸 이니까 뼉다귀가 움츠라드나 보다, 하고 내가 넌즈시 그 물을 대신 길어도 주었다. 뿐만 아니라 나무를 하러 가면 서낭당에 돌을 올려 놓고,

　"점순이의 키 좀 크게 해 줍소사. 그러면 담엔 떡 갖다놓고 고

지레 무슨 일이 채 되기 전에
숙맥 콩인지 보리인지 분간하지 못한다는 뜻으로 어리석고 못난 사람을 이르는 말
내외 남녀 사이에 얼굴을 마주하지 않고 피하는 것

사드릴 테니까."

하고 치성도 한두 번 드린 것이 아니다. 어떻게 되먹은 킨지 이래도 막무가내니…….

그래 내 어저께 싸운 것이지 결코 장인님이 밉다든가 해서가 아니다.

모를 붓다가 가만히 생각을 해 보니까 또 싱겁다. 이 벼가 자라서 점순이가 먹고 좀 큰다면 모르지만 그렇지도 못한 걸 내 심어서 뭘 하는 거냐. 해마다 앞으로 축 불거지는 장인님의 아랫배(너무 먹는 걸 모르고 냉병이라나, 그 배)를 불리기 위하여는 조금도 심고 싶지 않다.

"아이구 배야!"

난 모를 붓다 말고 배를 쓰다듬으면서 그대로 논둑으로 기어 올랐다. 그리고 겨드랑에 꼈던 벼 담긴 키를 그냥 땅바닥에 털썩 떨어 치며 나도 털썩 주저앉았다. 일이 암만 바빠도 나 배 아프면 그만이니까. 아픈 사람이 누가 일을 하느냐. 파릇파릇 돋아 오른 풀 한 숲을 뜯어 들고 다리의 거머리를 쑥쑥 문대며 장인님의 얼굴을 쳐다보았다.

논 가운데서 장인님도 이상한 눈을 해 가지고 한참 날 노려 보더니,

"넌 이 자식, 왜 또 이래, 응?"

"배가 좀 아파서유!"

하고 풀 위에 슬며시 쓰러지니까 장인님은 약이 올랐다. 저도 논에서 철벙철벙 둑으로 올라오더니 잡은 참 내 멱살을 움켜 잡고 뺨을 치는 것이 아닌가.

"이 자식. 일하다 말면 누굴 망해 놓을 속셈이냐. 이 대가릴 까 놓을 자식!"

우리 장인님은 약이 오르면 이렇게 손버릇이 아주 못됐다. 또 사위에게 이 자식 저 자식하는 이 놈의 장인님은 어디 있느냐. 오죽해야 우리 동리에서 누구를 물론하고 그에게 욕을 안 먹는 사람은 명이 짧다 한다. 조그만 아이들까지도 돌아서면 욕필이 (본 이름이 봉필이니까). 욕필이, 하고 손가락질을 할 만치 두루 인심을 잃었다. 허나 인심을 정말 잃었다면 욕보다 읍의 배 참봉

댁 마름으로 더 잃었다. 본디 마름이란 욕 잘하고, 사람 잘 치고, 그리고 생김 생기길 호박개 같아야 되는 거지만 장인님은 외양이 딱 됐다. 장인에게 닭 같은 걸 보내지 않는다든가 애벌논 맬 때 도와주지 않는다든가 하면 그 해 가을에는 영락없이 땅이 뚝 뚝 떨어진다. 그러면 미리부터 돈도 먹이고 술도 먹이고 안달재 신으로 돌아 치던 놈이 그 땅을 슬쩍 돌라안는다. 이 바람에 장 인님 집 외양간에는 눈깔 커다란 황소 한 놈이 절로 엉금엉금 기 어 들고, 동리 사람들은 그 욕을 다 먹어 가면서도 그래도 굽실 굽실하는 게 아닌가.

그러나 내겐 장인님이 감히 큰소리할 계제가 못 된다.

뒷생각은 못 하고 뺨 한 개를 딱 때려 놓고는 장인님은 무색해 서 덤덤히 쓴 침만 삼킨다. 난 그 속을 퍽 잘 안다. 조금 있으면 갈도 꺾어야 하고 모도 내야 하고, 한참 바쁜 때인데 나 일 안 하 고 우리 집으로 그냥 가면 그만이니까.

작년 이맘때도 트집을 좀 하니까 늦잠 잔다고 돌멩이를 집어 던져서 자는 놈의 발목을 삐게 해 놨다. 사날씩이나 건숭 끙끙 앓았더니 나중에는 거의 울상이 되지 않았는가.

"애, 그만 일어나 일 좀 해라. 그래야 올 가을에 벼 잘되면 너 장가 들지 않니."

그래 귀가 번쩍 뜨여서 그 날로 일어나서 남이 이틀 품 들일 논을 혼자 삶아 놓으니까 장인님도 눈깔이 커다랗게 놀랐다. 그

호박개 뼈대가 굵고 털이 북실북실한 개　애벌논 맨 처음 가는 논
안달재신 안달을 하며 미리부터 채신 없이 구는 짓　돌라안는다 가로챈다
계제 어떤 일을 할 수 있게 된 형편이나 기회　건숭 건성으로

럼 정말로 가을에 와서 혼인을 시켜 줘야 원 경우가 옳지 않겠나, 볏섬을 척척 들여 쌓아도 다른 소리는 없고 물동이를 이고 들어오는 점순이를 담배통으로 가리키며,

"이 자식아, 미처 커야지. 조걸 무슨 혼인을 한다구 그러니, 원!"

하고 남 낯짝만 붉혀 주고 그만이다. 홧김에 그저 이 놈의 장인님, 하고 댓돌에다 매꽂고 우리 고향으로 내뺄까 하다가 꾹꾹 참고 말았다. 참말이지 난 이 꼴 하고는 집으로 차마 못 간다. 장가를 들러 갔다가 오죽 못났어야 그대로 쫓겨 왔느냐고 손가락질을 받을 테니까…….

논둑에서 벌떡 일어나 한풀 죽은 장인님 앞으로 다가서며,

"난 갈 테야유. 그 동안 사경 계산해 줘유."

"너 사위로 왔지, 어디 머슴 살러 왔니?"

"그러면 얼른 성례를 해 줘야 안 하지유. 밤낮 부려만 먹고 해 준다, 해 준다…….""

"글쎄, 내가 안 하는 거냐, 그 년이 안 크니까."

하고 어름어름 담배만 담으면서 늘 하는 소리를 또 늘어놓는다.

이렇게 따져 나가면 언제든지 늘 나만 밑지고 만다. 이번엔 안 된다 하고 대뜸 구장님한테로 판단을 받으러 가자고 소맷자락을 내 끌었다.

"아, 이 자식이 왜 이래. 어른을."

안 간다고 뻗디디고 이렇게 호령은 제 맘대로 하지만 장인님 제가 내 기운은 못 당한다. 막 부려먹고 딸은 안 주고, 게다가 땅땅 치는 건 다 뭐야. 그러나 내 사실 참 장인님이 미워서 그런 것은 아니다.

그 전날, 왜 내가 새고개 맞은 봉우리 화전 밭을 혼자 갈고 있지 않았느냐. 밭가생이로 돌 적마다 야릇한 꽃내가 물컥물컥 코를 찌르고 머리 위에서 벌들은 가끔 붕, 붕, 소리를 친다. 바위틈에서 샘물 소리밖에 안 들리는 산골짜기니까 맑은 하늘의 봄볕은 이불 속같이 따스하고 꼭 꿈꾸는 것 같다. 나는 몸이 나른하고 몸살(병을 아직 모르지만)이 날려고 그러는지 가슴이 울렁울렁하고 이랬다.

"어러이! 말이! 맘 마 마……."

이렇게 노래를 하며 소를 부리면 여느 때 같으면 어깨가 으쓱으쓱한다. 웬일인지 밭을 반도 갈지 않아서 온몸의 맥이 풀리고 대고 짜증만 난다. 공연히 소만 들입다 두둘기며.

"안야! 안야! 이 망할 자식의 소(장인님의 소니까), 다리를 꺾어 줄라."

그러나 내 속은 정말 안야 때문이 아니라 점심을 이고 온 점순이의 키를 보고 울화가 났던 것이다.

점순이는 뭐 그리 썩 예쁜 계집애는 못 된다. 그렇다고 또 개떡이냐 하면 그런 것도 아니고, 꼭 내 아내가 돼야 할 만치 그저 툽툽하게 생긴 얼굴이다. 나보다 십 년이 아래니까 올해 열 여섯인데 몸은 남보다 두 살이나 덜 자랐다. 남은 잘도 훤칠히들 크건만 이건 위아래가 뭉툭한 것이 내 눈에는 하릴없이 감참외 같다. 참외 중에는 감참외가 제일 맛좋고 예쁘니까 말이다. 둥글고 커단 눈은 서글서글하니 좋고 좀 많이 찢어졌지만 입은 밥술이나 톡톡히 먹음직하니 좋다. 아따, 밥만 많이 먹게 되면 팔자는 고만 아니냐. 헌데 한 가지 결점이 있다면 가끔가다 몸이(장인님이 이걸 채신이 없이 들까분다고 하지만) 너무 빨리빨리 논다. 그래서 밥을 나르다가 때없이 풀밭에서 깨빡을 쳐서 흙투성이 밥을 곧잘 먹인다. 안 먹으면 무안해할까 봐서 이걸 씹고 앉았노라면 으적으적 소리만 나고 돌을 먹는 겐지 밥을 먹는 겐지…….

그러나 이 날은 웬일인지 성한 밥 그대로 밭머리에 곱게 내려 놓았다. 그리고 또 내외를 해야 하니까 저만큼 떨어져 이 쪽으로 등을 향하고 웅크리고 앉아서 그릇 나기를 기다린다.

내가 다 먹고 물러섰을 때, 그릇을 챙기는데 난 깜짝 놀라지 않았느냐. 고개를 푹 숙이고 밥 함지에 그릇을 포개면서 날더러 들으라는지, 혹은 제 소린지,

"밤낮 일만 하다 말 텐가!"

하고 혼자서 쫑알거린다. 고대 잘 내외하다가 이게 무슨 소린가, 하고 난 정신이 얼떨떨했다. 그러면서도 한편 무슨 좋은 수나 없는가 싶어서 나도 공중을 대고 혼잣말로,

<hr>

툽툽하게 꾸밈없이 자연스럽게   감참외 속의 살이 감빛같이 붉고 맛이 좋은 참외
그릇 나기를 기다린다 식사를 마치면 그릇을 가져가려고 기다린다
함지 나무로 짜거나 통나무를 파서 만든 그릇

"그럼 어떡해?"

하니까,

"성례시켜 달라지 뭘 어떡해."

하고 되알지게 쏘아붙이고 얼굴이 빨재져서 산으로 그저 도망친다.

나는 잠시 동안 어떻게 되는 심판인지 맥을 몰라서 그 뒷모양만 덤덤히 바라보았다.

봄이 되면 온갖 초목이 물이 오르고 싹이 트고 한다. 사람도 아마 그런가 보다, 하고 며칠 내에 부쩍(속으로) 자란 듯싶은 점순이가 여간 반가운 것이 아니다. 이런 걸 멀쩡하게 아직 어리다고 하니까…….

우리가 구장님을 찾아갔을 때 그는 싸리문 밖에 있는 돼지 우리에서 죽을 퍼 주고 있었다. 서울엘 좀 갔다오더니 사람은 점잖아야 한다구 윗수염이(얼른 보면 지붕 위에 앉은 제비 꼬랑지 같다) 양쪽으로 뾰죽히 뻗치고 그걸 에헴, 하고 늘 쓰다듬는 손버릇이 있다.

우리를 멀뚱히 쳐다보고 미리 알아챘는지,

"왜 일들 하다 말고 그래?"

하더니 손을 올려서 그 에헴을 한번 후딱 했다.

"구장님! 우리 장인님과 첨에 계약하기를…….."

먼저 덤비는 장인님을 뒤로 떠다밀고 내가 허둥지둥 달려들다가 가만히 생각하고,

"아니 우리 빙장님과 처음에."

하고 첫번부터 다시 말을 고쳤다. 장인님은 빙장님, 해야 좋아하고 밖에 나와서 장인님, 하면 괜시리 골을 내려고 든다. 뱀도 뱀이라고 하면 좋으냐고, 창피스러우니 남 듣는 데는 제발 빙장님, 빙모님, 하라고 늘상 당조짐을 받아 오면서 난 그것도 자꾸 잊는다. 지금도 장인님, 하다 옆에서 내 발등을 꾹 밟고 곁눈질을 흘기는 바람에야 겨우 알았지만…….

구장님도 내 이야기를 자세히 듣더니 퍽 딱한 모양이었다. 하기야 구장님뿐만 아니라 누구든지 다 그럴 게다. 길게 길러 둔 새끼손톱으로 코를 후벼서 저리 탁 튀기며,

"그럼 봉필 씨! 얼른 성례를 시켜 주구려, 그렇게까지 제가 하
고 싶다는 걸……."

하고 내 짐작대로 말했다. 그러나 이 말에 장인님이 삿대질로 눈을 부라리고,

"아, 성례고 뭐고 계집애년이 미처 자라야 할 게 아닌가?"

하니까 그만 멀쑤룩해서 입맛만 쩍쩍 다실 뿐이 아닌가.

"그것도 그래!"

"그래, 거진 사 년 동안에도 안 자랐더니 그 키는 은제 자라지
유? 다 그만두구 사경이나 줘유……."

"글쎄, 이 자식아! 내가 크질 말라구 그랬니. 왜 날 보고 떼
냐?"

"빙모님은 참새만한 것이, 그럼 어떻게 앨 낳지유?"

장인님은 이 말을 듣고 껄껄 웃더니(그러나 암만 해도 돌 씹은 상이다) 코를 푸는 척하고 날 은근히 굻리려고 팔꿈치로 옆 갈비께를 퍽 치는 것이다. 더럽다. 나도 종아리의 파리를 쫓는 척하고 허리를 구부리며 그 궁둥이를 콱 떼밀었다. 장인님은 앞으로 우줄근하고 싸리문께로 쓰러질 듯하다 몸을 바로 고치더니 눈총을 몹시 쏘았다. 이런 망할 자식, 하곤 싶으나 남의 앞이라 차마 못하고 섰는 그 꼴이 보기에 퍽 쟁그러웠다.

쟁그러웠다 보거나 만지기에 불쾌할 만큼 흉했다

그러나 이 밖에는 별반 신통한 결론을 얻지 못하고 도로 논으로 돌아와서 모를 부었다. 왜냐면 장인님이 뭐라구 귓속말로 수군수군하고 간 뒤다. 구장님이 날 위해서 조용히 데리고 아래와 같이 일러 주었기 때문이다(뭉태의 말은 구장님이 장인님에게 땅 두 마지기 얻어 부치니까 그래 꾀였다고 하지만 난 그렇게 생각 않는다).

"자네 말도 하기야 옳지. 암, 나이 찼으니 아들이 급하다는 게 잘못된 말은 아니야. 하지만 농사가 한창 바쁜 때 일을 안 한다든가 집으로 달아난다든가 하면 손해죄로 징역을 가거든!(여기에 그만 정신이 번쩍 났다) 왜 요전에 삼포말서 산에 불 좀 놓았다고 징역 간 거 못 봤나. 제 산에 불을 놓아도 징역을 가는 이 땐데 남의 농사를 버려 두니 죄가 얼마나 더 중한가. 그리고 자넨 정장을(사경 받으러 정장 가겠다 했다) 간대지만 그러면 괜스리 죄를 들쓰고 들어가는 걸세. 또 결혼도 그렇지. 법률에 성년이란 게 있는데 스물 하나가 돼야지 비로소 결혼을 할 수가 있는 걸세. 자넨 물론 아들이 늦을 걸 염려하지만 점순이로 말하면 이제 겨우 열 여섯이 아닌가. 그렇지만 아까 빙장님의 말씀이 올 가을에는 열 일을 제치고라도 성례를 시켜 주겠다 하시니 좀 고마울 겐가. 빨리 가서 모 붓던 거나 마저 붓게. 군소리 말고 어서 가."

그래서 오늘 아침까지 끽소리없이 왔다.

장인님과 내가 싸운 것은 지금 생각하면 전혀 뜻밖의 일이라

안 할 수 없다. 장인님으로 말하면 요즈막 작인들에게 행세를 좀 하고 싶다고 해서,

"돈 있으면 양반이지 별게 있느냐!"

하고 일부러 아랫배를 쑥 내밀고 걸음도 뒤틀리게 걷고 하는 이판이다. 이까진 나쯤 두들기다 남의 땅을 가지고 모처럼 닦아 놓았던 가문을 망친다든가 할 어른이 아니다. 또 나로 논지면 아무쪼록 잘 봬서 점순이에게 얼른 장가를 들어야 하지 않느냐…….

이렇게 말하자면 결국 어젯밤 뭉태네 집에 마슬 간 것이 썩 나빴다. 낮에 구장님 앞에서 장인님과 내가 싸운 것을 어떻게 알았는지 대놓고 빈정거리는 것이 아닌가.

"그래 맞고도 그걸 가만 둬?"

"그럼 어떡하니?"

"임마, 봉필일 모판에다 거꾸로 박아 놓지 뭘 어떡해?"

하고 괜히 내 대신 화를 내가지고 주먹질을 하다 등잔까지 쳤다. 놈이 원래 괄괄은 하지만 그래 놓고 날더러 석유 값을 물라고 막 지다우를 붙는다. 난 어안이 벙벙해서 잠자코 앉았으니까 저만 연방 지껄이는 소리가,

"밤낮 일만 해 주고 있을 테냐?"

"영득이는 일 년을 살고도 장갈 들었는데 넌 사 년이나 살고도 더 살아야 해?"

"네가 세 번째 사윈 줄이나 아니, 세 번째 사위."

작인 소작인의 준말   논지면 따져 말하면
마슬 간 '마슬'은 '이웃'의 사투리. '이웃'에 놀러 감을 말한다
지다우 자기 허물을 남에게 덮어씌운다

“남의 일이라도 분하다. 이 자식아, 우물에 가 빠져 죽어.”

나중에는 손톱으로 목을 따라고까지 하고, 제 아들같이 함부로 윽박질렀다. 별의별 소리를 다 해서 그대로 옮길 수는 없으나 그 줄거리는 이렇다.

우리 장인님 딸이 셋이 있는데 맏딸은 재작년 가을에 시집을 갔다. 정말은 시집을 간 것이 아니라 그 딸도 데릴사위를 해 가지고 있다가 내보냈다. 그런데 딸이 열 살 때부터 열 아홉, 즉 십 년 동안에 데릴사위를 갈아 들이기를, 동리에선 사위 부자라고 이름이 났지마는 열 놈이란 참 너무 많다. 장인님이 아들은 없고 딸만 있는 고로 그 다음 딸을 데릴사위를 해 올 때까지는 부려먹지 않으면 안 된다. 물론 머슴을 두면 좋지만 그건 돈이 드니까, 일 잘 하는 놈을 고르느라고 연방 바꿔 들였다. 또 한편 놈들이 욕만 줄창 퍼붓고 심히도 부려먹으니까 밸이 상해서 달아나기도 했겠지. 점순이는 둘째 딸인데, 내가 이를테면 그 세 번째 데릴사위로 들어온 셈이다. 내 다음으로 네 번째 놈이 들어올 것을 내가 일도 잘하고 그리고 사람이 좀 어수룩하니까 장인님이 잔뜩 붙들고 놓질 않는다. 셋째 딸이 인제 여섯 살, 적어도 열 살은 돼야 데릴사위를 할 테므로 그 동안은 죽도록 부려먹어야 된다. 그러니 인제는 속 좀 채리고 장가를 들여 달라고 떼를 쓰고 나자빠져라, 이것이다.

나는 겉으로 엉, 엉, 하며 귓등으로 들었다. 뭉태는 땅을 얻어 부치다가 떨어진 뒤로는 장인님만 보면 공연히 못 먹어서 으릉거린다. 그것도 장인님이 저 달라고 할 적에 제 집에서 위한다는 그 감투(예전에 원님이 쓰던 것이라나, 옆구리에 뽕뽕 좀먹은 걸레)를 선뜻 주었더라면 그럴 리도 없었던 걸······.

그러나 나는 뭉태란 놈의 말을 전수히 곧이듣지 않았다. 만약 곧이들었다면 간밤에 와서 장인님과 싸웠지 무사히 있었을 리가 없지 않은가. 그러니 딸에게까지 인심을 잃은 장인님이 혼자 나빴다.

정말이지 나는 점순이가 아침 상을 가지고 나올 때까지는 오늘은 또 얼마나 밥을 담았나, 하고 이것만 생각했다. 상에는 된장찌개하고 간장 한 종지, 조밥 한 그릇, 그리고 밥보다 더 수부룩하게 담은 산나물이 한 대접, 이렇다. 나물은 점순이가 틈틈이 해 오니까 두 대접이고 네 대접이고 멋대로 먹어도 좋으나 밥은 장인님이 한 사발 외엔 더 주지 말라고 해서 안 된다. 그런데 점순이가 그 상을 내 앞에 내려 놓으며 제 말로 지껄이는 소리가,

"구장님한테 갔다 그냥 온담 그래!"

하고 엊그제 산에서와 같이 되우 쫑알거린다. 딴은 내가 더 단단히 덤비지 않고 만 것이 좀 어리석었다. 속으로 그랬다, 나도 저쪽 벽을 향하여 외면하면서 내 말로,

"안 된다는 걸, 그럼 어떡헌담!"

하니까,

전수히 몽땅. 모두   되우 몹시   딴은 아닌게 아니라

"수염을 잡아 채지. 그냥 둬, 이 바보야!"

하고 또 얼굴이 빨개지면서 성을 내며 안으로 샐쭉하니 뛰어 들어가지 않느냐. 이 때 아무도 본 사람이 없었기에 망정이지 보았다면 내 얼굴이 에미 잃은 황새 새끼처럼 가여웁다, 했을 것이다.

사실 이 때만치 슬펐던 일이 또 있었는지 모른다. 다른 사람은 암만 못생겼다 해도 괜찮지만 내 아내 될 점순이가 병신으로 본다면 참 신세는 따분하다. 밥을 먹은 뒤 지게를 지고 일터로 가려 하다 도로 벗어 던지고 바깥마당 공석 위에 드러누워서 나는 차라리 죽느니만 같지 못하다 생각했다.

내가 일 안 하면 장인님 저는 나이가 먹어 못 하고 결국 농사 못 짓고 만다. 뒷짐으로 트림을 꿀꺽 하고 대문 밖으로 나오다 날 보고서,

"이 자식, 왜 또 이러니."

"관격이 났어유, 아이구 배야!"

"기껏 밥 처먹고 무슨 관격이야, 남의 농사 버리면 이 자식아. 징역 간다, 봐라!"

"가도 좋아유. 어이구 배야!"

참말 난 일 안 해서 징역 가도 좋다 생각했다. 일후 아들을 낳아도 그 앞에서 바보, 바보, 이렇게 별명을 들을 테니까 오늘은 열 쪽이 난대도 결정을 내고 싶었다.

장인님이 일어나라고 해도 내가 안 일어나니까 눈에 독이 올

라서 저편으로 횡하니 가더니 지게 막대기를 들고 왔다. 그리고 그걸로 내 허리를 마치 돌 떠 넘기듯이 쿡 찍어서 넘기고 넘기고 했다.

밥을 잔뜩 먹어 딱딱한 배가 그럴 적마다 퉁겨지면서 밸창이 꼿꼿한 것이 여간 켕기지 않았다. 그래도 안 일어나니까 이번에는 배를 지게 막대기로 위에서 쿡쿡 찌르고 발길로 옆구리를 차고 했다. 장인님은 원체 심청이 궂어서 그러지만, 나도 저만 못하지 않게 배를 채었다. 아픈 것을 눈을 꽉 감고 넌 해라 난 재밌단 듯이 있었으나 볼기짝을 후려 갈길 적에는 나도 모르는 결에 벌떡 일어나서 그 수염을 잡아 챘다. 그러나 내 골이 난 것이 아니라 정말은 아까부터 벽 뒤 울타리 구멍으로 점순이가 우리들의 꼴을 몰래 엿보고 있었기 때문이다.

가뜩이나 말 한마디 톡톡히 못 한다고 바라보는데 매까지 잠자코 맞는 걸 보면 짜장 바보로 알 게 아닌가. 또 점순이도 미워하는 이까짓 놈의 장인님하곤 아무것도 안 되니까 막 때려도 좋지만 사정 보아서 수염만 채고(제 원대로 했으니까 이 때 점순이는 퍽 기뺐겠지) 저기까지 잘 들리도록

"이걸 까셀라보다!"

하고 소리를 쳤다.

장인님은 더 약이 바짝 올라서 잡은 참 지게 막대기로 내 어깨를 그냥 내려 갈겼다. 정신이 다 아찔하다. 다시 고개를 들었을

때 그때엔 나도 온몸에 약이 올랐다. 이 녀석의 장인님을, 하고 눈에서 불이 퍽 나서 그 아래 밭 있는 넝 아래로 그대로 떠밀어 굴려 버렸다.

"부려만 먹고 왜 성례 안 하지유!"

나는 이렇게 호령했다. 허지만 장인님이 선뜻 오냐 내일이라도 성례시켜 주마, 했으면 나도 성가신 걸 그만두었을지 모른다. 나야 이러면 때린 건 아니니까 나중에 장인 쳤다는 누명도 안 들을 터이고 얼마든지 해도 좋다.

한번은 장인님이 헐떡헐떡 기어서 올라오더니 내 바짓가랭이를 요렇게 노리고서 단박 웅켜 잡고 매달렸다. 악, 소리를 치고 나는 그만 세상이 다 팽그르 도는 것이,

"빙장님! 빙장님! 빙장님!"

"이 자식! 잡아 먹어라, 잡아 먹어!"

"아! 아! 할아버지! 살려 줍쇼, 할아버지!"

하고 두 팔을 허둥지둥 내저을 적에 이마에 진땀이 쭉 내솟고 인
젠 참으로 죽나 보다 했다. 그래도 장인님은 놓질 않더니 내가
기어이 땅바닥에 쓰러져서 거진 까무러치게 되니까 놓는다. 더
럽다, 더럽다. 이게 장인님인가? 나는 한참을 못 일어나고 쩔쩔
맸다. 그러나 얼굴을 드니(눈엔 참 아무것도 보이지 않았다) 사지가
부르르 떨리면서 나도 엉금엉금 기어가 장인님의 바짓가랭이를
꽉 움키고 잡아 낚았다.

　내가 머리가 터지도록 매를 얻어맞은 것이 이 때문이다. 그러
나 여기가 또한 우리 장인님이 유달리 착한 곳이다. 여느 사람이
면 사경을 주어서라도 당장 내쫓았지, 터진 머리를 불솜으로 손
수 지져 주고, 호주머니에 희연 한 봉을 넣어 주고 그리고,

　"올 가을엔 꼭 성례를 시켜 주마. 암말 말고 가서 뒷골의 콩밭
　이나 얼른 갈아라."

하고 등을 뚜덕여 줄 사람이 누구냐. 나는 장인님이 너무나 고마
워서 어느덧 눈물까지 났다. 점순이를 남기고 인젠 내쫓기려니
하다 뜻밖의 말을 듣고,

　"빙장님! 인제 다시는 안 그러겠어유!"

이렇게 맹세를 하며 부랴사랴 지게를 지고 일터로 갔다.

　그러나 이 때는 그걸 모르고 장인님을 원수로만 여겨서 잔뜩
잡아당겼다.

　"아! 아! 이 놈아! 놔라, 놔."

사지 팔과 다리　희연 일제 시대에 있었던 담배 이름　뚜덕여 두드려

　　장인님은 헛손질을 하며 솔개미에 채인 닭의 소리를 연해 질렀다. 놓긴 왜, 이왕이면 호되게 혼을 내 주리라 생각하고 짓궂게 더 댕겼다. 그렇지만 장인님이 땅에 쓰러져서 눈에 눈물이 피잉 도는 것을 보고 좀 겁도 났다.

　　"할아버지! 놔라, 놔, 놔, 놔, 놔라."

　　그래도 안 되니까,

　　"애, 점순아! 점순아!"

　　이 악장에 안에 있었던 장모님과 점순이가 헐레벌떡하고 단숨에 뛰어 나왔다. 나의 생각에 장모님은 제 남편이니까 역성을 할는지도 모른다. 그러나 점순이는 내 편을 들어서 속으로 고소해하겠지……. 그런데 대체 이게 웬 속인지(지금까지도 난 영문을 모른다) 아버질 혼내 주기는 제가 하라고 해 놓고 이제 와서는 달겨들며,

　　"에그머니! 이 망할 게 아버지 죽이네!"

하고, 귀를 뒤로 잡아댕기며 마냥 우는 것이 아니냐. 그만 여기에 기운이 탁 꺾이어 나는 얼빠진 등신이 되고 말았다. 장모님도 덤벼 들어 한쪽 귀마저 뒤로 잡아 채면서 또 우는 것이다.

　　이렇게 꼼짝도 못 하게 해 놓고 장인님은 지게 막대기를 들어서 사뭇 내려 조졌다. 그러나 나는 구태여 피하려 하지도 않고 암만 해도 그 속을 알 수 없는 점순이의 얼굴만 멀거니 들여다보았다.

　　"이 자식! 장인 입에서 할아버지 소리가 나오도록 해?"

봉필이는 고약한 마름(지주의 위임을 받아 소작권을 관리하는 사람)입니다. 그는 데릴사위라는 이름아래 여러 명의 청년들을 머슴처럼 실컷 부려먹고 큰딸을 작년에 시집보냈어요. 나도 데릴사위 감으로 점순이네 집에서 사경 한 푼 안받고 일한 지 벌써 삼 년하고 일곱 달이 되었어요. 어느 날 논에 모를 붓다가 배가 아프다는 핑계로 일을 하지 않았어요. 논 가운데서 노려보던 봉필은 화가 나서 논둑으로 오르더니 내 멱살을 움켜잡고 뺨을 쳤어요. 나는 장인이 될 봉필을 구장댁으로 끌고 갔어요. 하지만 '농사 일을 망치면 감옥에 간다'라는 말만 듣지요. 점순이는 구장댁에 갔다가 그냥 오는 법이 어디 있느냐면서 얼굴이 빨개져서 안으로 들어갑니다. 점순이에게 병신이라는 소리까지 듣고 난 후 어떻게든지 결판을 내야겠다고 생각합니다. 일터로 나가려다 말고 나는 마당에 드러누어요. 화가 난 봉필은 지게막대기로 배를 찌르고 발길로 옆구리를 차고 볼기짝을 후려갈깁니다. 나는 점순이가 내편이라고 생각을 하고 벌떡 일어나서 봉필의 수염을 잡아채고 사타구니를 잡고 늘어집니다. 하지만 점순이가 달려들며 나를 혼내는 것이었어요.

김유정의 다른 작품과 마찬가지로 강원도 산골이라는 향토적인 배경에서 일어나는 해학적인 사건을 그리고 있어요. 데릴사위라는 봉건 사회적인 제도를 어리숙하고 순진한 '나'가 나름대로 충실하게 살아보려 하는 과정을 그렸어요. 하지만 결과는 착각과 희극적인 장면이 되어버리는 것입니다. 한마디로 음흉스런 주인과 그 주인이 사위 삼겠다고 약속한 우직한 머슴 사이의 갈등이 익살스럽게 그렸어요.

가난하고 무식하나 순수하기 짝이 없는 사내를 주인공으로 내세우고 그에 걸맞은 토속어를 실어 재미를 더했어요. 등장인물들의 우스운 성격이 이 소설의 재미를 더해줍니다. 그리고 한편으로 가진 자들의 약삭빠른 행태를 꼬집기도 합니다. '봄봄'은 처음부터 끝까지 웃음과 해학이 넘치는 김유정의 대표적 소설입니다.

감자

김동인(1900-1951)

평양에서 태어났어요. 어려서부터 일본 명치학원을 거쳐서, 아오야바 학원에서 공부하였어요.

1919년 주요한, 전영택 등과 함께 〈창조〉를 창간하고 본격적인 근대 소설인 사실주의를 표방하기도 하였어요.

그의 작품 세계는 이광수의 계몽주의에 맞선 사실주의 신경향파와 프로문학에 맞선 순수 문학 운동의 활동으로 볼 수 있어요. 저서로는 〈약한 자의 슬픔〉, 〈배따라기〉, 〈감자〉, 〈발가락이 닮았다〉, 〈붉은산〉 등이 있어요. 1929년부터 조선일보에서 동인문학상을 만들어 수여하고 있어요. 말년에는 방탕한 생활과 사업의 실패로 아편 중독까지 걸리기도 했어요. 그러던 중 6.25전쟁 중에 서울자택에서 중병으로 사망하였어요.

싸움, 간통, 살인, 도둑, 징역, 이 세상의 모든 비극과 활극의 근원지인 칠성문 밖 빈민굴로 오기 전까지는 복녀의 부처는 사농공상의 제2위에 드는 농민이었다.

복녀는 원래 가난은 하나마 정직한 농가에서 규칙 있게 자라난 처녀였었다. 예전 선비의 엄한 규율은 농민으로 떨어지고부터 없어졌다 하나, 그러나 어딘지는 모르지만 딴 농민보다는 좀 똑똑하고 엄한 가율이 그의 집에 그냥 남아 있었다. 그 가운데서 자라난 복녀는 물론 다른 집 처녀들같이 여름에는 벌거벗고 개울에서 멱감고, 바짓바람으로 동네를 돌아다니는 것을 예사로 알기는 알았지만, 그러나 그의 마음속에는 막연하나마 도덕이라는 것에 대한 기품을 가지고 있었다.

그는 열 다섯 살 나는 해에 동네 홀아비에게 팔십 원에 팔려서 시집이라는 것을 갔다. 그의 새서방(영감이라는 편이 적당할까)이라는 사람은 그보다 이십 년이나 위로서, 원래 아버지의 시대에는 상당한 농민으로 밭도 몇 마지기가 있었으나 그의 대로 내려오면서는 하나둘 줄기 시작하여서 마지막에 복녀를 산 팔십 원이 그의 마지막 재산이었다. 그는 극도로 게으른 사람이었다. 동네 노인의 주선으로 소작밭깨나 얻어 주면 종자만 뿌려 둔 뒤에는 후치질도 안 하고 김도 안 매고 그냥 버려 두었다가는 가을에 가서는 되는 대로 거둬서 '금년에 흉년입네' 하고 밭 주인에게는 가져도 안 가고 혼자 먹어 버리곤 하였다. 그러니까 그는 한

활극 영화나 연극에서의 난투 장면으로, 격렬한 싸움을 비유하여 이르는 말
사농공상 선비, 농부, 장인, 상인의 네 가지 신분 가율 집안의 규칙
후치질 땅을 갈아서 흙덩이를 일으키는 일

밭을 이 년 동안 부쳐 본 일이 없었다. 이리하여 몇 해를 지내는 동안 그는 그 동네에서는 밥을 못 얻으리만큼 인심과 신용을 잃고 말았다.

복녀가 시집을 온 지 한 삼사 년은 장인의 덕으로 이렁저렁 지내 갔으나 예전 선비의 꼬리인 장인도 차차 사위를 밉게 보기 시작하였다. 그들은 처가에까지 신용을 잃게 되었다. 그들 부처는 여러 가지로 의논하다가 할 수 없이 평양 성안으로 막벌이로 들어왔다. 그러나 게으른 그에게는 막벌이나마 역시 되지 않았다. 하루종일 지게를 지고 연광정에 가서 대동강만 내려다보고 있으니, 어찌 막벌이인들 될까. 한 서너 달 막벌이를 하다가 그들은 요행 어떤 집 막간살이로 들어가게 되었다.

그러나 그 집에서도 얼마 안 되어 쫓겨 나왔다. 복녀는 부지런히 주인 집 일을 보았지만 남편의 게으름은 어찌할 수가 없었다. 만날 복녀는 눈에 칼을 세워 가지고 남편을 채근하였지만 그의 게으른 버릇은 개를 줄 수는 없었다.

"뱃섬 좀 치워 달라우요."

"남 졸음 오는데, 님자 치우시관."

"내가 치우나요."

"이십 년이나 밥을 처먹고 그걸 못 치워!"

"에이구 칵 죽구나 말디."

"이 년 뭘!"

이러한 싸움이 그치지 않다가 마침내 그 집에서도 쫓겨 나왔
다.

이젠 어디로 가나? 그들은 할 수 없이 칠성문 밖 빈민굴로 밀
리어 나오게 되었다. 칠성문 밖을 한 부락으로 삼고 그 곳에 모
여 있는 모든 사람들의 본업은 거지요, 부업으로는 도둑질과(자
기끼리의) 몸을 파는 일, 그 밖에 이 세상의 모든 무섭고 더러운
죄악이 있었다. 복녀도 그 본업으로 나섰다.

그러나 열 아홉 살의 한창 좋은 나이의 여편네에게는 누가 밥
인들 잘 줄까.

“젊은 거이 거랑질은 왜.”

그런 소리를 들을 때마다 그는 여러 가지 말로 남편이 병으로
죽어 가거니 어쩌니 핑계는 대었지만, 그런 핑계에는 단련된 평
양 시민의 동정은 역시 살 수가 없었다. 그들은 이 칠성문 밖에
서도 가장 가난한 사람 가운데 드는 편이었다. 그 가운데서 잘
수입되는 사람은 하루에 오 리짜리 돈푼으로 일 원 칠팔십 전의
현금을 쥐고 돌아오는 사람까지 있었다. 극단으로 나가서는 밤
에 돈벌이를 나갔던 사람은 그 날 밤 사십 원을 벌어 가지고 그
근처에서 담배 장사를 하기 시작한 사람까지 있었다.

복녀는 열 아홉 살이었다. 얼굴도 그만하면 반반하였다. 그 동
네 여인들의 보통 하는 일을 본받아서, 그도 돈벌이 좀 잘하는
사람의 집에라도 간간 찾아가면 매일 오륙십 전은 벌 수가 있었

거랑질 구걸하는 행위　반반하였다 생김새가 예쁘장하였다

지만 선비의 집안에서 자라난 그는 그런 일은 할 수가 없었다.

그들 부처는 역시 가난하게 지냈다. 굶는 일도 흔히 있었다.

기자묘 솔밭에 송충이가 끓었다. 그 때 평양루에서는 그 송충이를 잡는 데 (은혜를 베푸는 뜻으로) 칠성문 밖 빈민굴의 여인들을 인부로 쓰게 되었다.

빈민굴 여인들은 모두가 자원을 하였다. 그러나 뽑힌 것은 겨우 오십 명쯤이었다. 복녀도 그 뽑힌 사람 가운데 한 사람이었다.

복녀는 열심으로 송충이를 잡았다. 소나무에 사다리를 놓고 올라가서는 송충이를 집게로 집어서 약물에 잡아 넣고 또 그렇게 하고, 그의 통은 잠깐 사이에 차곤 하였다. 하루에 삼십이 전씩의 품삯이 그의 손에 들어왔다.

그러나 대엿새 하는 동안에 그는 이상한 현상을 하나 발견하였다. 그것은 다른 것이 아니라 젊은 여 인부 한 여남은 사람은 언제든 송충이는 안 잡고 아래서 지절거리며 웃고 날뛰기만 하고 있는 것이었다. 뿐만 아니라 그 놀고 있는 인부의 품삯은 일하는 사람의 삯전보다 팔 전이나 더 많이 내어 주는 것이다. 감독은 한 사람뿐이었는데, 감독도 여자들이 놀고 있는 것을 묵인할 뿐 아니라 때때로 자기까지 섞여서 놀고 있었다. 어떤 날 송충이를 잡다가 점심 때가 되어서 나무에서 내려와서 점심을 먹고 다시 올라가려 할 때에 감독이 그를 찾았다.

"복네! 얘, 복네!"
"왜 그릅네까?"
"좀 오너라."
그는 말없이 감독 앞에 갔다.

"애, 너, 음……. 저 뒤 좀 가 보자."

"뭘 하게요?"

"글쎄 가야……."

"가디요. 형님!"

그는 돌아서면서 부인들 모여 있는 데로 고함쳤다.

"형님두 갑세다."

"싫다 애. 둘이서 재미나게 가는데 내가 무슨 맛에 가갔니?"

복녀는 얼굴이 새빨갛게 되면서 감독에게로 돌아섰다.

"가 보자."

감독은 저편으로 갔다. 복녀는 머리를 숙이고 따라갔다.

"복네 좋갔구나."

뒤에서 이런 소리가 들렸다. 복녀의 숙인 얼굴은 더욱 빨갛게 되었다.

그 날부터 복녀도 '일 안 하고 품삯 많이 받는 인부'의 한 사람으로 되었다.

복녀의 도덕관 내지 인생관은 그 때부터 변하였다.

그는 여태껏 딴 사내와 관계를 한다는 것을 생각하여 본 일도 없었다. 그것은 사람의 일이 아니요 짐승의 하는 것쯤으로만 알고 있었다. 혹은 그런 일은 하면 탁 죽어지는지도 모를 일로 알았다.

그러나 이런 이상한 일이 다시 있을까. 사람인 자기도 그런 일을 한 것을 보면 그것은 결코 사람으로 못할 일도 아니었다. 게다가 일 안 하고도 돈 더 받고, 긴장된 재미가 있고 빌어 먹는 것보다 점잖고……. 일본 말로 하자면 '삼박자(拍子)' 같은 좋은 일이 이것뿐이었다. 이것이야말로 삶의 비결이 아닐까. 뿐만이 아니라 이 일이 있은 뒤부터 그는 처음으로 한 개 사람으로 된 것 같은 자신까지 얻었다.

그 뒤부터는 그의 얼굴에 조금씩 분도 발리게 되었다.

일 년이 지났다.

그의 처세의 비결은 더욱 더 순탄히 진척되었다. 그의 부처는 인제는 그리 궁하게 지내지는 않게 되었다. 그의 남편은 이것이 결국 좋은 일이라는 듯이 아랫목에 누워서 벌신벌신 웃고 있었다.

복녀의 얼굴은 더욱 예뻐졌다.

"여보 아즈바니, 오늘은 얼마나 벌었소?"

복녀는 돈 좀 많이 벌은 듯한 거지를 보면 이렇게 찾는다.

"오늘은 많이 못 벌었쉐다."

"얼마?"

"도무지 열서너 냥."

"많이 벌었쉐다가레. 한 댓 냥 꿔 주소고래."

"오늘은 내가……."

어쩌고 어쩌고 하면 복녀는 곧 뛰어 가서 그의 팔에 늘어진다.

“나한테 들킨 다음에는 꾸고야 말아요.”

“난 원, 이 아즈마니 만나믄 야단이디라. 자 꿔 주디. 그 대
신⋯⋯.”

“난 몰라요, 해해해해.”

“모르믄, 안 줄 테야.”

“글쎄, 알았대두 그른다.”

그의 성격은 이만큼 진보되었다.

가을이 되었다.

칠성문 밖 빈민굴의 여인들은 가을이 되면 칠성문 밖에 있는
중국인의 채마밭에 감자(고구마)며 배추를 도둑질하러 밤에 바구
니를 가지고 간다. 복녀도 감자깨나 도둑질하여 왔다.

어떤 날 밤, 그는 고구마를 한 바구니 잘 도둑하여 가지고 이
젠 돌아가려고 일어설 때에 그의 뒤에 시커먼 그림자가 서서 그
를 꽉 붙들었다. 보니, 그것은 그 밭의 주인인 중국인 왕 서방이
었다. 복녀는 말도 못하고 멀찐멀찐 발 아래만 보고 있었다.

“우리 집에 가!”

왕 서방은 이렇게 말하였다.

“가재믄 가디. 원, 것도 못 갈까.”

복녀는 엉덩이를 한번 휙 두른 뒤에 머리를 젖히고 바구니를
저으면서 왕 서방을 따라갔다.

한 시간쯤 뒤에 그는 왕 서방의 집에서 나왔다. 그가 밭고랑에

서 길로 들어서려 할 때에 문득 뒤에서 누가 그를 찾았다.

"복녀 아니야?"

복녀는 획 돌아서 보았다. 거기는 옆집 여편네가 바구니를 끼고 어두운 밭고랑을 더듬더듬 나오고 있었다.

"형님이댔쉐까……. 형님도 들어갔댔쉐까?"

"님자두 들어갔댔나?"

"형님은 뉘 집에?"

"나? 눅(陸) 서방네 집에. 님자는?"

"난 왕 서방네……. 형님 얼마 받았소?"

"눅 서방 그 깍쟁이놈 배추 세 페기……."

"난 삼 원 받았다."

복녀는 자랑스러운 듯이 대답하였다.

십 분쯤 뒤에 그는 자기 남편과 그 앞에 돈 삼 원을 내놓은 뒤에 아까 그 왕 서방의 이야기를 하면서 웃고 있었다.

그 뒤부터 왕 서방은 무시로 복녀를 찾아 왔다.

한참 왕 서방이 눈만 멀찐멀찐 앉아 있으면 복녀의 남편은 눈치를 채고 밖으로 나간다. 왕 서방이 돌아간 뒤에는 그들 부처는 일 원 혹은 이 원을 가운데 놓고 기뻐하곤 하였다. 복녀는 차차 동네 거지들한테 애교를 파는 것을 중지하였다. 왕 서방이 분주하여 못올 때가 있으면 복녀는 스스로 왕 서방의 집까지 찾아 갈 때도 있었다.

페기 '포기'의 사투리

복녀의 부처는 이젠 이 빈민굴의 한 부자였다.

그 겨울도 가고 봄이 이르렀다.

그 때 왕 서방은 돈 백 원으로 처녀 하나를 마누라로 사 오게
되었다.

"흥."

복녀는 다만 코웃음만 쳤다.

"복녀 강짜하갔구만."

동네 여편네들이 이런 말을 하면 복녀는 '흥' 하고 코웃음을 웃
곤 하였다.

내가 강짜를 해? 그는 늘 힘 있게 부인하고 하였다. 그러나 그
의 마음에 생기는 검은 그림자는 어찌할 수가 없었다.

"이 놈 왕 서방, 네 두고 보자."

왕 서방이 색시를 데려오는 날이 가까워 왔다. 왕 서방은 여태
껏 자랑하던 기다란 머리를 깎았다. 동시에 그것은 새색시의 의
견이라는 소문이 퍼졌다.

"흥"

복녀는 역시 코웃음만 쳤다.

마침내 새색시가 오는 날이 이르렀다. 칠보단장에 가마를 탄
색시가 칠성문 밖 채마밭 가운데 있는 왕 서방의 집에 이르렀다.
밤이 깊도록 왕 서방의 집에는 중국인들이 모여서 별난 악기를
뜯으며 별난 곡조로 노래하며 야단이었다. 복녀는 집 모퉁이에

숨어 서서 눈에 살기를 띠고 방 안의 동정을 듣고 있었다.

다른 중국인들은 새벽 두 시쯤 하여 돌아갔다. 그 돌아가는 것을 보면서 복녀는 왕 서방의 집 안에 들어갔다. 복녀의 얼굴에는 분이 하얗게 발리어 있었다. 신랑 신부는 놀라서 그를 쳐다보았다. 그것을 무서운 눈으로 흘겨 보면서 그는 왕 서방에게 가서 팔을 잡고 늘어졌다. 그의 입에서는 이상한 웃음이 흘렀다.

"자, 우리 집으로 가요."

왕 서방은 아무 말도 못하였다. 눈만 정처 없이 두룩두룩하였다. 복녀는 다시 한번 왕 서방을 흔들었다.

"자, 어서."

"우리, 오늘은 일이 있어 못 가."

"일은 밤중에 무슨 일?"

"그래도 우리 일이……."

복녀의 입에 여태껏 떠돌던 이상한 웃음은 문득 없어졌다.

"이까짓 것!"

그는 발을 들어서 치장한 신부의 머리를 찼다.

"자, 가자우, 가자우."

왕 서방은 와들와들 떨었다. 왕 서방은 복녀의 손을 뿌리쳤다. 복녀는 쓰러졌다. 그러나 곧 일어섰다. 그가 다시 일어설 때는 그의 손에 얼른얼른하는 낫이 한 자루 들리어 있었다.

"이 되놈, 죽어라. 이 놈, 나 때렸디! 이 놈아, 아이구, 사람 죽

이누나.”

그는 목을 놓고 처울면서 낫을 휘둘렀다. 칠성문 밖 외딴 밭 가운데 홀로 서 있는 왕 서방의 집에서는 일장의 활극이 일어났다. 그러나 그 활극도 곧 잠잠하게 되었다. 복녀의 손에 들리어 있던 낫은 어느덧 왕 서방의 손으로 넘어가고 복녀는 목으로 피를 쏟으며 그 자리에 고꾸라져 있었다.

복녀의 송장은 사흘이 지나도록 무덤으로 못 갔다. 왕 서방은 몇 번을 복녀의 남편을 찾아 갔다. 복녀의 남편도 때때로 왕 서방을 찾아 갔다. 둘의 사이에는 무슨 교섭하는 일이 있었다.

사흘이 지났다.

밤중 복녀의 시체는 왕 서방의 집에서 남편의 집으로 옮겨졌다.

그리고 시체에는 세 사람이 둘러 앉았다. 한 사람은 복녀의 남편, 한 사람은 왕 서방, 또 한 사람은 어떤 한방 의사. 왕 서방은 말없이 돈주머니를 꺼내어 십 원짜리 지폐 석 장을 복녀의 남편에게 주었다. 한방 의사의 손에도 십 원짜리 두 장이 갔다.

이튿날 복녀는 뇌일혈로 죽었다는 한방의의 진단으로 공동묘지로 실려 갔다.

<hr>

교섭 무슨 일을 이루기 위해서 상대방과 의논하고 타협함
뇌일혈 뇌출혈. 뇌의 핏줄이 터져 뇌 속으로 흘러 나오는 병

농가에서 자란 복녀는 열다섯 살 나이에 나이 많은 동네 홀아비에게 팔려 시집을 갔어요. 그러나 새서방은 게으르고 무능하기까지 하여 소작을 하고 있는 논도 제대로 돌보지 않았어요. 이들은 동네에서 인심과 신용을 잃고 결국 행랑살이하던 집에서도 쫓겨나 칠성문 밖 빈민굴로 이사를 가게 됩니다. 복녀는 송충이 잡는 일을 하게 되었어요. 어느 날 감독이 부르자 따라 나섰어요. 그 후로 복녀는 다른 여인네들처럼 놀면서 많은 품삯을 받지요. 어느 날 중국인 왕 서방 밭에서 고구마를 도둑질하다 들켰어요. 하지만 중국인은 복녀를 데리고 집으로 갑니다. 이렇게 왕 서방과 인연을 맺은 복녀는 왕 서방의 첩으로 생활을 하며 돈을 얻어 씁니다. 하지만 왕 서방이 다른 여자를 가까이 하자 왕 서방에게 달려 들어 따집니다. 결국 왕 서방의 손에 죽고 말지요.

이 작품은 자연주의 경향의 소설로 소설가로서의 김동인의 위치를 확고히 해준 작품입니다. 감자는 복녀라는 가난하지만 정직한 농가에서 자란 여인이 환경의 영향을 받아 타락해 가는 과정을 그린 작품입니다. 이른바 자연주의의 특징인 환경결정론에 따른 작품이라고 볼 수 있어요. 환경결정론이란 주인공의 운명은 환경에 의해 이미 결정되어 진다는 이론입니다. 복녀의 죽음도 따지고 보면 불우한 환경이 빚어낸 일종의 숙명으로 그 운명은 환경에 의해 이미 결정된 것이지요. 그녀의 최초의 부정은 타율적인 것이었지만 나중에는 자율적인 것으로 변화됩니다. 이처럼 불우한 환경이 빚어낸 한 여인의 운명적 비극을 그린 '감자'야 말로 환경결정론에 의한 자연주의의 특징을 가진 소설이라고 볼 수 있어요.

배따라기

김동인(1900-1951)

평양에서 태어났어요. 어려서부터 일본 명치학원을 거쳐서, 아오야바 학원에서 공부하였어요.

1919년 주요한, 전영택 등과 함께 〈창조〉를 창간하고 본격적인 근대 소설인 사실주의를 표방하기도 하였어요.

그의 작품 세계는 이광수의 계몽주의에 맞선 사실주의 신경향파와 프로문학에 맞선 순수 문학 운동의 활동으로 볼 수 있어요. 저서로는 〈약한 자의 슬픔〉, 〈배따라기〉, 〈감자〉, 〈발가락이 닮았다〉, 〈붉은산〉 등이 있어요. 1929년부터 조선일보에서 동인문학상을 만들어 수여하고 있어요. 말년에는 방탕한 생활과 사업의 실패로 아편 중독까지 걸리기도 했어요. 그러던 중 6.25전쟁 중에 서울자택에서 중병으로 사망하였어요.

좋은 일기이다.

좋은 일기라도, 하늘에 구름 한 점 없는—우리 '사람'으로서는 감히 접근 못 할 위엄을 가지고, 높이서 우리 조그만 '사람'을 비웃는 듯이 내려다보는, 그런 교만한 하늘은 아니고, 가장 우리 '사람'의 이해자인 듯이 낮게 뭉글뭉글 엉기는 분홍빛 구름으로서 우리와 서로 손목을 잡자는 그런 하늘이다. 사랑의 하늘이다.

나는, 잠시도 멎지 않고 푸른 물을 황해로 부어 내리는 대동강을 향한, 모란봉 기슭 새파랗게 돋아 나는 풀 위에 뒹굴고 있었다.

이 날은 삼월 삼질, 대동강에 첫 뱃놀이하는 날이다. 까맣게 내려다보이는 물 위에는, 결결이 반짝이는 물결을 푸른 놀잇배들이 타고 넘으며, 거기서는 봄 향기에 취한 형형색색의 선율이, 우단보다도 부드러운 봄 공기를 흔들면서 날아온다. 그리고 거기서 기생들의 노래와 함께 날아오는 조선 아악은 느리게, 길게, 유창하게, 부드럽게, 그리고 또 애처롭게, 모든 봄의 정다움과 끝까지 조화하지 않고는 안 두겠다는 듯이, 대동강에 흐르는 시커먼 봄물, 청류벽에 돋아나는 푸르른 풀 어음, 심지어 사람의 가슴속에 봄에 뛰노는 불붙는 핏줄기까지라도, 습기 많은 봄 공기를 다리 놓고 떨리지 않고는 두지 않는다.

봄이다. 봄이 왔다.

부드럽게 부는 조그만 바람이, 시커먼 조선 솔을 꿰며, 또는 돋아 나는 풀을 스치고 지나갈 때의 그 음악은, 다른 데서는 듣지 못할 아름다운 음악이다.

아아, 사람을 취하게 하는 푸르른 봄의 아름다움이여! 열 다섯 살부터의 동경 생활에, 마음껏 이런 봄을 보지 못하였던 나는, 늘 이것을 보는 사람보다 곱 이상의 감명을 여기서 받지 않을 수 없다.

평양성 내에는, 겨우 툭툭 터진 땅을 헤치면 파릇파릇 돋아 나는 나무새기와 돋아 나려는 버들의 어음으로 봄이 온 줄 알 뿐 아직 완전히 봄이 안 이르렀지만, 이 모란봉 일대와 대동강을 넘어 보이는 가나안 옥토를 연상시키는 장림에는 봄의 정다움이 이르렀다.

그리고 또 꽤 자란 밀, 보리들로 새파랗게 장식한 장림의 그 푸른 빛. 만족한 웃음을 띠고 그 벌에 서서 내다보는 농부의 모양은, 보지 않아도 생각할 수가 있다.

구름은 자꾸 하늘을 날아다니는 모양이다. 그 밀 위에 비치었던 구름의 그림자는 그 구름과 함께 저편으로 물러가며, 거기는, 세계를 아까 만들어 놓은 것 같은 새로운 녹빛이 퍼져 나간다. 바람이나 조곰 부는 때는 그 잘 자란 밀들은 물결같이 누웠다 일어났다 일록일청으로 춤을 춘다. 그리고 봄의 한가함을 찬송하

는 솔개들은, 높은 하늘에서 동그라미를 그리면서 더욱 더 아름다운 봄에 향기로운 정취를 더한다.

"따스한 봄 정에 솟아나리다. 따스한 봄 정에 솟아나리다."

나는 두어 번 소리 나게 읊은 뒤에 담배를 붙여 물었다. 담뱃내는 무럭무럭 하늘로 올라간다.

하늘에도 봄이 왔다.

하늘은 낮았다. 모란봉 꼭대기에 올라가면 넉넉히 만질 수가 있을 만큼 하늘은 낮다. 그리고 그 낮은 하늘보다는 오히려 더 높이 있는 듯한 분홍빛 구름은 뭉글뭉글 엉기면서 이리저리 날아 다닌다.

나는 이러한 아름다운 봄 경치에 이렇게 마음껏 봄의 속삭임을 들을 때는 언제든 유토피아를 아니 생각할 수 없다. 우리가 시시각각으로 애를 쓰며 수고하는 것은, 그 목적은 무엇인가. 역시 유토피아 건설에 있지 않을까. 유토피아를 생각할 때는 언제든 그 '위대한 인격의 소유자' 며 '사람의 위대함을 끝까지 즐긴' 진나라 시황(秦始皇)을 생각지 않을 수 없다.

우리가 어찌하면 죽지를 아니할까 하여, 소년 삼백을 배에 태워 불사약을 구하러 떠나 보내며, 예술의 사치를 다하여 아방궁을 지으며, 매일 신하 몇 천 명과 잔치로써 즐기며, 이리하여 여기 한 유토피아를 세우려던 시황은, 몇 만의 역사가가 어떻다고 욕을 하든, 그는 참말로 인생의 향락자이며 역사 이후의 제일 큰

위인이라고 할 수가 있다. 그만한 순전한 용기 있는 사람이 있고
야 우리 인류의 역사는 끝이 날지라도 한 '사람'을 가졌었다고
할 수 있다.

"큰 사람이 있었다."
하면서 나는 머리를 흔들었다.

이 때다, 기자묘 근처에서 무슨 슬픈 음률이 봄 공기를 진동시
키며 날아오는 것이 들렸다.

나는 무심코 귀를 기울였다.

'영유 배따라기'다. 그것도 웬만한 광대나 기생은 발꿈치에도
미치지 못할 만큼, 그만큼 그 배따라기의 주인은 잘 부르는 사람
이었다.

비나이다, 비나이다.
산천후토 일월성신 하나님전 비나이다.
실낱 같은 우리 목숨 살려 달라 비나이다.
에―야, 어그여지야.

여기까지 이르렀을 때에 저편 아래 물에서 장고 소리와 함께
기생의 노래가 울리어 오며 배따라기는 그만 안 들리게 되었다.

나는 이 년 전 한여름을 영유서 지내 본 일이 있다. 배따라기
의 본고장인 영유를 몇 달 있어 본 사람은 그 배따라기에 대하여

언제든 한 애처로움을 깨달을 것이다.

영유, 이름은 모르지만 ×산에 올라가서 내다보면 앞은 망망한 황해이니, 그 곳 저녁 때의 경치는 한번 본 사람은 영원히 잊을 수가 없으리라. 불덩이 같은 커다란 시뻘건 해가 남실남실 넘치는 바다에 도로 빠질 듯 도로 솟아 오를 듯 춤을 추며, 거기서 때때로 보이지 않는 배에서 '배따라기'만 슬프게 날아오는 것을 들을 때엔 눈물 많은 나는 때때로 눈물을 흘렸다. 이로 보아서, 어떤 원의 아내가 자기의 모든 영화를 낡은 신같이 내던지고 뱃사람과 정처없는 물길을 떠났다 함도 믿지 못할 말이랄 수가 없다.

영유서 돌아온 뒤에도 그 '배따라기'는 내 마음에 깊이 새기어져 잊으려야 잊을 수가 없었고, 언제 한번 다시 영유를 가서 그 노래를 한번 더 들어 보고 그 경치를 다시 한번 보고 싶은 생각이 늘 떠나지를 않았다.

장구 소리와 기생의 노래는 멎고 배따라기만 구슬프게 날아온다. 결결이 부는 바람으로 말미암아 때때로는 들을 수가 없으되, 나의 기억과 곡조를 종합하여 들은 배따라기는 이 대목이다.

강변에 나왔다가

나를 보더니만

혼비백산하여

....

속절없는 단념할 수밖에 없는 원 조선 시대에 고을을 다스리던 관원을 두루 일컫는 말
혼비백산 몹시 놀라 어쩔 줄 모름

꿈인지 생시인지
와르륵 달려들어
섬섬옥수로 부여잡고
호천망극하는 말이
'하늘로서 떨어지며
땅으로서 솟아났나
바람결에 묻어 오고
구름길에 싸여 왔나,
이리 서로 붙들고 울음 울 제
인리 제인이며
일가친척이 모두 모여

여기까지 들은 나는 마침내 참지 못하고 벌떡 일어서서 소나무 가지에 걸었던 모자를 내려 쓰고, 그 곳을 찾으러 모란봉 꼭대기에 올라섰다. 꼭대기는 좀 더 노랫소리가 잘 들린다. 그는 배따라기의 맨 마지막, 여기를 부른다.

밥을 빌어서
죽을 쑬지라도
제발 덕분에
뱃놈 노릇은 하지 마라

호천망극 하늘이 넓고 끝이 없음. 부모의 은혜가 큼을 이르는 말
인리 제인 이웃 고을에 사는 모든 사람들

에—야. 어그여지야—.

그 소리로 방향을 찾으려던 나는 그만 그 자리에 섰다.

"어딘가? 기자묘? 혹은 을밀대(乙密臺)?"

그러나 나는 오래 서 있을 수가 없었다. 어떻든 찾아 보자 하고, 현무문으로 가서 문 밖에 썩 나섰다. 기자묘의 깊은 솔밭은 눈앞에 쫙 퍼진다.

"어딘가?"

나는 또 물어 보았다.

이 때에 그는 또 다시 배따라기를 처음부터 부른다. 그 소리는 왼편에서 온다.

왼편이구나 하면서, 소리 나는 곳을 더듬어서 소나무 틈으로 한참 돌다가, 겨우, 기자묘치고는 그 중 하늘이 넓고 밝은 곳에 혼자서 뒹굴고 있는 그를 찾아 내었다. 나의 생각한 바와 같은 얼굴이다. 얼굴, 코, 입, 눈, 몸집이 모두 네모나고 그의 이마의 굵은 주름살과 시커먼 눈썹은 고생 많이 함과 순진한 성격을 나타낸다.

그는 어떤 신사가 자기를 들여다보는 것을 보고 노래를 그치고 일어나 앉는다.

"왜? 그냥 하지요."

하면서 나는 그의 곁에 가 앉았다.

“머…….”

할 뿐 그는 눈을 들어서 터진 하늘을 쳐다본다.

좋은 눈이었다. 바다의 넓고 큼이 유감없이 그의 눈에 나타나 있다. 그는 뱃사람이라 나는 짐작하였다.

“고향이 영유요?”

“예, 머, 영유서 나기는 했디만 한 이십 년을 영윤 가 보지도 않았시요.”

“왜, 이십 년씩 고향엘 안 가요?”

“사람의 일이라니 마음대로 됩데까?”

그는, 왜 그러지, 한숨을 짓는다.

“거저, 운명이 제일 힘셉데다.”

운명의 힘이 제일 세다는 그의 소리는 삭이지 못할 원한과 뉘우침이 섞여 있다.

“그래요?”

나는 다만 그를 건너다볼 뿐이다.

한참 잠잠하니 있다가 나는 다시 말하였다.

“자, 노형의 경험담이나 한번 들어 봅시다. 감출 일이 아니면 한번 이야기해 보소.”

“머, 감출 일은…….”

“그럼 어디 들어 봅시다그려.”

그는 다시 하늘을 쳐다보았다. 그러나 좀 있다가,

"하디요."

하면서 내가 담배를 붙이는 것을 보고 자기도 담배를 붙여 물고 이야기를 꺼낸다.

"십구 년 전 팔월 열 하룻날 일인데요."

하면서 그가 이야기한 바는 대략 이와 같은 것이다.

그의 살던 마을은 영유 고을서 한 이십 리 떠나 있는, 바다를 향한 조그만 어촌이다. 그의 살던 조그만 마을(서른 집쯤 되는)에서는 그는 꽤 유명한 사람이었다.

그의 부모는 모두 열 댓 세 났을 때 돌아갔고, 남은 사람이라고는 곁집에 딴 살림하는 그의 아우 부처와 자기 부처뿐이었다. 그들 형제가 그 마을에서 제일 부자이고 또 고기잡이를 잘하였고 그 중 글이 있었고 배따라기도 그 마을에서 빼어나게 그 형제가 잘 불렀다. 말하자면 그 형제가 그 동네의 대표적 사람이었다.

팔월 보름은 추석 명절이다. 팔월 열 하룻날 그는 명절에 쓸 장도 볼 겸, 그의 아내가 늘 부러워하는 거울도 하나 사 올 겸, 장으로 향하였다.

"당손네 집에 있는 것보다 큰 것이요. 잊디 말구요."

그의 아내는 길까지 따라 나오면서 잊지 않도록 부탁하였다.

"안 잊어."

하면서 그는 떠오르는 새빨간 햇빛을 앞으로 받으면서 자기 마

부처 부부 글이 있었고 배운 것이 있었고

을을 나섰다.

그는 아내를(이렇게 말하기는 우습지만) 고와했다. 그의 아내는 촌에는 드물도록 연연하고도 예쁘게 생겼다. (그는 나에게 이렇게 말하였다.)

"어디를 가도 그만한 인물 쉽디 않갔시요."

그러니까 촌에서는, 그리고 그 당시에는 남에게 우습게 보이도록 그 내외의 사이는 좋았다. 늙은이들은 계집에게 혹하지 말라고 흔히 그에게 권고하였다.

부처의 사이는 좋았지만—아니 오히려 좋으므로 그는 아내에게 샘을 많이 하였다. 그리고 그의 아내는 시기를 받을 일을 많이 하였다. 품행이 나쁘다는 것이 아니라, 그의 아내는 대단히 천진스럽고 쾌활한 성질로서 아무에게나 말 잘하고 애교를 잘 부렸다.

그 동네에서는 무슨 명절이나 되면, 집이 그 중 정결함을 핑계 삼아 젊은이들은 모두 그의 집에 모이고 하였다. 그 젊은이들은 모두 그의 아내에게 '아즈마니'라 부르고, 아내는 '아즈바니 아즈바니' 하며 그들과 지껄이고 즐기며, 그 웃기 잘하는 입에는 늘 웃음을 흘리고 있었다. 그럴 때마다 그는 한편 구석에서 눈만 힐근거리며 있다가 젊은이들이 돌아간 뒤에는 불문곡직하고 아내에게 덤벼들어 발길로 차고 때리며, 이전에 사다 주었던 것을 모두 도로 빼앗는다. 싸움을 할 때에는 언제든 곁집에 있는 아우

연연 아름답고 어여쁨　불문곡직 옳은지 그른지를 묻지 않음

부처가 말리러 오며, 그렇게 되면 언제든 그는 아우 부처까지 때려 주었다.

그가 아우에게 그렇게 구는 데는 이유가 있었다. 그의 아우는, 시골 사람에게는 쉽지 않도록 늠름한 위엄이 있었고, 맨날 바닷바람을 쏘였지만 얼굴이 희었다. 이것뿐으로도 시기가 된다 하면 되지만, 특별히 아내가 그의 아우에게 친절히 하는 데는, 그는 속이 끓어 못 견디었다.

그가 영유를 떠나기 반 년 쯤—다시 말하자면 그가 거울을 사러 장에 갈 때부터 반 년 전쯤 그의 생일날이었다. 그의 집에서는 음식을 차려서 잘 먹었는데, 그에게는 괴상한 버릇이 있었으니, 맛있는 음식은 남겨 두었다가 좀 있다 먹고 하는 것이 습관이었다. 그의 아내도 이 버릇은 잘 알 터인데 그의 아우가 점심 때쯤 오니까, 아까 그가 아껴서 남겨 두었던 그 음식을 아우에게 주려 하였다. 그는 눈을 부릅뜨고 '못 주리라'고 암호하였지만 아내는 그것을 보았는지 못 보았는지 그의 아우에게 주어 버렸다. 그는 마음속이 자못 편치 못하였다. '트집만 있으면 이 년을…….' 그는 마음먹었다.

그의 아내는 시아우에게 상을 준 뒤에 물러 오다가 그만 그의 발을 조금 밟았다.

"이 년!"

그는 힘껏 발을 들어서 아내를 냅다 찼다. 그의 아내는 상 위에 거꾸러졌다가 일어난다.

　"이 년, 사나이 발을 짓밟는 년이 어디 있어!"

　"거 좀 밟아서 발이 부러졌쉐까?"

　아내는 낯이 새빨개져서 울음 섞인 소리로 고함친다.

　"이 년! 말대답이……."

　그는 일어서서 아내의 머리채를 휘어잡았다.

　"형님! 왜 이리십니까."

　아우가 일어서면서 그를 붙잡았다.

　"가만 있거라, 이 놈의 자식."

하며 그는 아우를 밀친 뒤에 아내를 되는 대로 내리 찧었다.

　"죽일 년, 이 년! 나가거라!"

　"죽여라, 죽여라! 난, 죽어도 이 집에선 못 나가!"

　"못 나가?"

　"못 나가디 않구. 뉘 집이게……."

　이 때다. 그의 마음에는 그 '못 나가겠다' 는 아내의 마음이 푹 들이 박혔다. 그 이상 때리기가 싫었다. 우두커니 눈만 흘기고 있다가 그는,

　"망할 년, 그럼 내가 나갈라."

하고 그만 문 밖으로 뛰어 나와서,

　"형님, 어디 갑니까."

하는 아우의 말에는 대답도 안 하고, 옆동네 술집으로 뒤도 안

내리 찧었다 함부로 계속하여 때렸다

돌아 보고 가서, 거기 있는 술 파는 계집과 술상 앞에 마주 앉았다.

그 날 저녁 얼근히 취한 그는 아내를 위하여 떡을 한 돈어치 사 가지고 집으로 돌아왔다. 이리하여 또 서너 달은 평화가 이르렀다. 그러나 이 평화가 언제까지든 계속될 수가 없었다. 그의 아우로 말미암아 또 평화는 쪼개져 나갔다.

오월 초승부터 영유 고을 출입이 잦던 그의 아우는, 오월 그믐께부터는 고을서 며칠씩 묵어 오는 일이 많았다. 함께, 고을에 첩을 얻어 두었다는 소문이 퍼졌다. 이 소문이 있은 뒤는 아내는 그의 아우가 고을 들어가는 것을 벌레보다도 더 싫어하고, 며칠 묵어나 오는 때면 곧 아우의 집으로 가서 그와 담판을 하며 심지어 동서 되는 아우의 처에게까지 못 가게 하지 않는다고 싸우는 일이 있었다.

칠월 초승께 그의 아우는 고을에 들어가서 열흘쯤 묵어 온 일이 있었다. 이 때도 전과 같이 그의 아내는 그의 아우며 제수와 싸우다 못하여, 마침내 그에게까지 와서 아우가 그런 못된 데를 다니는 것을 그냥 둔다고, 어떻게 해야 되지 않겠냐고 한다. 그 꼴을 곱게 보지 않았던 그는 첫마디로 고함을 쳤다.

"네게 상관이 무에가? 듣기 싫다."

"못난둥이. 아우가 그런 델 댕기는 걸 말리디두 못하구!"

분김에 이렇게 그의 아내는 고함쳤다.

초승 음력으로 그 달의 처음 며칠 동안을 이르는 말
네게 상관이 무에가? 네가 무슨 상관이라고 참견이야?

"이 년, 무얼!"

그는 벌떡 일어섰다.

"못난둥이!"

그 말이 채 끝나기 전에 그의 아내는 악 소리와 함께 그 자리에 거꾸러졌다.

"이 년! 사나이에게 그따윗 말버릇 어디서 배완!"

"에미네 때리는 건 어디서 배왔노! 못난둥이."

그의 아내는 울음소리로 부르짖었다.

"나갈, 우리 집에 있디 말구 나갈."

그는 내리 찧으면서 부르짖었다. 그리고 아내를 문을 열고 밀쳤다.

"나가디 않으리!"

하고 그의 아내는 울면서 뛰어 나갔다.

"망할 년!"

토하는 듯이 중얼거리고 그는 그 자리에 주저앉았다.

그의 아내는 해가 져서 어두워져도 돌아오지 않았다. 일단 내어쫓기는 하였지만 그는 아내의 돌아옴을 기다리고 있었다. 어두워져서도 그는 불도 안 켜고 성이 나서 우들우들 떨면서 아내의 돌아오기를 기다렸다. 그러나 그의 아내의 참 기쁜 듯이 웃는 소리가 그의 아우의 집에서 밤새도록 울리었다. 그는 움쩍도 안하고 그 자리에 앉아서 밤을 새운 뒤에, 새벽 동터 올 때 아내와

우들우들 몸을 크게 떠는 모양

아우를 죽이려고 부엌에 가서 식칼을 가지고 들어와서 문을 벌컥 열었다.

그의 아내가 만약 근심스러운 얼굴을 하고 그 문 밖에 우두커니 서서 문을 들여다보고 있지 않았다면, 그는 아내와 아우를 죽이고야 말았으리라.

그는 아내를 보는 순간 마음에 가득 차는 사랑을 깨달으면서 칼을 내던지고 뛰어 나가서 아내의 머리채를 휘어잡고, 이년 하면서 들어와서 뺨을 물어뜯으면서 함께 이리저리 자빠져서 뒹굴었다.

그런 이야기를 다 하려면 끝이 없으되 '그' '그의 아내' '그의 아우' 세 사람의 삼각관계는 대략 이와 같았다.

각설—.

거울은 마침 장에 마음에 맞는 것이 있었다. 지금 것과 대 보면 어떤 때는 코도 크게 보이고 입이 작게도 보이는 것이지만, 그 당시에는, 그리고 그런 촌에서는 둘도 없는 물건이었다.

거울을 사 가지고 장을 본 뒤에, 그는 이 거울을 아내에게 주면 그 기뻐할 모양을 생각하며, 새빨간 저녁 햇빛을 받는 넘치는 듯 한 바다를 안고, 자기 집으로 늘 들러 오던 술집에도 안 들러서 돌아왔다.

그러나 그가 그의 집 방 안에 들어설 때에는 뜻도 안 하였던 광경이 그의 눈에 벌리어 있었다.

각설 화제를 돌릴 때 첫머리에 쓰는 접속부사

방 가운데는 떡상이 있고, 그의 아우는 수건이 벗어져서 목 뒤로 늘어지고 저고리 고름이 모두 풀어져 가지고 한편 모퉁이에 서 있고, 아내도 머리채가 모두 뒤로 늘어지고 치마가 배꼽 아래 늘어지도록 되어 있으며, 그의 아내와 아우는 그를 보고 어찌할 줄을 모르는 듯이 움쩍도 안 하고 서 있었다.

세 사람은 한참 동안 어이가 없어서 서 있었다. 그러나 좀 있다가 마침내 그의 아우가 겨우 말했다.

"그 놈의 쥐 어디 갔니?"

"흥! 쥐? 훌륭한 쥐 잡았구나!"

그는 말을 끝내지도 않고 짐을 벗어 던지고 뛰어가서 아우의 멱살을 끌어 잡았다.

"형님! 정말 쥐가……."

"쥐? 이 놈! 형수하고 그런 쥐 잡는 놈이 어디 있니?"

그는 아우를 따귀를 몇 대 때린 뒤에 등을 밀어서 문 밖에 내 어던졌다. 그런 뒤에 이제 자기에게 이를 매를 생각하고 우들우 들 떨면서 아랫목에 서 있는 아내에게 달려들었다.

"이 년! 시아우와 그런 쥐 잡는 년이 어디 있어!"

그는 아내를 거꾸러뜨리고 함부로 내리 짓었다.

"정말 쥐가…… 아이, 죽겠다."

"이 년! 너두 쥐? 죽어라!"

그의 팔다리는 함부로 아내의 몸 위에 오르내렸다.

고름 저고리나 두루마기의 앞자락에 달아 옷을 여미어 매는 끈

"아이, 죽갔다. 정말 아까 적은이가 왔기에 떡 먹으라고 내놓
았더니……."

"듣기 싫다! 이 년이 무슨 잔소릴……."

"아이, 아이, 정말이야요. 쥐가 한 마리 나……."

"그냥 쥐?"

"쥐 잡을래다가……."

"죽어라! 물에라도 빠져 죽얼!"

그는 실컷 때린 뒤에, 아내도 아우처럼 등을 밀어 내어 쫓았
다. 그 뒤에 그의 등으로,

"고기 배때기에 장사해라!"

하고 토하였다.

분풀이는 실컷 하였지만, 그래도 마음속이 자못 편치 못하였
다. 그는 아랫목으로 가서 벽을 의지하고 실신한 사람같이 우두
커니 서서 떡상만 들여다보고 있었다.

한 시간…… 두 시간…….

서편으로 바다를 향한 마을이라 다른 곳보다는 늦게 어둡지
만, 그래도 술시쯤 되어서는 깜깜하니 어두웠다. 그는 불을 켜려
고 벽에서 떠나서 성냥을 찾았다.

성냥은 늘 있던 자리에 있지 않았다. 그래서 여기저기 뒤적이
노라니 어떤 낡은 옷 뭉치를 들칠 때에 문득 쥐 소리가 나면서
무엇이 후덕덕 뛰어 나온다. 그리하여 저편으로 기어서 도망한

다.

"역시 쥐였구나."

그는 조그만 소리로 부르짖었다. 그리고 그만 그 자리에 맥없이 덜썩 주저앉았다.

아까 그가 보지 못한 때의 광경이 활동사진과 같이 그의 머리에 지나갔다.

아우가 집에를 온다. 아우에게 친절한 아내는 떡을 먹으라고 아우에게 떡상을 내놓는다. 그 때에 어디선가 쥐가 한 마리 뛰어나온다. 둘(아우와 아내)이서는 쥐를 잡노라고 돌아간다. 한참 성가시게 굴던 쥐는 어느 구석에 숨어 버린다. 그들은 쥐를 찾느라고 뒤룩거린다. 그럴 때에 그가 집에 들어선 것이다.

"좀 있으믄 안 들어오리……."

그는 억지로 마음먹고 그 자리에 드러누웠다.

그러나 아내는 밤이 가고 날이 밝기는커녕 해가 중천에 올라도 돌아오지를 않았다. 그는 차차 걱정이 되어 찾아 보러 나섰다.

아우의 집에도 없었다. 동네를 모두 찾아 보아도 본 사람도 없다 한다.

그리하여, 낮쯤 한 삼사 리 내려가서 바닷가에서 겨우 아내를 찾기는 찾았지만 그 아내는 이전 같은 생기로 찬 산 아내가 아니요, 몸은 물에 불어서 곱이나 크게 되고, 이전에 늘 웃음을 흘리

뒤룩거린다 '두리번거리다'의 사투리

던 예쁜 입에는 거품을 잔뜩 문, 죽은 아내였다.

그는 아내를 업고 집으로 돌아오기까지 정신이 없었다.

이튿날 간단하게 장사를 하였다. 뒤에 따라오는 아우의 얼굴에는,

"형님 이게 웬일이오니까."

하는 듯한 원망이 있었다.

장사를 지낸 이튿날부터 아우는 그 조그만 마을에서 없어졌다. 하루 이틀은 심상히 지냈지만, 닷새 엿새가 지나도 아우는 돌아오지 않았다. 그래서 알아보니까, 꼭 그의 아우같이 생긴 사람이 오륙 일 전에 메산자 보따리를 하여 진 뒤에 시뻘건 저녁해를 등으로 받고 더벅더벅 동쪽으로 가더라 한다. 그리하여 열흘이 지나고 스무 날이 지났지만 한번 떠난 그의 아우는 돌아올 길이 없고, 혼자 남은 아우의 아내는 매일 한숨으로 세월을 보내게 되었다.

그도 이것을 잠자코 보고 있을 수가 없었다. 그 불행의 모든 죄는 죄다 그에게 있었다.

그도 마침내 뱃사람이 되어, 적으나마 아내를 삼킨 바다와 늘 접근하며 가는 곳마다 아우의 소식을 알아보려고, 배를 얻어 타고 물길을 나섰다.

그는 가는 곳마다 아우의 이름과 모습을 말하여 물었으나, 아우의 소식은 알 수가 없었다.

심상히 대수롭지 아니하고 예사롭게　메산자 걸어서 먼 길을 갈 때 지는 조그마한 봇짐
탁탁히 액체나 기체가 맑지 못하고 흐리게　파선 배가 폭풍으로 인해 깨어짐

이리하여 꿈결같이 십 년을 지내서 구 년 전 가을, 탁탁히 낀
안개를 꿰며 연안(延安) 바다를 지나가던 그의 배는, 몹시 부는
바람으로 말미암아 파선을 하여, 벗 몇 사람은 죽고, 그는 정신
을 잃고 물 위에 떠돌고 있었다.

그가 겨우 정신을 차린 때는 밤이었었다. 그리고 어느덧 그는
뭍 위에 올라와 있었고 그를 말리느라고 새빨갛게 피워 놓은 불
빛으로 자기를 간호하는 아우를 보았다.

그는 이상히도 놀라지도 않고 천연하게 물었다.

"너, 어떻게 여기 완?"

아우는 잠자코 한참 있다가 겨우 대답하였다.

"형님, 거저 다 운명이외다."

따뜻한 불기운에 깜빡 잠이 들려다가 그는 화닥닥 깨면서 또 말했다.

"십 년 동안에 되게 파랬구나."

"형님, 나두 변했지만 형님도 몹시 늙으셨쉐다."

이 말을 꿈결같이 들으면서 그는 또 혼혼히 잠이 들었다. 그리하여 두어 시간, 꿀보다도 단 잠을 잔 뒤에 깨어 보니, 아까같이 새빨간 불은 피어 있지만 아우는 어디로 갔는지 없어졌다. 곁엣사람에게 물어 보니까, 아우는 형의 얼굴을 물끄러미 한참 들여다보고 있다가 새빨간 불빛을 등으로 받으면서 터벅터벅 아무 말 없이 어둠 가운데로 스러졌다 한다.

이튿날 아무리 알아보아도 그의 아우는 종적이 없어지고 알 수 없으므로 그는 할 수 없이 다른 배를 얻어 타고 또 물길을 떠났다. 그리하여 그의 배가 해주에 이르렀을 때, 그는 해주 장에 들어가서 무엇을 사려다가 저편 맞은편 가게에 얼핏 그의 아우 같은 사람이 있으므로 뛰어 가서 보니 그는 벌써 없어졌다. 배가 해주에는 오래 머물지 않으므로 그의 마음은 해주에 남겨 두고 또 다시 바닷길을 떠났다.

그 뒤 삼 년을 이리저리 돌아다녔어도 아우는 다시 볼 수가 없었다.

그리하여 삼 년을 지내서 지금부터 육 년 전에, 그의 탄 배가 강화도를 지날 때에, 바다를 향한 가파른 뫼켠에서 바다를 향하여 날아오는 '배따라기'를 들었다. 그것도 어떤 구절과 곡조는 그의 아우 특식으로 변경된, 그의 아우가 아니면 부를 사람이 없는, 그 '배따라기'이다.

배가 강화도에는 머무르지 않아서 그저 지나갔으나, 인천서 열흘쯤 머무르게 되었으므로, 그는 곧 내려서 강화도로 건너가 보았다. 거기서 이리저리 찾아 다니다가 어떤 조그만 객주집에서 물어 보니, 이름도 그의 아우요 생긴 모습도 그의 아우인 사람이 묵어 있기는 하였으나, 사나흘 전에 도로 인천으로 갔다 한다. 그는 곧 돌아서서, 인천으로 건너와서 찾아보았지만, 그 조그만 인천서도 그의 아우를 찾을 바가 없었다.

그 뒤에 눈 오고 비 오며 육 년이 지났지만, 그는 다시 아우를 만나 보지 못하고 아우의 생사까지도 알 수가 없다.

말을 끝낸 그의 눈에는 저녁 해에 반사하여 몇 방울의 눈물이 반득인다.

나는 한참 있다가 겨우 물었다.

"노형 계수는?"

"모르디요. 이십 년을 영유는 안 가 봤으니깐요."

“노형은 이제 어디로 갈 테요?”

“그것도 모르디요. 정처가 있나요? 바람 부는 대로 몰려 댕기디요.”

그는 다시 한번 나를 위하여 배따라기를 불렀다. 아아, 그 속에 잠겨 있는 삭이지 못할 뉘우침, 바다에 대한 애처로운 그리움.

노래를 끝낸 다음에 그는 일어서서 시뻘건 저녁 해를 잔뜩 등으로 받고 을밀대로 향하여 더벅더벅 걸어간다. 나는 그를 말릴 힘이 없어서 멀거니 그의 등만 바라보고 앉아 있었다.

그 날 밤, 집에 돌아와서도 그 배따라기와 그의 숙명적 경험담이 귀에 쟁쟁히 울리어서 잠을 못 이루고, 이튿날 아침 깨어서 조반도 안 먹고 기자묘로 뛰어 가서 또 다시 그를 찾아 보았다. 그가 어제 깔고 앉았던 풀은 모두 한편으로 누워서 그가 다녀감을 기념하되, 그는 그 근처에 보이지 않았다. 그러나, 그러나 배따라기는 어디선가 쟁쟁히 울리어서 모든 소나무들을 떨리지 않고는 안 두겠다는 듯이 날아온다.

“모란봉(牧丹峰)이다. 모란봉에 있다.”

하고 나는 한숨에 모란봉으로 뛰어 갔다. 모란봉에는 사람이 하나도 없다. 부벽루(浮壁樓)에도 없다.

“을밀대다.”

하고 나는 다시 을밀대로 갔다. 을밀대에서 부벽루를 접한, 지옥

까지 연결된 듯한 골짜기에 물 한 방울을 안 새이리라고 빽빽이
난 소나무의 그 모든 잎잎은 떨리는 배따라기를 부르고 있지만,
그는 여기도 있지 않다. 기자묘의, 하늘을 향하여 퍼져 나간 그
모든 소나무의 천만의 잎잎도, 그 아래쪽 퍼진 천만의 풀들도,
모두 그 배따라기를 슬프게 부르고 있지만, 그는 이 조그만 모란
봉 일대에서 찾을 수가 없었다.

강가에 나가서 알아보니 그의 배는 오늘 새벽에 떠났다 한다.

그 뒤에 여름과 가을이 가고 일 년이 지나서 다시 봄이 이르렀
으되, 잠깐 평양을 다녀간 그는 그 숙명적 경험담과 슬픈 배따라
기를 남겨 두었을 뿐, 다시 조그만 모란봉에 나타나지 않는다.

모란봉과 기자묘에 다시 봄이 이르러서, 작년에 그가 깔고 앉
아서 부러졌던 풀들도 다시 곧게 대가 나서 자줏빛 꽃이 피려 하
지만, 끝없는 뉘우침을 다만 한낱 '배따라기'로 하소연하는 그
는, 이 조그만 모란봉과 기자묘에서 다시 볼 수가 없었다. 다만
그가 남기고 간 '배따라기'만 추억하는 듯이 기념하는 듯이 모
든 잎잎이 속삭이고 있을 따름이다.

조그만 어촌에 두 형제가 살고 있었어요. 형은 장가를 들었고 아우와의 사이도 무척 좋았어요. 형수와 시동생 사이도 너무 좋았습니다. 그러나 그것이 화근이 되어 형은 아내와 동생의 관계를 의심하게 됩니다. 그런 어느 날 장에서 돌아온 형은 아내와 아우가 방 안에서 쥐를 잡느라고 옷매무새를 흐트린 채 있는 것을 보게 되어요. 형은 동생과 아내의 관계를 오해하고 아내를 쫓아내 버렸어요.

며칠 뒤 아내의 시체가 바다에 떠오르고 동생은 마을에서 자취를 감추고 맙니다. 그제서야 자기의 잘못을 깨닫게 된 형은 뱃사람이 되어 아우의 행방을 찾아 정처 없는 유랑의 길에 나서지요. 언젠가 한번은 배가 파선되었던 적이 있었어요. 의식을 잠시 찾고 보니 머리맡에 아우가 앉아 간호하고 있었어요. 그러나 다시 의식을 잃었다가 깨어나 보니 아우는 떠나고 없었습니다.

그 후에도 형은 이십 년 동안 배따라기 노래를 부르면서 동생을 찾아 끝없는 방랑의 생활을 계속하고 있는 것입니다.

배따라기는 배 떠나가라는 말에서 유래된 노래 중 하나입니다. 이 작품에 등장하는 배따라기는 영유 배따라기로서 "비나이다. 비나이다. 에― 야 어그야지야"라고 시작됩니다. 이 작품의 핵심 구절은 "형님, 거저 다 운명이외다" 하는 아우의 말이지요. 작자가 바로 이 작품을 쓰게 된 목적도 운명의 힘을 거역하지 못하는 가냘픈 인간의 비애와 한을 그리려는 데 있어요.

이 작품은 액자 소설로 되어 있어요. 액자 소설이란 쉽게 말해서 이야기 속에 또 다른 이야기를 포함하는 소설입니다. 액자 소설은 그 구성상의 특징으로 인해 주제와 시점이 이중으로 설정됩니다. 형제간의 진정한 우애도 인간이 추구해야 할 아름다움으로 볼 때 두 형제의 끝없는 방황은 희생의 한 형태로 나타납니다.

벙어리 삼룡이

나도향(1902~1927)

본명은 경손. 호는 도향으로 서울에서 태어났어요. 배재고보를 졸업하고 경성의전에 다니다가 일본으로 건너갔어요. 일본 와세다대학에 진학하였지만 학비를 마련할 길이 없어 다시 귀국하였어요. 현진건, 이상화 등과 같이 1921년 〈백조〉 동인으로 참가하여 활동하기도 하였어요. 초기에는 낭만주의 성격의 작품을 썼으나 후에는 〈벙어리 삼룡이〉가 말해주듯이 현실적인 글을 썼어요. 단편〈물레방아〉, 〈뽕〉, 장편〈환희〉 등을 발표했어요. 이 작품들은 애상적이고 감상적인 작품입니다. 선생님은 젊은 나이에 죽었지만 그때 쓴 몇 편 되지 않은 소설 속에서 많은 가능성을 보여 주었어요.

내가 열 살이 될락말락한 때이니까 지금으로부터 십사오 년 전 일이다.

지금은 그 곳을 청엽정(靑葉町)이라 부르지만 그 때는 연화봉(蓮花峰)이라고 이름하였다. 즉 남대문에서 바로 내려다보면 오정포가 놓여 있는 산등성이가 있으니 그 산등성이 이 쪽이 연화봉이요, 그 사이에 있는 동네가 역시 연화봉이다.

지금은 그 곳에 빈민굴이라고 할 수밖에 없이 지저분한 촌락이 생기고 노동자들밖에 살지 않는 곳이 되어 버렸으나 그 때에는 자기네 딴은 행세한다는 사람들이 있었다.

집이라고는 십여 호밖에 있지 않았고 그 곳에 사는 사람들은 대개 과목 밭을 하고, 또 채소를 심거나, 아니면 콩나물을 길러서 생활을 하여 갔었다.

여기에 그 중 큰 과목 밭을 갖고 그 중 여유 있는 생활을 하여 가는 사람이 하나 있었는데, 그의 이름은 잊어 버렸으나 동네 사람들이 부르기를 오 생원(吳生員)이라고 불렀다.

얼굴이 동탕하고 목소리가 마치 여름에 버드나무에 앉아서 길게 목 늘여 우는 매미 소리같이 저르렁저르렁하였다.

그는 몹시 부지런한 중년 늙은이로, 아침이면 새벽 일찌기 일어나서 앞뒤로 뒷짐을 지고 돌아다니며 집안일을 보살피는데, 그 동네에는 그가 마치 시계와 같아서 그가 일어나는 때가 동네 사람이 일어나는 때였다. 만일 그가 아침에 돌아다니며 잔소리를 하지 않으면 동네 사람들이 이상하여 그의 집으로 가 보면 그는 반드시 몸이 불편하여 누워 있었다. 그러나 그와 같은 때는 일년 삼백육십 일에 한 번 있기가 어려운 일이요, 이 년이나 삼년에 한 번 있거나 말거나 하였다.

그가 이 곳으로 이사를 온 지는 얼마 되지는 아니하나 언제든지 감투를 쓰고 다니므로 동네 사람들은 양반이라고 불렀고, 또 그 사람도 동네 사람에게 그리 인심을 잃지 않으려고 섣달이면 북어쾌, 김톳을 동네 사람에게 나눠 주며 농사 때에 쓰는 연장도 넉넉히 장만한 후 아무 때나 동네 사람들이 쓰게 하므로 그 동네에서는 가장 인심 후하고 존경을 받는 집인 동시에 세력 있는 집이다.

그 집에는 삼룡(三龍)이라는 벙어리 하인 하나가 있으니 키가 본시 크지 못하여 땅딸보로 되었고 고개가 빼지 못하여 몸뚱이에 대강이를 갖다가 붙인 것 같다. 거기다가 얼굴이 몹시 얽고 입이 크다. 머리는 전에 새 꼬랑지 같은 것을 주인의 명령으로 깎기는 깎았으나 불밤송이 모양으로 언제든지 푸 하고 일어섰다. 그래 걸어 다니는 것을 보면, 마치 옴두꺼비가 서서 다니는 것 같이 숨차 보이고 더디어 보인다. 동네 사람들이 부르기를 삼룡이라고 부르는 법이 없고 언제든지 '벙어리' '벙어리'라고 하든지 그렇지 않으면 '앵모' '앵모' 한다. 그렇지만 삼룡이는 그 소리를 알지 못한다.

<hr>

감투 벼슬 있는 사람이 머리에 쓰던 모자　섣달 음력 12월
북어쾌 북어 스무 마리를 한 줄에 꿰어 놓은 것　김톳 김 백 장의 묶음
대강이 머리

그도 이 집 주인이 이리로 이사를 올 때에 데리고 왔으니 진실하고 충성스러우며 부지런하고 세차다. 눈치로만 지내 가는 벙어리지마는 듣는 사람보다 슬기롭기도 하고 평생 조심성이 있어서 결코 실수한 적이 없다.

아침에 일어나면 마당을 쓸고, 소와 돼지의 여물을 먹이며, 여름이면 밭에 풀을 뽑고 나무를 실어 들이고 장작을 패며, 겨울이면 눈을 쓸며 장 심부름과 진일 마른일 할 것 없이 못 하는 일이 없다.

그럴수록 이 집 주인은 벙어리를 위해 주며 사랑한다. 혹시 몸이 불편한 기색이 있으면 쉬게 하고, 먹고 싶어하는 듯한 것은 먹이고, 입을 때 입히고 잘 때 재운다.

그런데 이 집에는 삼대독자로 내려오는 그 집 아들이 있다. 나이는 열 일곱 살이나 아직 열 네 살도 되어 보이지 않고 너무 귀엽게 기르기 때문에 누구에게든지 버릇이 없고 어리광을 부리며 사람에게나 짐승에게 잔인 포악한 짓을 많이 한다.

동네 사람들은,

"후레자식! 아비 속상하게 할 자식! 저런 자식은 없는 것만 못해."

하고 욕들을 한다. 그래서 그의 어머니는 아들이 잘못할 때마다 그의 영감을 보고,

"그 자식을 좀 때려 주구려. 왜 그런 것을 보고 가만 두오."

진일 물을 써서 하는 일의 총칭. 밥 짓는 일이나 빨래 등을 말한다
마른일 바느질이나 길쌈 따위의 물에 손을 넣지 않고 하는일
후레자식 버릇 없이 구는 놈

하고 자기가 대신 때려 주려고 나서면,

"아뇨, 아직 철이 없어 그렇지. 저도 지각이 나면 그렇지 않을
것이 아뇨."

하고 너그럽게 타이른다.

그러면 마누라는 왜가리처럼 소리를 지르며,

"철이 없긴 지금 나이가 몇이오. 낼 모레면 스무 살이 되는데,
또 며칠 아니면 장가를 들어서 자식까지 낳을 것이 그래 가지
고 무엇을 한단 말이오."

하고 들이대며,

"자식은 꼭 아버지가 버려 놓았습니다. 자식 귀여운 것만 알았
지 버릇 가르칠 줄은 모르니까……."

이렇게 싸움이 시작하려 하면 영감은 아무 말도 하지 않고 바
깥으로 나가 버린다.

그 아들은 더구나 벙어리를 사람으로 알지도 않는다. 말 못 하
는 벙어리라고 오고 가며 주먹으로 허구리를 지르기도 하고 발
길로 엉덩이도 찬다.

그러면 그 벙어리는 어린것이 철 없이 그러는 것이 도리어 귀
엽기도 하고 또는 그 힘없는 다리로 자기의 무쇠 같은 몸을 건드
리는 것이 우습기도 하고 앙증하기도 하여 돌아서서 방그레 웃
으면서 툭툭 털고 다른 곳으로 몸을 피해버린다.

어떤 때는 낮잠 자는 벙어리 입에다가 똥을 먹인 때도 있었다.

또 어떤 때는 자는 벙어리 두 팔 두 다리를 살며시 동여매고 손가락과 발가락 사이에 화승 불을 붙여 놓아 질겁하고 일어나다가 발버둥질을 하고 죽으려는 사람처럼 괴로워하는 것을 보고 기뻐하였다.

이러할 때마다 벙어리의 가슴에는 비분한 마음이 꽉 들어찼다. 그러나 그는 주인의 아들을 원망하는 것보다 자기가 병신인 것을 원망하였으며 주인의 아들을 저주하기보다 이 세상을 저주하였다.

그러나 그는 결코 눈물을 흘리지 않았다. 그의 눈물은 나오려 할 때 아주 말라붙어 버린 샘물과 같이 나오려 하나 나오지를 아니하였다. 그는 주인의 집을 버릴 줄 모르는 개 모양으로 자기가 있어야 할 곳은 여기밖에 없고 자기가 믿을 것도 여기 있는 사람들밖에 없을 줄 알았다. 여기서 살다가 여기서 죽는 것이 자기의 운명인 줄밖에 알지 못하였다. 자기의 주인 아들이 때리고 지르고 꼬집고 뜯고 모든 방법으로 학대할지라도 그것이 자기에게 으레 있을 줄밖에 알지 못하였다. 아픈 것도 그 아픈 것이 으레히 자기에게 돌아올 것이요, 쓰린 것도 자기가 받지 않아서는 안 될 것으로 알았다. 그는 이 마땅히 자기가 받아야 할 것을 어떻게 해야 면할까 하는 생각을 한번도 하여 본 일이 없었다.

그가 이 집에서 떠나 가려거나 또는 그의 생활 환경에서 벗어나려는 생각은 한 번도 해 보지 못하였다 할지라도 그는 언제든

화승 옛날에 쓰던, 화약을 터뜨릴 때 불을 붙이던 노끈 비분한 슬프고 분한
지르고 힘껏 건드리거나 찔러 넣고 으레 두 말할 것 없이, 마땅히

지 그 주인 아들이 자기를 학대하고 또는 자기를 못살게 굴 때 그는 자기의 주먹과 또는 자기의 힘을 생각하여 보았다.

주인 아들이 자기를 때릴 때 그는 주인 아들 하나쯤은 넉넉히 제지할 힘이 있는 것을 알았다.

어떠한 때는 아픔과 쓰림이 자기의 몸으로 스미어 들 때면 그의 주먹은 떨리면서 어린 주인의 몸을 치려 하다가는, 그것을 무서운 고통과 함께 꽉 참았다.

그는 속으로,

'아니다, 그는 나의 주인의 아들이다. 그는 나의 어린 주인이다.'

하고 꾹 참았다.

그러고는 그것을 얼핏 잊어 버렸다. 그러다가도 동넷집 아이들과 혹시 장난을 하다가 주인 아들이 울고 들어올 때에는 그는 황소같이 날뛰면서 주인을 위하여 싸웠다. 그래서 동네에서도 어린애들이나 장난꾼들이 벙어리를 무서워하여 감히 덤비지를 못하였다. 그리고 주인 아들도 위급한 경우에는 언제든지 벙어리를 찾았다. 벙어리는 얻어맞으면서도 기어드는 충견 모양으로 주인의 아들을 위하여 싫어하지 않고 힘을 다하였다.

벙어리가 스물 세 살이 될 때까지 그는 물론 이성과 접촉할 기회가 없었다. 동네의 처녀들이 저를 '벙어리' '벙어리' 하며 괴상한 손짓과 몸짓으로 놀려 먹음을 받을 적에 분하고 골나는 중

에 느긋한 즐거움을 느끼어 본 일은 있었으나 그가 결코 사랑으로써 어떠한 여자를 대해 본 일은 없었다.

그러나 정욕을 가진 사람인 벙어리도 그의 피가 차디찰 리는 없었다. 혹 그의 피는 더욱 뜨거웠을는지도 알 수 없었다. 뜨겁다 뜨겁다 못하여 엉기어 버린 엿과 같을지도 알 수 없었다. 만일 그에게 볕을 주거나 다시 뜨거운 열을 준다면 그의 피는 다시 녹을는지도 알 수 없었다.

그가 깜빡깜빡하는 기름 등잔 아래에서 밤이 깊도록 짚신을 삼을 때면 남모르는 한숨을 아니 쉬는 것도 아니지마는 그는 그것을 곧 억제할 수 있을 만큼 정욕에 대하여 벌써부터 단념을 하고 있었다.

마치 언제 폭발이 될는지 알지 못하는 휴화산 모양으로 그의 가슴속에는 충분한 정열을 깊이 감추어 놓았으나 그것이 아직 폭발될 시기가 이르지 못한 것이었다. 비록 폭발이 되려고 무섭게 격동함을 벙어리 자신도 느끼지 않는 바는 아니지마는 그는 그것을 폭발시킬 조건을 얻기 어려웠으며, 또는 자기가 여태까지 능동적으로 그것을 나타낼 수가 없을 만큼 외계의 압축을 받았으며, 그것으로 인한 이지가 너무 그에게 자제력을 강대하게 하여 주는 동시에 또한 너무 그것을 단념만 하게 하여 주었다.

속으로 '나는 벙어리다.' 자기가 생각할 때 그는 몹시 원통함을 느끼는 동시에 나는 말하는 사람들과 똑같은 자유와 똑같은

정욕 마음에 생기는 여러 가지 욕구
휴화산 활동한 기록은 있으나 현재는 활동하지 않는 화산
이지 감정이나 본능에 이끌리지 않고 지식으로 사물을 분별하는 슬기

권리가 없는 줄 알았다. 그는 이와 같은 생각에서 언제든지 단념 않으려야 단념하지 않을 수 없는 그 단념이 쌓이고 쌓이어 지금에는 다만 한 개의 기계와 같이 이 집에 노예가 되어 있으면서도 그것을 자기의 천직으로 알고 있을 뿐이요, 다시는 자기가 살아 갈 세상이 없는 것같이밖에 알지 못하게 된 것이다.

그 해 가을이다. 주인의 아들이 장가를 들었다. 색시는 신랑보다 두 살 위인 열 아홉 살이다. 주인이 본시 자기가 언제든지 문벌이 얕은 것을 한탄하여 신부를 구할 때에는 첫째 조건이 문벌이 높아야 할 것이었다. 그러나 문벌 있는 집에서는 그리 쉽게 색시를 내놓을 리가 없었다. 그러므로 하는 수없이 그 어떠한 영락한 양반의 딸을 돈을 주고 사 오다시피 하였으니, 무남독녀의 딸을 둔 남촌 어떤 과부를 꿀을 발라서 약혼을 하고 혹시나 무슨 딴소리가 있을까 하여 부랴부랴 성례식을 시켜 버렸다.

혼인할 때의 비용도 그 때 돈으로 삼만 냥을 썼다. 그리고 아들의 처갓집에 며느리 뒤 보아 주는 바느질삯, 빨래 삯이라는 명목으로 한 달에 이천오백 냥씩을 대어 주었다.

신부는 자기 아버지가 돌아가기 전까지 상당히 견디기도 하고 또는 금지옥엽같이 기른 터이라, 구식 가정에서 배울 것 읽힐 것은 못 하는 것이 없고 또는 인물이라든지 행동거지에 조금도 구김이 있지 아니하다.

신부가 오자 신랑의 흠절이 생기기 시작하였다.

문벌 가문 대대로 전해 내려온 지위 영락한 살림이나 세력이 보잘 것 없이 찌그러진
성례식 혼인식, 결혼식 금지옥엽 귀여운 자손을 이르는 말 흠절 잘못되고 모자란 점

"신부에게다 대면 두루미와 까마귀지."

"아직도 철딱서니가 없어."

"색시에게 쥐여 지내겠지."

"신랑에겐 과하지."

동넷집 말 좋아하는 여편네들이 모여 앉으면 이렇게 비평들을 한다. 어떠한 남의 걱정 잘하는 마누라님은 간혹 신랑을 보고는 그대로 세워 놓고,

"글쎄, 인제는 어른이 되었으니 셈이 좀 나요, 저리구 어떻게 색시를 거느려 가누. 색시 방에 들어가기가 부끄럽지 않담."
하고 들이대다시피 하는 일이 있다.

이럴 적마다 신랑의 마음은 그 말하는 이들이 미웠다. 일부러 자기를 부끄럽게 하려고 하는 것 같아서 그 후에 그를 만나면 말도 안 하고 인사도 하지 아니한다.

또 그의 고모 되는 이가 와서 자기 조카를 보고,

"인제는 어른이야. 너도 그만하면 지각이 날 때가 되지 않았니. 네 처가 부끄럽지 아니하냐."
하고 타이를 적마다 그의 마음은 그 말하는 사람이 부끄럽다는 것보다 자기를 이렇게 하게 한 자기 아내가 더욱 밉살머리스러웠다.

"여편네가 다 무엇이냐? 저 빌어먹을 년이 들어오더니 나를 이렇게 못살게들 굴지."

<hr>

셈이 좀 나요 철 좀 들어요

　혼인한 지 며칠이 못 되어 그는 색시 방에 들어가지를 않았다.
집안에서는 야단이 났다. 마치 돼지나 말 새끼를 혼례시키려는
것같이 신랑을 색시 방으로 집어넣으려 하나 막무가내였다. 그
럴 때마다 신랑은 손에 닥치는 대로 집어 때려서 자기의 외사촌
누이의 이마를 뚫어서 피까지 나게 한 일이 있었다. 집안 식구들

막무가내 어찌할 수 없음. 굳게 고집하여 융통성이 없음

이 하는 수가 없어 맨 나중에는 아버지에게 밀었다. 그러나 그것도 소용이 없을 뿐더러 풍파를 더 일으키게 하였다. 아버지께 꾸중을 듣고 들어와서는 다짜고짜로 신부의 머리채를 쥐어 잡아 마루 한복판에 태질을 쳤다.

그러고는,

"이 년 네 집으로 가거라. 보기 싫다. 내 눈앞에는 보이지도 마라."

하였다. 밥상을 가져오면 그 밥상이 마당 한복판에서 재주를 넘고, 옷을 가져오면 그 옷이 쓰레기통으로 나간다.

이리하여 색시는 시집 오던 날부터 팔자 한탄을 하고서 날마다 밤마다 우는 사람이 되었다.

울면 요사스럽다고 때린다. 또 말이 없으면, 빙충맞다고 친다. 이리하여 그 집에는 평화스러운 날이 하루도 없었다.

이것을 날마다 보는 사람 가운데 알 수 없는 의혹을 품게 된 사람이 하나 있으니 그는 곧 벙어리 삼룡이었다. 그렇게 예쁘고 유순하고 그렇게 얌전한, 벙어리의 눈으로 보아서는 감히 손도 대지 못할 만큼 선녀 같은 색시를 때리는 것은 자기의 생각으로는 도저히 풀 수 없는 의심이었다.

보기에는 황홀하고 건드리기도 황홀할 만치 숭고한 여자를 그렇게 하대한다는 것은 너무나 세상에 있지 못할 일이다. 자기는 주인 새서방에게 개나 돼지같이 얻어맞는 것이 마땅한 이상으로

태질 되게 메어 치거나 넘어뜨리는 일
빙충맞다 똑똑하지 못하고 어리석게 수줍기만 하다
숭고한 매우 존엄하고 고상한　하대 소홀히 대우함

마땅하지마는, 선녀와 짐승의 차가 있는 색시가 자기와 똑같이 얻어맞는 것은 너무 무서운 일이다. 어린 주인이 천벌이나 받지 않을까 두렵기까지 하였다.

어떠한 달밤, 사면은 고요적막하고 별들은 드문드문 눈들만 깜박이며 반달이 공중에 뚜렷이 달려 있어 수은으로 세상을 깨끗하게 닦아 낸 듯이 청명한데, 삼룡이는 검둥개 등을 쓰다듬으며 바깥 마당 멍석 위에 비슷이 드러누워 하늘을 쳐다보며 생각하여 보았다.

주인 색시를 생각하면 공중에 있는 달보다도 더 곱고 별들보다도 더 깨끗하였다. 주인 색시를 생각하면 달이 보이고 별이 보인다. 삼라만상을 씻어내는 은빛보다도 더 흰 달이나 별의 광채보다도 그의 마음이 아름답고 부드러운 듯하였다. 마치 달이나 별이 땅에 떨어져 주인 새아씨가 된 것도 같고 주인 새아씨가 하늘에 올라가면 달이 되고 별이 될 것 같았다.

더구나 자기를 어린 주인이 때리고 꼬집을 때 감히 입 벌려 말은 하지 못하나 측은하고 불쌍히 여기는 정이 그의 두 눈에 나타나는 것을 다시 생각할 때 그는 부들부들한 개 등을 어루만지면서 감격을 느꼈다. 개는 꼬리를 치며 자기를 귀여워하는 줄 알고 벙어리의 손을 핥았다.

삼룡이의 마음은 주인 아씨를 동정하는 마음으로 가득 찼다. 또는 그를 위하여서는 자기의 목숨이라도 아끼지 않겠다는 의분

삼라만상 우주 속에 있는 온갖 사물과 현상   의분 정의를 위하여 일어나는 분노

에 넘치었다. 그것이 마치 살구를 보면 입 속에 침이 도는 것같이 본능적으로 느껴지는 감정이었다.

　새댁이 온 뒤에 다른 사람들은 자유로운 안 출입을 금하였으나 벙어리는 마치 개가 맘대로 안에 출입할 수 있는 것같이 아무 의심 없이 출입할 수가 있었다.

　하루는 어린 주인이 먹지 않던 술이 잔뜩 취하여 무지한 놈에게 맞아서 길에 자빠진 것을 업어다가 안으로 들여다 누인 일이 있었다. 그 때에 아무도 안에 있지 않고 다만 새색시 혼자 방에서 바느질을 하고 있다가 이 꼴을 보고 벙어리의 충성된 마음이 고마워서, 그 후에 쓰던 비단 헝겊 조각으로 부지쌈지 하나 만들어 준 일이 있었다.

　이것이 새서방님의 눈에 띄었다. 그래서 색시는 어떤 날 밤 자던 몸으로 마당 복판에 머리를 푼 채 내동댕이쳐졌다. 그리고 온 몸에 피가 맺히도록 얻어맞았다.

　이것을 본 벙어리는 또 다시 의분의 마음이 뻗쳐 올라왔다. 그래서 미친 사자와 같이 뛰어 들어가 새서방님을 내어 던지고 새색시를 둘러메었다. 그리고 나는 수리와 같이 바깥 사랑 주인 영감 있는 곳으로 뛰어가 그 앞에 내려놓고 손짓과 몸짓을 열 번 스무 번 거푸 하며 하소연하였다.

　그 이튿날 아침에 그는 주인 새서방님에게 물푸레로 얼굴을 몹시 얻어맞아서 한쪽 뺨이 눈을 얼러서 피가 나고 주먹같이 부

었다. 그 때릴 적에 새서방의 입에서 나오는 말은,

　"이 흉칙한 벙어리 같으니, 내 여편네를 건드려!"

하고 부지쌈지를 빼앗아 갈가리 찢어서 뒷간에 던졌다.

　"그리고 이 놈아! 인제는 주인도 몰라 보고 막 친다. 이런 것은
　죽여야 해."

하고 채찍으로 그의 뒷덜미를 갈겨서 그 자리에 쓰러지게 하였
다.

　벙어리는 다만 두 손으로 빌 뿐이었다. 말도 못 하고 고개를
몇 백 번 코가 땅에 닿도록 그저 용서해 달라고 빌기만 하였다.
그러나 그의 가슴에는 비로소 숨겨 있던 정의감이 머리를 들기
시작하였다. 그는 아픈 것을 참아 가면서도 북받치는 분노를 억
제하였다.

　그 때부터 벙어리는 안방에 들어가지 못하였다. 이 들어가지
못하는 것이 더욱 벙어리로 하여금 궁금증이 나게 하였다. 그
궁금증이라는 것이 묘하게 빛이 변하여 주인 아씨를 뵙고 싶
은 심정으로 변하였다. 뵙지 못하므로 가슴이 타 올랐다. 애
상의 정서가 그의 가슴을 저리게 하였다. 한 번이라도 아씨를
뵐 수가 있으면 하는 마음이 나더니 그의 마음의 넋은 느끼기
를 시작하였다. 센티멘털한 가운데에서 느끼는 그 무슨 정서는
그에게 생명 같은 희열을 주었다. 그것과 자기의 목숨이라도 바
꿀 수 있을 것 같았다. 어떤 때는 그대로 대강이로 담을 뚫고 들

어가고 싶도록 주인 아씨를 뵈옵고 싶은 것을 꾹 참을 때도 있었다.

그 후부터는 밥을 잘 먹을 수가 없었다. 일도 손에 잡히지 않았다. 틈만 있으면 안으로만 들어가고 싶었다.

주인이 전보다 많이 밥과 음식을 주고 더 편하게 하여 주었으나 그것이 싫었다. 그는 밤에 잠을 자지 않고 집 가장자리를 돌아다녔다.

하루는 주인 새서방님이 술이 취하여 들어오더니 집안이 수선수선하여지며 계집 하인이 약을 사러 갔다 들어오는 것을 보고 그 계집 하인을 붙잡았다. 그리고 무엇이냐고 물었다.

계집 하인은 한 주먹을 뒤통수에 대고 얼굴을 쓰다듬으며 둘째손가락을 내밀었다. 그것은 그 집 주인은 엄지손가락이요, 둘째손가락은 새서방님이라는 뜻이요, 주먹을 뒤통수에 대는 것은 여편네라는 뜻이요, 얼굴을 문지르는 것은 예쁘다는 뜻으로 벙어리에게 쓰는 암호다.

그런 뒤에 다시 혀를 내밀고 눈을 뒤집어 쓰는 형상을 하고 두 팔을 싹 벌리고 뒤로 자빠지는 꼴을 보이니, 그것은 사람이 죽게 되었거나 앓을 적에 하는 말 대신의 손짓이다.

벙어리는 눈을 크게 뜨고 계집 하인에게 한 발자국 가까이 들어서며 놀라는 듯이 멀거니 한참이나 있었다.

그의 가슴은 무섭게 격동하였다. 자기의 그리운 주인 아씨가

죽었다는 말이나 아닌가, 그는 두 주먹을 마주 치며 한숨을 쉬었
다. 그리고는 자기 방에 무엇을 생각하는 것처럼 두어 시간이나
두 눈만 껌벅껌벅하고 앉았었다.

　그는 밤이 깊어 갈수록 궁금증 나는 사람처럼 일어섰다 앉았
다 하더니 두 시나 되어서 바깥으로 나가서 뒤로 돌아갔다.

　그는 도둑놈처럼 조심스럽게 바로 건넌방 뒤 미닫이 앞 담에
서서 주저주저하더니 담을 넘었다. 가까이 창 앞에 서서 문틈으
로 안을 살피다가 그는 진저리를 치며 물러섰다.

　어두운 밤에 그의 손과 발이 마치 그 뒤에 서 있는 감나무 잎
같이 떨리더니 그대로 문을 박차고 뛰어 들어갔을 때, 그의 팔에
는 주인 아씨가 한 손에 기다란 명주 수건을 들고서 한 팔로 벙
어리의 가슴을 밀치며 뻗디디었다. 벙어리는 다만 눈이 뚱그래
서 '에헤' 소리만 지르고 그 수건을 뺏으려 애쓸 뿐이다.

　집안이 야단났다.

　"집안이 망했군."

　"어디 사내가 없어서 벙어리를!"

　"어떻든 알 수 없는 일이야!"

하는 소리가 이 구석 저 구석에서 수군댄다.

　그 이튿날 아침에 벙어리는 온몸이 짓이겨져 마당에 거꾸러져
입에서 피를 토하여 신음하고 있었다. 그 곁에서는 새서방이 쇠
줄 몽둥이를 들고서 문초를 한다.

진저리 몹시 무서운 것을 보아 몸이 떨림　문초 죄인을 신문함

"이 놈!"

하고는 음란한 흉내는 모조리 하여 가며 건넌방을 가리킨다. 그
러나 벙어리는 손을 내저을 뿐이다. 또 몽둥이에는 살점이 묻어

나왔다. 그리고 피가 흘렀다.

벙어리는 타 들어가는 목으로 소리도 못 내며 고개만 내젓는다. 그는 피를 토하며 거꾸러지며 이마를 땅에 비비며 고개를 내흔든다. 땅에는 피가 스며든다. 새서방은 채찍 끝에 납 뭉치를 달아서 가슴을 훔쳐 갈겼다가 힘껏 잡아 뽑았다. 벙어리는 그대로 거꾸러지며 말이 없었다.

새서방은 그래도 시원치 못하였다. 그는 어제 벙어리가 새로 갈아 놓은 낫을 들고 달려왔다. 그는 그 시퍼렇게 날선 낫을 번쩍 들었다. 그래서 벙어리를 찌르려 할 때 벙어리는 한 팔로 그것을 받았고, 집안 사람들은 달려 들었다. 벙어리는 낫을 뿌리쳐 저리로 내던졌다.

주인은 집안이 망하였다고 사랑에 누워서 모든 일을 들은 체 만 체 문을 닫고 나오지를 아니하며, 집안에서는 색시를 쫓는다고 야단이다. 그 날 저녁에 벙어리는 다시 끌려 나왔다. 그 때에는 주인 새서방이 그의 입던 옷과 신짝을 주며 눈을 부릅뜨고 손을 가리키며,

"가! 인제는 우리 집에 있지 못한다."

하였다. 이 소리를 듣는 벙어리는 기가 막혔다. 그에게는 이 집 외에 다른 집이 없다. 살 곳이 없었다. 자기는 언제든지 이 집에서 살고 이 집에서 죽을 줄 밖에 몰랐다. 그는 새서방님의 다리를 껴안고 애걸하였다. 말도 못하는 것을 몸짓과 표정으로 간곡

한 뜻을 표하였다. 그러나 새서방님은 발길로 지르고 사람을 불렀다.

"이 놈을 좀 내쫓아라."

벙어리는 죽은 개 모양으로 끌려 나갔다. 그리고 대갈빼기를 개천 구석에 들이박히면서 나가 곤드라졌다가 일어서서 다시 들어오려 할 때에는 벌써 문이 닫혀 있었다. 그는 문을 두드렸다. 그의 마음으로는 주인 영감을 찾았으나 부를 수가 없었다. 그가 날마다 열고 날마다 닫던 문이 자기가 지금은 열려 하나 자기를 내어 쫓고 열리지를 않는다. 자기가 건사하고 자기가 거두던 모든 것이 오늘에는 자기의 말을 듣지 않는다. 어려서부터 지금까지 모든 정성과 힘과 뜻을 다하여 충성스럽게 일한 값이 오늘에는 이것이다.

그는 비로소 믿고 바라던 모든 것이 자기의 원수란 것을 알았다. 그는 모든 것을 없애 버리고 자기도 또한 없어지는 것이 나은 것을 알았다.

그 날 저녁 밤은 깊었는데 멀리서 닭이 우는 소리와 함께 개 짖는 소리만이 들린다. 난데없는 화염이 벙어리 있던 오 생원 집을 에워쌌다. 그 불을 미리 놓으려고 준비하여 놓았는지 집 가장자리로 쭉 돌아가며 흘어 놓은 풀에 모조리 돌라 붙어 공중에서 내려다보면 집의 윤곽이 선명하게 보일 듯이 타 오른다.

불은 마치 피 묻은 살을 맛있게 잘라 먹는 요마의 혓바닥처럼 날름날름 집 한 채를 삽시간에 먹어 버리었다. 이와 같은 화염 속으로 뛰어 들어가는 사람이 하나 있으니 그는 다른 사람이 아니라 낮에 이 집에서 쫓겨난 삼룡이다. 그는 먼저 사랑에 가서 문을 깨뜨리고 주인을 업어다가 밭 가운데 놓고 다시 들어가려 할 때 그의 얼굴과 등과 다리가 불에 데어 쭈그러져 드는 것을 알지 못하였다.

그는 건넌방으로 뛰어들었다. 그러나 색시는 없었다. 다시 안방으로 뛰어들었다. 그러나 또 없고 새서방이 그의 팔에 매달려 구해 달라 애원하였다. 그러나 그는 그것을 뿌리쳤다. 다시 서까래에 불이 시뻘겋게 타면서 그의 머리에 떨어졌다. 그러나 그는 그것을 몰랐다.

부엌으로 가 보았다. 거기서 나오다가 가 떨어지며 왼팔이 부러졌다. 그러나 그것도 몰랐다. 그는 다시 광으로 가 보았다. 거기도 없었다. 그는 다시 건넌방으로 들어갔다. 그 때야 그는 색시가 타 죽으려고 이불을 쓰고 누워 있는 것을 보았다. 그는 색시를 안았다. 그리고는 길을 찾았다. 그러나 나갈 곳이 없었다. 그는 하는 수 없이 지붕으로 올라갔다. 그는 비로소 자기의 몸이 자유롭지 못한 것을 알았다. 그러나 그는 자기가 여태까지 맛보지 못한 즐거운 쾌감을 자기의 가슴에 느끼는 것을 알았다.

색시를 자기 가슴에 안았을 때 그는 이제 처음으로 살아난 듯

문설주 문의 양쪽에 세워 문짝을 끼워 닫게 한 기둥

하였다. 자기의 목숨이 다한 줄 알았을 때, 그 색시를 내려 놓을 때는 그는 벌써 목숨이 끊어진 뒤였다.

집은 모조리 타고 벙어리는 색시를 무릎에 뉘고 있었다. 그의 울분은 그 불과 함께 사라졌을는지. 평화롭고 행복스러운 웃음이 그의 입 가장자리에 엷게 나타났을 뿐이다.

남대문에서 내려다보이는 연화봉에 부지런하고 인심 좋은 오 생원이라는 사람이 살고 있었어요. 오 생원은 못생겼지만 주인에게 헌신적인 벙어리 하인을 두고 있었어요. 오 생원은 열일곱 살 먹은 삼대독자 아들이 있었습니다. 하지만 이 아들은 워낙 성격이 포악하고 말썽꾸러기라 동네사람들이 싫어하였어요. 특히 벙어리 삼룡을 못살게 굴었답니다.

삼룡이 스물세 살이 되던 그해 가을 오 생원은 가난한 양반의 딸을 삼만 냥의 거금을 주고 아들과 결혼을 시켰어요. 새색시는 아름다운 외모에 참한 인품을 지녔어요. 아들은 잘 생긴 새색시를 미워하며 신방에도 들어가지 않았어요. 오 생원이 나무라자 화가 난 그는 신부를 학대하기 시작해요. 벙어리 삼룡은 맞고 사는 주인아씨를 동정해요. 삼룡은 어느 날 술에 만취되어 실컷 얻어맞고 길에 누워있는 아들을 업어다가 방에 뉘여요. 새색시는 삼룡의 충직한 마음에 감동하여 비단 헝겊으로 부시 쌈지 하나를 만들어 주었어요. 이 비단 쌈지를 본 새서방은 삼룡과 새색시의 관계를 오해해요. 어느 날 삼룡은 자살하려던 아씨를 말립니다. 이 일로 아들은 쇠몽둥이로 피투성이가 될 정도로 삼룡을 때려서 밖으로 내쫓아요. 그날 밤 오 생원의 집이 화염에 쌓였어요.

불 속에서 새색시를 찾은 삼룡은 지붕 위로 올라갔어요. 집은 모조리 타고 그의 무릎 위에는 이미 목숨이 끊어진 새색시가 누워 있었어요. 삼룡의 입가에는 평화롭고 행복한 웃음이 엷게 나타나 있었지요.

주인공인 삼룡은 추한 외모에 벙어리이고 보잘 것 없는 하인이지만 영혼만은 순결한 인물로 그려져 있어요. 이러한 삼룡이가 연모하는 주인아씨는 닿을 수 없는 인연으로 엮어집니다. 그러나 삼룡의 순결한 사랑은 이 벽을 없애고야 말지요. 불 속에서 주인아씨를 구해내고 삼룡은 행복한 미소를 머금고 죽는 것입니다. 그의 죽음에는 죽음이 갖는 두려움과 고통의 모습은 사랑이 완성되는 짧은 순간에 행복으로 변합니다. 이 순간의 표현이 짙은 낭만성을 가지게 되지요. 삼룡은 사회적 통념으로 인간적인 대접을 받을 수 있는 존재는 못되지만 착하고 충직합니다. 그는 박해를 받지만 그 박해마저도 당연한 것으로 받아들입니다. 주인아들은 신분적으로는 삼룡이에 비해 우월하지만, 인격적인 면에서는 정반대로 그려집니다. 여기서의 '불'은 여러 가지의 뜻을 가지고 있어요. 삼룡이의 가슴 속에 타오르는 불과 같은 열정과 이 불길은 걷잡을 수 없는 연모의 감정으로 변하고 파괴의 본능이 꿈틀거리게 되며 결국 불을 통해 삶을 마무리합니다. 그러므로 불은 연정과 울분의 의미를 함께 지닌다고 할 수 있어요. 이 소설의 구조는 만남의 구도로 이루어져 있어요. 아씨가 시집을 옴으로 하여 가까이 하게 되고 부시쌈지를 만들어 준 것으로 더욱 가까이 다가가며 마지막에 아씨를 안고 죽어가는 장면에서 만남이 이루어집니다.

황소와 도깨비

이 상(1910~1937)

본명은 김해경. 1910년 서울에서 태어났어요. 보성고보를 졸업하고 경성고등학교를 졸업한 후 조선 총독부 건축 기사로 일했어요. 하루 저녁에 한글을 모두 깨우쳤다고 할 정도로 수재였어요.

어린 시절의 체험이 잘 나타나 있는 소설〈12월 12일〉은 1930년 〈조선〉에 연재되었어요. 〈12월 12일〉은 이상의 제 1차 각혈 시기로 추정되기도 해요. 〈12월 12일〉은 이상의 최초의 소설이자, 최초의 한글 소설이며, 유일한 장편 소설입니다. 23세 때 폐병이 걸리면서 일을 그만두고 소설을 쓰기 시작했어요. 1936년 발표한 〈날개〉는 자신의 마음을 드러내는 작품이기도 해요. 글을 쓸 때는 일반적인 형식을 벗어나 아무렇게나 쓰기도 했어요. 27세의 젊은 나이로 안타깝게 생을 마감했어요.

어떤 산골에 돌쇠라는 나무 장사가 살고 있었습니다. 나이 삼십이 넘도록 장가도 안 가고 또 부모도 일가친척도 없는 혈혈단신이라 먹을 것이나 있는 동안은 핀둥핀둥 놀고 그러다가 정 궁하면 나무를 팔러 나갑니다.

어디서 해 오는지 아름드리 장작이나 솔나무를 황소 등에다 듬뿍 싣고 장터나 읍으로 팔러 갑니다. 아침 일찍이 해도 뜨기 전에 방울 달린 소를 끌고 이려이려…… 딸랑딸랑…… 이려이려 — 이렇게 몇 십 리씩 되는 장터로 읍으로 팔릴 때까지 끌고 다니다가 해 저물녘이라야 겨우 다시 집으로 돌아옵니다.

그 방울 달은 황소가 또 돌쇠의 큰 자랑거리였습니다. 돌쇠에게는 그 황소가 무엇보다도 소중한 재산이었습니다. 자기 앞으로 있던 몇 마지기 토지를 팔아서 돌쇠는 그 황소를 산 것입니다. 그 황소는 아직 나이는 어렸으나 키가 아주 크고 골격도 튼튼하고 털이 또 유난스럽게 고왔습니다. 긴 꼬리를 좌우로 흔들며 나뭇짐을 잔뜩 지고 텁석텁석 걸어가는 양은 보기에도 참 훌륭했습니다. 그 동리에서 으뜸가는 이 황소를 돌쇠는 퍽 귀애하고 위했습니다.

어느 해 겨울 맑게 개인 날, 돌쇠는 전과 같이 장작을 한 바리 잔뜩 싣고 읍을 향해서 길을 떠났습니다. 읍에 도착한 것이 오정 때쯤이었습니다. 그 날은 운수가 좋았던지 살 사람이 얼른 나서서 돌쇠는 그리 애쓰지 않고 장작을 팔 수 있었습니다. 돌쇠는

혈혈단신 의지할 곳 없는 몸   귀애하고 사랑하고
바리 소나 말 등에 잔뜩 실은 짐을 셀 때 쓰는 말

마음이 대단히 흡족해서 자기는 맛있는 점심을 사 먹고 소에게
도 배불리 죽을 먹였습니다. 그러고 나서 잠깐 쉬고 그 날은 일
찍 돌아올 작정이었습니다.

얼마쯤 돌아오려니까 별안간 하늘이 흐리기 시작하고 북풍이
내리 불더니 히뜩히뜩 진눈깨비까지 뿌리기 시작합니다. 돌쇠는
소중한 황소가 눈을 맞을까 겁이 나서 길가에 있는 주막에 들어
가서 두어 시간 쉬었습니다. 그랬더니 다행히 눈은 얼마 아니 오
고 그치고 말았습니다.

아직 저물지는 않았는고로 돌쇠는 황소를 끌고 급히 길을 떠
났습니다. 빨리 가면 어둡기 전에 집에 돌아올 수 있을 것 같았
기 때문입니다. 그러나 짧은 겨울해는 반도 못 가서 어느덧 저물
기 시작했습니다. 날이 흐렸기 때문에 더 일찍 어두웠는지 모릅
니다.

"야단났구나."

하고 돌쇠는 야속한 하늘을 쳐다보며 혼자 중얼거리고 가만히
소 등을 쓰다듬었습니다.

"날은 춥고 길은 어둡고 그렇지만 할 수 있나. 자, 어서, 가자."

돌쇠가 혼잣말같이 중얼거리는 말을 소도 알아들었는지 딸랑
딸랑 뚜벅뚜벅 걸음을 빨리 합니다.

이렇게 얼마를 가다가 어느 산허리를 돌아서려니까 별안간 길
옆 숲 속에서 고양이만한 새까만 놈이 깡총 뛰어 나오며 눈 위에

가 엎드려 무릎을 꿇고 자꾸 절을 합니다.

"돌쇠 아저씨, 제발 살려 주십시오."

처음에는 깜짝 놀란 돌쇠도 이렇게 말을 붙이는고로 발을 멈추고 자세히 바라보니까 사람인지 원숭인지 분간할 수 없는 얼굴에 몸에 비해서는 좀 기름한 팔다리, 살결은 까뭇까뭇하고 귀가 우뚝 솟고 작은 꼬리까지 달려서 원숭이 같기도 하고 또 어떻게 보면 개 같기도 했습니다.

"얘, 요게 뭐냐."

돌쇠는 약간 놀라면서 소리쳤습니다.

"대체 너는 누구냐?"

"제 이름은 산오뚝이에요."

"뭐? 산오뚝이?"

그 때 돌쇠는 얼른 어떤 책 속에서 본 그림을 하나 생각해 냈습니다. 그 책 속에는 얼굴은 사람과 원숭이의 중간이요 꼬리가 달리고 팔다리가 길고 귀가 오뚝 일어선 것을 그려 놓고 그 옆에는 도깨비라고 씌어 있었던 것입니다.

"거짓말 말어, 요놈아."

하고 돌쇠는 소리를 버럭 질렀습니다.

"너 요놈 도깨비 새끼지?"

"네, 정말은 그렇습니다. 그렇지만 산오뚝이라고도 합니다."

"하하하하, 역시 도깨비 새끼였구나."

기름한 좀 긴 듯한

돌쇠는 껄껄 웃으면서 허리를 굽히고 물었습니다.

"그래, 대체 도깨비가 초저녁에 왜 나왔으며 또 살려 달라는 건 무슨 소리냐?"

도깨비 새끼의 이야기는 이러했습니다.

지금부터 한 일주일 전에 날이 따뜻하기에 도깨비 새끼들은 56마리가 떼를 지어 인가 근처로 놀러 나왔더랍니다. 하루 온종일 재미있게 놀고 막 돌아가려 할 때에 마침 동리의 사냥개한테 붙들려 꼬리를 물리고 말았습니다. 겨우 몸은 빠져 나왔으나 개한테 물린 꼬리가 반동강으로 툭 잘라졌기 때문에 여러 가지 재주를 못 피게 되고 말았습니다. 그뿐 아니라 동무들도 다 잃어 버리고 혼자 떨어져서 할 수 없이 입때껏 그 산허리 숲속에 숨어 있었던 것입니다.

도깨비에겐 꼬리가 아주 소중한 물건입니다. 꼬리가 없으면 첫째 재주를 피울 수 없는고로 먼 산속에 있는 집에도 갈 수 없고 배가 고파서 먹을 것을 찾으러 나가려니 사냥개가 무섭습니다. 날이 추우면 꼬리의 상처가 쑤시고 아프고—그래서 꼼짝 못하고 일주일 동안이나 숲속에 갇혀 있다가 뛰어 나온 것입니다.

"제발 이번만 살려 주십시오. 은혜는 평생 잊지 않겠습니다."

이야기를 마치고 나서 도깨비 새끼는 머리를 땅 속에 틀어박고 두 손을 싹싹 빕니다.

동리 마을 입때껏 지금껏

　이야기를 듣고 자세히 보니까 과연 살이 바싹 빠지고 꼬리에는 아직도 상처가 생생하고 추위를 견디지 못해서 온몸을 바들바들 떨고 있습니다. 돌쇠는 그 정경을 보고 아무리 도깨비 새끼로소니…… 하는 측은한 생각이 나서,

　"살려 주기야 어렵지 않다만 대체 어떻게 해 달라는 말이냐."
하고 물었습니다.

　"돌쇠 아저씨의 황소는 참 훌륭한 소입니다. 그 황소 뱃속을 꼭 두 달 동안만 저에게 빌려 주십시오. 더도 싫습니다. 꼭 두 달입니다. 두 달만 지나면 날도 따뜻해지고 또 상처도 나을 테고 하니깐 그 때는 제 맘대로 돌아다닐 수 있습니다. 그 동안만 이 황소 뱃속에서 살도록 해 주십시오. 절대로 거짓말을 해서 아저씨를 속이기는커녕 제가 이 소 뱃속에 들어가 있는 동안은 이 소를 지금보다 열 배나 기운이 세게 해드리겠습니다. 그러니 제발 이번 한 번만 살려 주십시오."

　이 말을 듣고 돌쇠는 말문이 막히고 말았습니다. 귀엽고 소중한 황소 뱃속에다 도깨비 새끼를 넣고 다닐 수는 없는 일입니다. 그렇다고 그것을 거절하면 도깨비 새끼는 필경 얼어 죽거나 굶어 죽고 말 것입니다. 아무리 도깨비라기로 그렇게 되는 것을 그대로 둘 수도 없고 또 소의 힘을 지금보다 열 배나 강하게 해 준다니 그리 해로운 일은 아닙니다.

　생각다 못해서 돌쇠는 소의 등을 두드리며

정경 광경　필경 마침내, 결국에는

‘어떡하면 좋겠니?’

하고 물어 보니까 소는 그 말귀를 알아들었는지 고개를 끄덕끄덕합니다.

“그럼 너 하고 싶은 대로 해라. 그렇지만 꼭 두 달 동안이다.”

돌쇠는 도깨비 새끼를 보고 이렇게 다짐했습니다.

도깨비 새끼는 좋아라고 펄펄 뛰면서 백 번 치사하고 깡충 뛰어서 황소 뱃속으로 들어가고 말았습니다.

돌쇠는 껄걸 웃고 다시 소를 몰기 시작했습니다. 그랬더니 참 놀라운 일입니다. 아까보다 열 배나 소는 걸음이 빨라져서 도저히 따라갈 수가 없었습니다. 할 수 없이 소 등에 올라 탔더니 소는 연방 딸랑딸랑 방울 소리를 내며 순식간에 마을까지 뛰어 돌아왔습니다.

과연 도깨비 새끼가 말한 대로 돌쇠의 황소는 전보다 열 배나 힘이 세어졌던 것입니다. 그 이튿날부터는 장작을 산더미같이 실은 구루마라도 끄는지 마는지 줄곧 줄달음질을 쳐서 내뺍니다. 그 전에는 하루 종일 걸리던 장터를 이튿날부터는 아무리 장작을 많이 실었어도 하루 세 번씩을 왕래했습니다.

돌쇠는 걸어서는 도저히 따라갈 수가 없어서 새로 구루마를 하나 사서 밤낮 그 위에 올라 타고 다녔습니다. 얘—이건 참 굉장하다…… 하고 돌쇠는 하늘에나 오른 듯이 기뻐했습니다. 따라서 전보다도 훨씬 더 소를 귀애하고 소중히 여기게 되었습니다.

　자—이러고 보니 동리에서나 읍에서나 큰 야단입니다. 돌쇠의 황소가 산더미같이 장작을 싣고 하루에 장터를 세 번씩 왕래하는 것을 보고 모두 눈이 뚱그랬습니다. 그 중에는 어떻게 해서 그렇게 황소의 힘이 세어졌는지 부득부득 알려는 사람도 있고 또 달라는 대로 돈을 줄 터이니 제발 팔아 달라고 청하는 사람도 있었으나 돌쇠는 빙그레 웃기만 하고 대답도 하지 않았습니다.

　"어쩐 말이냐, 우리 소가 제일이다."

　그럴 적마다 돌쇠는 이렇게 생각하고 더욱 맛있는 죽을 먹이고 딸랑딸랑 이려이려—하고 신이 나서 소를 몰았습니다.

　원래 게으름뱅이 돌쇠입니다마는 이튿날부터는 소 모는 데 그만 재미가 나서 장작을 팔러 다녀서 돈도 많이 모았습니다. 눈이 오거나 아주 추운 날은 좀 편히 쉬어 보려고 해도 소가 말을 안 들었습니다. 첫 새벽부터 외양간 속에서 발을 구르고 구슬을 내흔들고—넘쳐 흐르는 기운을 참지 못해 껑충껑충 뜁니다. 그러면 돌쇠는 할 수 없이 또 황소를 끌어 내고 맙니다.

　이러는 사이에 어느덧 두 달이 거의 다 지나가고 3월 그믐께가 다가왔습니다. 그 때부터 웬일인지 자꾸 소의 배가 부르기 시작했습니다. 돌쇠는 깜짝 놀라 틈이 있는 대로 커다란 배를 문질러 주기도 하고 또 약도 써 보고 했으나 도무지 효력이 없습니다.

노인네들에게 보여도 무슨 일 때문인지 아는 사람은 없었습니다.

돌쇠는 매일을 걱정과 근심으로 지냈습니다. 아마 이것이 필경 뱃속에 있는 도깨비 장난인가 보다 하는 것을 어슴푸레 짐작할 수 있었으나 처음 꼭 두 달 동안이라고 약속한 일이니 어찌할 수 없는 일입니다. 그뿐 아니라 소는 다만 배가 불러 올 뿐이지 별로 기운도 줄지 않고 앓지도 않는 고로,

"제기, 그냥 두어라. 며칠 더 기다리면 결말이 나겠지. 죽을 것 살려 주었는데 설마 나쁜짓이야 하겠니."

이렇게 생각하고 4월이 되기만 고대했습니다.

소는 여전히 기운차게 구루마를 끌고 산이든 언덕이든 평지같이 달렸습니다.

그예 3월 그믐이 다가왔습니다.

돌쇠는 겨우 후—하고 한숨을 내쉬고 그 날 하루만은 황소를 편히 쉬게 했습니다. 그리고 이왕이니 오늘 하루만 더 도깨비를 두어 두기로 결심하고 소를 외양간에다 맨 후 맛있는 죽을 먹이고 자기는 일찍부터 자고 말았습니다.

이튿날 4월 초하룻날 첫 새벽입니다. 문득 돌쇠가 잠을 깨니까 외양간에서 쿵쾅쿵쾅하고 야단스런 소리가 났습니다. 돌쇠는 깜짝 놀라 금방 잠이 깨어서 뛰쳐 일어났습니다.

소를 누가 훔쳐 가지나 않나 하는 근심에 돌쇠는 옷도 못 갈아

입고 맨발로 마당에 뛰어 내려 단숨에 외양간 앞까지 달음질쳤습니다. 그랬더니 웬일인지 돌쇠의 황소는 외양간 속에서 이를 악물고 괴로워 못 견디겠다는 듯이 미친 것 모양으로 경중경중 뜁니다. 가엾게도 황소는 진땀을 잔뜩 흘리고 고개를 내저으며 기진맥진한 모양입니다.

돌쇠는 깜짝 놀라 미친 듯이 날뛰는 황소 고삐를 붙잡고 늘어졌습니다. 그러나 황소는 좀체로 진정치를 않고 더욱 힘을 내어 괴로운 듯이 날뜁니다.

"대체 이게 웬 영문이야."

할 수 없이 돌쇠는 소의 고삐를 놓고 한숨을 내쉬며 얼빠진 사람같이 그 자리에 우뚝 서고 말았습니다.

"돌쇠 아저씨, 돌쇠 아저씨."

그 때입니다. 어디서인지 자기를 부르는 소리를 돌쇠는 확실히 들었습니다. 돌쇠는 그 소리를 듣고 정신이 번쩍 나서 주위를 돌아보았습니다. 그러나 아무도 보이지는 않습니다. 그 때 또 어디서인지 나지막한 목소리가 들려 왔습니다.

"돌쇠 아저씨, 돌쇠 아저씨."

암만해도 그 소리는 황소 입 속에서 나오는 것 같았습니다. 그래서 돌쇠는 자세히 들으려고 소 입에다 귀를 갖다 대었습니다.

"돌쇠 아저씨, 저예요, 저를 모르세요?"

그 때에야 겨우 돌쇠는 그 목소리를 생각해 내었습니다.

경중경중 긴 다리를 모으고 위로 솟구어 뛰어 가는 모양
기진맥진 기운이 다 빠져서 몸을 가눌 수 없을 정도 암만해도 아무래도

"오—너는 도깨비 새끼로구나. 날이 다 새었는데 왜 남의 소
뱃속에 입때 들어 있니, 약속한 날짜가 지났으니 얼른 나와야
하지 않겠니."
그랬더니 황소 속에서 도깨비 새끼는 대답했습니다.

"나가야 할 텐데 큰일났습니다. 돌쇠 아저씨 덕택에 두 달 동안 편히 쉰 건 참 고맙습니다만은 매일 드러누워 아저씨가 주시는 맛있는 음식을 먹고 있다가 기한이 됐기에 나가려니까 그 동안에 굉장히 살이 쪘나 봐요. 소 모가지가 좁아서 빠져 나갈 수가 없게 되었단 말이예요. 억지루 나가려면 나갈 수는 있지만 소가 아픈지 막 뛰고 발광을 하는구면요. 야단났습니다."

돌쇠는 그 말을 듣고 기가 탁 막히고 말았습니다.

"그럼 어떡허면 좋단 말이냐 그거 참 야단이로구나."

돌쇠는 팔짱을 끼고 생각에 잠기고 말았습니다. 도깨비 새끼에게 황소 뱃속을 빌려 준 것을 크게 후회했지만 이제 와서 무슨 소용이 있겠습니까. 무엇보다도 소가 불쌍해서 돌쇠는 그만 눈물이 글썽글썽하고 금방 울음이 터질 것 같았습니다.

그 때 또 도깨비 새끼 목소리가 들려 나왔습니다.

"아, 돌쇠 아저씨 좋은 수가 있습니다. 어떻게든지 해서 이 소가 하품을 하도록 해 주십시오. 입을 딱 벌리고 하품을 할 때에 제가 얼른 뛰어 나가겠습니다. 그렇지 않으면 한평생 이 뱃속에서 살거나 또는 뱃가죽을 뚫고 나가는 수밖에 없습니다. 그 대신 하품만 하게 해 주시면 이 소의 힘을 지금보다 백 배나 더 세게 해 드리겠습니다."

"옳다. 참 그렇구나. 그럼 내 하품을 하게 할 테니 가만히 기다려라."

소가 살아날 수 있다는 생각에 돌쇠는 얼른 이렇게 대답은 했으나 가만히 생각해 보니 일은 딱합니다.

대체 어떻게 해야 소가 하품을 하는지 도무지 알 수 없습니다. 그뿐 아니라 소가 하품하는 것을 돌쇠는 입때껏 한 번도 본 일이 없습니다. 그래서 함부로 옆구리도 찔러 보고 콧구멍에다 막대기도 꽂아 보고 간질러도 보고 콧등을 쓰다듬어 보기도 하고 —별별 꾀를 다 내나 소는 하품은 커녕 귀찮은 듯이 몸을 피하고 도리질을 하고 한두어 번 연거푸 재채기를 했을 뿐입니다. 도무지 하품을 할 기색은 보이지 않습니다.

그렇다고 이대로 내버려 두었다가는 도깨비 새끼가 뱃속에서 자꾸 자라서 저절로 배가 터지거나 그렇지 않으면 물어뜯기어 아까운 황소가 죽고 말 것입니다. 땅을 팔아서 산 황소요, 세상에 다시없는 애지중지하는 귀여운 황소가 그 꼴을 당한다면 그게 무슨 짝입니까. 돌쇠는 답답하고 분하고 슬퍼서 어쩔 줄을 모를 지경입니다.

생각다 못해서 돌쇠는 옷을 갈아 입고 동네로 뛰어 내려왔습니다.

"어떡하면 소가 하품하는지 아시는 분 있으면 제발 좀 가르쳐 주십시오."

동네로 내려온 돌쇠는 만나는 사람마다 붙잡고 이렇게 외치며

가만히 생각해 보니 일은 딱합니다 곰곰히 생각해 보니 방법이 없습니다
그게 무슨 짝입니까 얼마나 슬프고 황당한 일입니까

물었습니다만은 아무도 아는 사람은 없었습니다. 동네에서 제일 나이 많고 무엇이든지 안다는 노인조차 고개를 기울이고 대답을 하지 못했습니다.

그렇게 얼마를 묻고 다니다가 결국 다시 빈손으로 돌쇠는 집으로 돌아오고 말았습니다. 인제는 모든 일이 다 틀렸구나 생각하니 앞이 캄캄하고 기가 탁탁 막힙니다. 고개를 푹 숙이고 풀이 죽어서 길게 몇 번씩 한숨을 내쉬며 돌쇠는 외양간 앞으로 돌아와서 얼빠진 사람같이 황소의 얼굴을 쳐다보았습니다.

자기를 위해서 몇 해 동안 많이 돕고 애도 많이 쓴 귀여운 황소!

며칠 안 되어 뱃속에 있는 도깨비 새끼 때문에 뱃가죽이 터져서 죽고 말 귀여운 황소!

그것을 생각하니 사람이 죽는 것보다 지지 않게 불쌍하고 슬프고 원통합니다.

공연히 그 놈에게 속아서 황소 뱃속을 빌려 주었구나 하고 후회도 하여 보고 또 그렇게 미련한 자기 자신을 스스로 매질도 해 보고—그러나 그것이 인제 와서 무슨 소용입니까. 얼마 안 있어 돌쇠의 둘도 없는 보배이던 황소는 죽고 말 것이요, 돌쇠 자신은 다시 외롭고 쓸쓸한 몸이 되리라는 그것만이 사실입니다.

참다못해서 돌쇠는 눈물을 흘리고 소리내어 울며 간신히 고개를 쳐들고 다시 한번 황소의 얼굴을 바라보았습니다. 황소도 자

고개를 기울이고 알지 못하는 것을 생각해 내려고 머리를 한쪽으로 갸웃거리고
사람이 죽는 것보다 지지 않게 사람이 죽는 것 못지 않게 공연히 괜히

기의 신세를 깨달았는지 또는 돌쇠의 마음속을 짐작했는지 무겁고 육중한 몸을 뒤흔들며 역시 슬픈 듯이 돌쇠의 얼굴을 바라보고 있습니다.

얼마 동안 그렇게 꼼짝 않고 돌쇠는 외양간 앞에 꼬부리고 앉아서 황소의 얼굴만 쳐다보고 있었습니다. 밥 먹을 생각도 없었습니다. 배도 고프지 않았습니다. 다만 귀여운 황소와 이별하는 것이 슬펐습니다. 오정 때 가까이 되도록 돌쇠는 이렇게 황소의 얼굴만 쳐다보고 있었습니다. 그랬더니 차차 몸이 피곤해서 눈이 아프고 머리가 혼몽하고 졸려졌습니다. 그래서 그만 저도 모르는 사이에 입을 딱 벌리고 기다랗게 하품을 하고 말았습니다.

그 때입니다. 돌쇠가 하품을 하는 것을 본 황소도 따라서 기다란 하품을 하기 시작했습니다.

"옳다 됐다."

그것을 본 돌쇠가 껑충 뛰어 일어나며 좋아라고 손뼉을 칠 때입니다. 벌린 황소 입으로 살이 통통히 찐 도깨비 새끼가 깡충 뛰어 나왔습니다.

"돌쇠 아저씨, 참 오랫동안 고맙습니다. 아저씨 덕택에 이렇게 살까지 쪘으니 아저씨 은혜가 참 백골난망입니다. 그 대신 아저씨 소가 지금보다 백 배나 기운이 세게 해 드리겠습니다."

도깨비 새끼는 돌쇠 앞에 엎드려 이렇게 말하고 나서 넙죽 절을 하더니 상처가 나은 꼬리를 저으며 두어 번 재주를 넘었습니다. 그리고 나서 어디로인지 없어지고 말았습니다.

그 때에야 돌쇠는 겨우 정신을 차렸습니다. 입때껏 일이 꿈인지 생시인지 잠깐 동안은 분간할 수 없었습니다. 그러다가 고개를 들어 홀쭉해진 황소의 배를 바라보고 처음으로 모든 것을 깨닫고 하하하하 큰소리를 내어 웃었습니다. 그리고 귀여워 죽겠다는 듯이 황소의 등을 쓰다듬었습니다.

죽게 되었던 황소가 다시 살아났을 뿐 아니라 이튿날부터는 입때보다 백 배나 힘이 세어져서 세상 사람들을 놀라게 했습니다. 돌쇠는 더욱 부지런해져서 이른 아침부터 백 마력의 소를 몰며 '도깨비 아니라 귀신이라도 불쌍하거든 살려 주어야 하는 법이야.' 이렇게 속으로 중얼거리고 콧노래를 불렀습니다.

마력 1초 동안 75kg의 물체를 1m 움직이는 힘

주인공인 돌쇠는 여느 때와 다름없이 황소를 이끌고 장으로 나무를 팔러 갔어요. 그날따라 나무가 잘 팔려 기분이 좋았던 그는 우연히 산에서 이상한 생물을 만나게 되었지요. 그 생물은 바로 도깨비였어요. 도깨비는 어쩌다가 꼬리가 잘려버려서 힘이 없다고 말합니다. 도깨비는 제발 돌쇠의 황소 뱃속에서 살게 해 달라는 부탁을 합니다. 도깨비가 황소의 뱃속에 들어간 후로부터 정말 황소는 힘이 열 배나 더 세졌어요. 돌쇠는 전보다 훨씬 많은 나무를 싣고 장에 팔러 나갈 수 있었어요. 나무를 많이 팔 수 있으니까 돌쇠는 점점 신이 났고 전보다 더 부지런히 일을 하기 시작했어요. 그래서 돌쇠는 점점 부자가 되었어요.

한 달 후 이제 도깨비와 약속한 시간이 다 되었어요. 돌쇠는 이제 도깨비에게 그만 나오라고 했지만 도깨비는 그동안 너무 살이 쪄버려서 원래 들어왔던 곳으로 나올 수가 없게 되었어요. 도깨비는 나갈 수만 있다면 황소의 힘을 백 배나 더 세게 해 준다고 약속합니다. 그래서 생각해낸 방법이 하품인데 도무지 황소를 하품시킬 방법이 생각나지 않았어요. 그런데 방법을 찾다 지친 돌쇠가 황소 앞에서 하품을 하자 황소도 따라 하품을 하는 것이었어요. 그 틈을 타 도깨비는 밖으로 나왔고 황소는 약속대로 힘이 백 배나 더 세어졌어요. 돌쇠와 황소는 더욱 열심히 일을 했고 곧 큰 부자가 되었어요.

천재시인 이상이 남긴 한 편의 동화 '황소와 도깨비'는 익살스런 해학이 넘치는 지혜가 담겨있어요. 돌쇠라는 전형적인 농촌의 나무장수가 새끼 도깨비 산오뚝이를 구해줘 그의 황소가 힘이 백 배나 강해져 도움을 받는다는 내용입니다. 돌쇠는 그리 부지런하지는 않지만 도깨비를 도와준 덕분으로 좋은 결과를 가져옵니다. 짧고 단순한 얘기지만 글의 구성이 탄탄하고 '도깨비 아니라 아무리 보잘 것 없는 미물이라도 서로 도우며 살아야 한다'라는 교훈을 담고 있어요. 이 작품은 매일신보에 1937년 3월 5일 부터 9일까지 연재되었던 작품으로 그가 죽기 불과 40여 일 전에 발표한 작품입니다.

B사감과 러브레터

현진건(1900~1943)

1900년 대구에서 태어나 11세 때에 어머니가 돌아가시고 13세 때에 동경의 상성 중학에 입학하였어요. 16세 때 결혼을 하였으며 중국에서 공부하였어요. 1920년 개벽 11호에 〈희생화〉를 발표하고 작가 생활이 시작되었어요. 1921년 개벽 1월호에 〈빈처〉를 발표해 명성을 얻었어요. 1922년 〈백조〉동인이 되었고 1936년 동아일보 '일장기 말살사건' 에 연루되어 옥고를 치르기도 했어요. 특히 〈운수 좋은 날〉과 같은 비극적인 현실을 사실적으로 그렸어요. 출옥 후 살림이 기울었고 부암동에서 양계를 하며 조용히 지냈어요. 1943년 44세 때 장결핵으로 세상을 떠났어요.

　C여학교에서 교원 겸 기숙사 사감 노릇을 하는 B여사라면 딱장대요 독신주의자요 찰진 야소꾼으로 유명하다. 사십에 가까운 노처녀인 그는 주근깨투성이 얼굴이 처녀다운 맛이란 약에 쓰려도 찾을 수 없을 뿐만 아니라, 시들고 거칠고 마르고 누렇게 뜬 품이 곰팡 슬은 굴비를 생각나게 한다.

　여러 겹 주름이 잡힌 훌렁 벗겨진 이마라든지, 숱이 적어서 법대로 쪽찌거나 틀어 올리지를 못하고 엉성하게 그냥 빗어 넘긴 머리 꼬리가 뒤통수에 염소 똥만 하게 붙은 것이라든지, 벌써 늙어가는 자취를 감출 길이 없었다. 뾰족한 입을 앙다물고 돋보기 너머로 쌀쌀한 눈이 노릴 때엔 기숙생들이 오싹하고 몸서리를 치리만큼 그는 엄격하고 매서웠다.

　이 B여사가 질겁하다시피 싫어하고 미워하는 것은 소위 '러브레터'였다. 여학교 기숙사라면 으레 그런 편지가 많이 오는 것이지만 학교로도 유명하고 또 아름다운 여학생이 많은 탓인지 모르되 하루에도 몇 장씩 죽느니 사느니 하는 사랑 타령이 날아 들어 왔었다. 기숙생에게 오는 사신을 일일이 검토하는 터이니까 그런 편지도 물론 B여사의 손에 떨어진다. 달짝지근한 사연을 보는 족족 그는 더할 수 없이 흥분되어서 얼굴이 붉으락푸르락, 편지 든 손이 발발 떨리도록 성을 낸다.

　아마 까닭 없이 그런 편지를 받은 학생이야말로 큰 재변이었다. 하학하기가 무섭게 그 학생은 사감실로 불리어 간다. 분해서 못 견디겠다는 사람 모양으로 쌔근쌔근하며 방안을 왔다갔다 하던 그는, 들어오는 학생을 잡아 먹을 듯이 노리면서 한 걸음 두 걸음 코가 맞닿을 만큼 바싹 다가들어 서서 딱 마주친다. 웬 영문인지 알지 못하면서도 선생의 기색을 살피고 겁부터 집어먹은 학생은 한동안 어쩔 줄 모르다가 간신히 모기만한 소리로,

"저를 부르셨어요?"

하고 묻는다.

"그래 불렀다, 왜!"

팍 무는 듯이 한마디하고 나서 매우 못마땅한 것처럼 교의를 우당퉁탕 당겨서 철썩 주저앉았다가 학생이 그저 서 있는 걸 보면,

"장승이냐? 왜 앉지를 못해."

하고 또 소리를 빽 지르는 법이었다.

스승과 제자는 조그마한 책상 하나를 새에 두고 마주 앉는다. 앉은 뒤에도,

"네 죄상을 네가 알지!"

하는 것처럼 아무 말 없이 눈살로 쏘기만 하다가 한참 만에야 그 편지를 끄집어내어 학생의 코앞에 동댕이치며,

"이건 누구한테 오는 거냐."

하고 문초를 시작한다. 앞장에 제 이름이 쓰였는지라,

"저한테 온 것이야요."

하고 대답 않을 수 없다. 그러면 발신인이 누구인 것을 채쳐 묻

는다. 그런 편지가 대개 그렇듯이 발신인의 성명이 똑똑지 않기 때문에 주저주저하다가 자세히 알 수 없다고 내대일 양이면,

"너한테 오는 것을 네가 모른단 말이냐."

하고 불호령을 내린 뒤에 또 사연을 읽어 보라 하여 무심한 학생이 나직나직하나마 꿀 같은 구절을 입술에 올리면, B여사의 역정은 더욱 심해져서 어느 놈의 소행인 것을 기어이 알려 한다. 기실 보도 듣도 못한 남성이 한 노릇이요, 자기에게는 아무 죄도 없는 것을 변명하여도 곧이 듣지를 않는다. 바른 대로 아뢰어야지 그렇지 않으면 퇴학을 시킨다는 둥, 제 이름도 모르는 여자에게 편지할 리가 만무하다는 둥, 필연 행실이 부정한 일이 있으리라는 둥…….

하다못해 어디서 한 번 만나기라도 하였을 테니 어찌해서 남자와 접촉을 하게 되었느냐는 둥, 자칫 잘못하여 학교에서 주최한 음악회나 바자회에서 혹 보았는지 모른다고 졸리다 못해 주워 댈 것 같으면 사내의 보는 눈이 어떻더냐, 표정이 어떻더냐, 무슨말을 건네더냐, 미주알고주알 캐고 파며 어르고 볶아서 넉넉히 십년감수는 시킨다.

두 시간이 넘도록 문초를 한 끝에는 사내란 믿지 못할 것, 우리 여성을 잡아 먹으려는 마귀인 것, 연애가 자유이니 신성이니 하는 것도 모두 악마가 지어낸 소리인 것을 입에 침이 없이 열에 떠 한참 설교를 하다가 닦지도 않은 방바닥(침대를 쓰기 때문에 방

이라 해도 마룻바닥이다)에 그대로 무릎을 꿇고 기도를 올린다. 눈에 눈물까지 글썽거리면서 말끝마다 하느님 아버지를 찾아서 악마의 유혹에 떨어지려는 어린 양을 구해 달라고 뒤삶고 곱삶는 법이었다.

그리고 둘째로 그가 싫어하는 것은 기숙생을 남자가 면회하러 오는 일이었다. 무슨 핑계를 하든지 기어이 못 보게 하고 만다. 친부모, 친동기간이라도 규칙이 어떠니, 상학중이니 무슨 핑계를 하든지 따돌려 보내기가 일쑤다.

이로 말미암아 학생이 동맹휴학을 하였고 교장의 설유까지 들었건만 그래도 그 버릇은 고치려 들지 않았다.

이 B사감이 감독하는 그 기숙사에 금년 가을 들어서 괴상한 일이 '생겼다'느니 보다 '발각되었다'는 것이 마땅할는지 모르리라. 왜 그런고 하면 그 괴상한 일이 언제 '시작된' 것인지는 귀신밖에 모르니까.

그것은 다른 일이 아니라 밤에 깊어서 기숙생들이 달고 곤한 잠에 떨어졌을 때 난데없는 깔깔대는 웃음과 속살속살하는 말이 새어 흐르는 일이었다. 하루 밤이 아닌 다음에야 그런 소리가 잠귀 밝은 기숙생의 귀에 들리기도 하였지만, 잠결이라 뒷동산에 구르는 마른 잎의 노래로나, 달빛에 날개를 번뜩이며 울고 가는 기러기의 소리로나 흘려 들었다. 그렇지 않으면 도깨비의 장난이나 아닌가 하여 무시무시한 기분이 들어서 동무를 깨웠다가 좀처럼 동무는 깨지 않고 제 생각이 너무나 어림없고 어이없음을 깨달으며, 밤소리 멀리 들린다고, 학교 이웃집에서 이야기를 하거나 또 딴 방에 자는 제 동무들의 잠꼬대로만 여겨서 스스로 안심하고 그대로 자 버리기도 하였다.

그러나 이 수수께끼가 풀릴 때는 왔다. 공교롭게 한 방에 자던 학생 셋이 한꺼번에 잠을 깨었다. 첫째 소녀가 소변을 보러 일어났다가 그 소리를 듣고 둘째 처녀와 셋째 처녀를 깨우고 만 것이다.

“저 소리를 들어 보아요. 밤중에 저게 무슨 소리야?”

하고 첫째 처녀는 휘둥그래진 눈에 무서워하는 빛을 띠운다.

“어젯밤에 나도 저 소리에 놀랐었어. 도깨비가 났단 말인가?”

하고, 둘째 처녀도 잠 오는 눈을 비비며 수상해한다. 그 중에 제일 나이 많을 뿐더러(많았자 열 여덟밖에 아니 되지만) 장난 잘 치고 짓궂은 짓 잘하기로 유명한 셋째 처녀는 동무 말을 못 믿겠다는 듯이 가만히 귀를 기울이다가,

“딴은 수상한걸. 나도 언젠가 한번 들어 본 법도 하구먼. 뭘, 잠이 아니 오는 애들이 이야기를 하는 게지.”

이 때에 그 괴상한 소리는 땍때굴 웃었다. 세 처녀는 으쓱하며 귀를 소스라쳤다. 적적한 밤 가운데 다른 파동 없는 공기는 그 수상한 말마디를 곁에서나 나는 듯이 또렷또렷이 전해 주었다.

“오, 태훈 씨! 그러면 오죽이나 좋을까요.”

간드러진 여자의 목소리다.

“경숙 씨가 좋으시다면 내가 얼마나 기쁘겠습니까. 아아, 경숙 씨에게 바친 나의 타는 듯한 가슴을 인제야 아셨습니까!”

정열에 뜬 사내의 목청의 분명하였다. 한동안 침묵…….

“인제 고만 놓아요. 키스가 너무 길지 않아요. 행여 남이 보면 어떡해요.”

아양 떠는 여자 말씨.

“길수록 더욱 좋지 않아요. 나는 내 목숨이 끊어질 때까지 키

땍때굴 작고 단단한 물건이 굴러가는 소리
파동 물결의 움직임. 공간 혹은 탄성체의 한 곳에서 일어난 상태 변화가 주위로 퍼지는 현상

스를 하여도 길다고는 못 하겠습니다. 그래도 짧은 것을 한하겠습니다."

사내의 피를 뿜는 듯한 이 말 끝은 계집의 자지러진 웃음으로 묻혀 버렸다.

그것은 묻지 않아도 사랑에 겨운 남녀의 허물어진 수작이다. 감금이 지독한 이 기숙사에 이런 일이 생길 줄이야! 세 처녀는 얼굴을 마주보았다. 그들의 얼굴은 놀랍고 무서운 빛이 없지 않았으되 점점 호기심에 번쩍이기 시작하였다. 그들의 머릿속에는 한결같이 로맨틱한 생각이 떠올랐다. 이 안에 있는 여자 애인을 보려고 학교 근처를 뒤돌고 곰돌던 사내 애인이, 타는 듯한 가슴을 걷잡다 못하여 밤이 이슥하기를 기다려 담을 뛰어 넘었는지 모르리라.

모든 불이 다 꺼지고 오직

한하겠습니다 한스럽게 생각하겠습니다   감금 가둔 채로 감시함 밝은 달빛이 은가루처럼 서린 창문이 소리 없이 열리며 여자 애인이 흰 수건을 흔들어 사내 애인을 부른 건지도 모르리라.

활동사진에 보는 것처럼 기나긴 피륙을 내리어서 하나는 위에서 당기고 하나는 밑에 매달려 데롱데롱하면서 올라가는 정경이 있었는지 모르리라.

그래서 두 애인은 만나가지고 저와 같이 사랑의 속삭거림에 젖어 들었는지 모르리라……. 꿈결 같은 감정이 안개 모양으로 눈부시게 세 처녀의 몸과 마음을 휩싸 돌았다.

그들의 뺨은 후끈후끈 달았다. 괴상한 소리는 또 일어났다.

“난 싫어요. 당신 같은 사내는 난 싫어요.”

이번에는 매몰스럽게 내어 대는 모양.

“나의 천사, 나의 하늘, 나의 여왕, 나의 목숨, 나의 사랑, 나를 살려 주어요, 나를 구해 주어요.”

사내의 애를 졸이는 간청…….

“우리 구경 가볼까?”

짓궂은 셋째 처녀는 몸을 일으키며 이런 제의를 하였다. 다른 처녀들도 그 말에 찬성한다는 듯이 따라 일어섰으되 의아와 공구와 호기심이 뒤섞인 얼굴을 서로 교환하면서 얼마쯤 망설이다가 마침내 가만히 문을 열고 나왔다. 쌀벌레 같은 그들의 발가락은 가장 조심성 많게 소리 나는 곳을 향해서 곰실곰실 기어간다. 컴컴한 복도에 자다가 일어난 세 처녀의 흰 모양은 그림자처럼 소리 없이 움직였다.

　소리 나는 방은 어렵지 않게 찾을 수 있었다. 찾고는 나무로 깎아 세운 듯이 주춤 걸음을 멈출 만큼 그들은 놀랬다. 그런 소리의 출처야말로 자기네 방에서 몇 걸음 안되는 사감실일 줄이야! 그렇듯이 사내라면 못 먹어하고 침이라도 뱉을 듯하던 B사감의 방일 줄이야! 그 방에 여전히 사내의 비대발괄하는 푸념이 되풀이되고 있다…….

　나의 천사, 나의 하늘, 나의 여왕, 나의 목숨, 나의 사랑, 나의 애를 말려 죽이실 테요. 나의 가슴을 뜯어 죽이실 테요. 내 생명을 맡으신 당신의 입술로…….

　셋째 처녀는 대담스럽게 그 방문을 빠끔히 열었다. 그 틈으로 여섯 눈이 방 안을 향해 쏘았다. 이 어쩐 기괴한 광경이냐. 전등불은 아직 끄지 않았는데 침대 위에는 기숙생에게 온 소위 '러브레터'의 봉투가 너저분하게 흩어졌고 그 알맹이도 여기저기 두서없이 펼쳐진 가운데 B사감 혼자 —아무도 없이 제 혼자 일어나 앉았다. 누구를 끌어당길 듯이 두 팔을 벌리고 안경을 벗은 근시안으로 잔뜩 한곳을 노리며 그 굴비쪽 같은 얼굴에 말할 수 없이 애원하는 표정을 짓고는 키스를 기다리는 것같이 입을 쫑긋이 내어민 채 사내의 목청을 내어 가면서 아까의 말을 중얼거린다. 그러다가 그 넋두리가 끝날 겨를도 없이 급작스레 앵돌아서는 시늉을 내며 누구를 뿌리치는 듯이 연해 손짓을 하면서 이

번에는 톡톡 쏘는 계집의 음성을 지어,

　"난 싫어요. 당신 같은 사내는 난 싫어요."

하다가 제물에 자지러지게 웃는다. 그러더니 문득 편지 한 장(물
론 기숙생에게 온 '러브레터'의 하나)을 집어 들어 얼굴에 문지르며,

　"정 말씀이야요, 나를 그렇게 사랑하세요? 당신의 목숨같이

　나를 사랑하세요? 나를, 이 나를?"

하고 몸을 추스르는데 그 음성은 분명 울음의 가락을 띠었다.

　"에그머니, 저게 웬일이야!"

　첫째 처녀가 소곤거렸다.

　"아마 미쳤나 봐, 밤중에 혼자 일어나서 왜 저러고 있을까?"

　둘째 처녀가 맞방망이를 친다…….

　"에그 불쌍해!"

하고 셋째 처녀는 손으로 고인, 영문 모를 눈물을 씻었다.

제물에 그 자체가 스스로 하는 김에
맞방망이를 친다 '맞장구를 치다'의 의미. 남의 말에 덩달아 편든다

기숙사 사감을 하는 B여사는 사십이 가까운 노처녀입니다. 그는 주근깨투성이 얼굴에 처녀다운 맛이 전혀 없는 모습입니다. 뾰족한 입을 꼭 다물고 돋보기 안경너머로 쌀쌀한 눈으로 기숙생들을 노려보면 오싹하고 몸서리가 쳐질 정도였어요. B여사가 가장 싫어하고 미워하는 것은 '러브레터'입니다. 기숙생에게 오는 편지를 일일이 검토하고 '러브레터'도 B여사의 손에 들어갑니다. 그러면 불려가 문초를 받으며 사내란 믿지 못할 것이라는 등의 잔소리를 했어요. 어느 날 한밤중에 깔깔대는 웃음과 속삭이는 듯한 말소리가 들리기 시작하자 한방에서 자고 있던 세 여학생은 소리가 나는 곳으로 가 보았어요. 그 소리의 출처는 B여사의 방이었어요. B여사는 혼자서 사랑하는 남녀의 대화를 하고 있었지요.

B사감은 사십에 가까운 못생긴 노처녀로 성질
이 엄격하고 괴팍합니다. 겉으로는 본능을 감추
고 남자를 혐오하고 기피하는 독신주의자처럼
보이지만 내면으로는 이성을 갈구하는 성적심리
를 가지고 있지요. 하지만 나중에 그 본성이 드
러납니다. 이러한 이중적인 면 때문에 풍자의 대

상이 되는 것이지요. 기숙사의 한방에서 자던 세 처녀들은 B사감의 본
성을 발견하고 B사감을 정신병자로 생각합니다. 결국에는 애처로운 동
정심을 보입니다. 이 글은 B사감의 외양 묘사를 통해 성격을 제시하고
러브레터에 대한 B사감의 반감과 괴벽을 구체적으로 그림으로써 여성
의 이중적 갈등 심리를 잘 표현하고 있어요.

현진건(1900~1943)

1900년 대구에서 태어나 11세 때에 어머니가 돌아가시고 13세 때에 동경의 상성 중학에 입학하였어요. 16세 때 결혼을 하였으며 중국에서 공부하였어요. 1920년 개벽 11호에 〈희생화〉를 발표하고 작가 생활이 시작되었어요. 1921년 개벽 1월호에 〈빈처〉를 발표해 명성을 얻었어요. 1922년 〈백조〉동인이 되었고 1936년 동아일보 '일장기 말살사건'에 연루되어 옥고를 치르기도 했어요. 특히 〈운수 좋은 날〉과 같은 비극적인 현실을 사실적으로 그렸어요. 출옥 후 살림이 기울었고 부암동에서 양계를 하며 조용히 지냈어요. 1943년 44세 때 장결핵으로 세상을 떠났어요.

"그것이 어째 없을까?"

아내는 장문을 열고 무엇을 찾더니 입안 말로 중얼거린다.

"무엇이 없어?"

나는 우두커니 책상머리에 앉아서 책장만 뒤적뒤적하다가 물어 보았다.

"모본단 저고리가 하나 남았는데."

"……."

나는 그만 묵묵하였다.

아내가 그것을 찾아 무엇을 하려는 것을 앎이라. 오늘 밤에 옆집 할멈을 시켜 잡히려 하는 것이다.

이 이 년 동안에 돈 한푼 나는 데 없고 그대로 주리면 시장할 줄 알아 기구와 의복을 전당국 창고에 들이밀거나 고물상 한구석에 세워 두고 돈을 얻어 오는 수밖에 없었다.

지금 아내가 하나 남은 모본단 저고리를 찾는 것도 아침거리를 장만하려 함이다. 나는 입맛을 쩍쩍 다시고 폈던 책을 덮으며 "후우" 한숨을 내쉬었다.

봄은 벌써 반이나 지났건마는 이슬을 실은 듯한 밤 기운이 방 구석으로부터 슬금슬금 기어 나와 사람에게 안기고, 비가 오는 까닭인지 밤은 아직 깊지 않건만 인적조차 끊어지고 온 천지가 빈 듯이 고요한데 투닥투닥 떨어지는 빗소리가 한없는 구슬픈 생각을 자아낸다.

모본단 비단의 하나. 정밀하고 윤이 나며 무늬가 아름다움
묵묵하였다 말이 없이 잠잠하였다

"빌어먹을 것 되는 대로 되어라."

나는 점점 견딜 수 없어 두 손으로 흩어진 머리카락을 쓰다듬어 올리며 중얼거려 보았다.

이 말이 더욱 처량한 생각을 일으킨다. 나는 또 한 번,

"후우—."

한숨은 내쉬며 왼팔을 베고 책상에 쓰러지며 눈을 감았다.

이 순간에 오늘 지낸 일이 불현듯 생각이 난다.

늦게야 점심을 마치고 내가 막 궐련 한 개를 피워 물 적에 한성 은행 다니는 T가 공일이라고 찾아왔다.

친척은 다 멀지 않게 살아도 가난한 꼴을 보이기도 싫고 찾아갈 적마다 무엇을 꾸어 내라고 조르지도 아니하였건만, 행여나 무슨 구차한 소리를 할까 봐서 미리 방패막이를 하고 눈살을 찌푸리는 듯하여 나는 발을 끊고 따라서 찾아오는 이도 없었다.

다만 이 T는 촌수가 가까운 까닭인지 자주 우리를 방문하였다.

그는 성실하고 공순하여 소소한 소사에 슬퍼하고 기뻐하는 인물이었다.

동년배인 우리들은 늘 친척 간에 비교거리가 되었었다.

그리고 나의 평판이 항상 좋지 못했다.

"T는 돈을 알고 위인이 진실해서 그 애는 돈푼이나 모일 것이야! 그러나 K(내 이름)는 아무짝에도 못쓸 놈이야. 그 잘난 언

궐련 얇은 종이로 말아 놓은 담배

 섞어서 무어라고 끄적거려 놓고 제 주제에 무슨 조선에 유명한 문학가가 된다니! 시러베 아들놈!"

이것이 그네들의 평판이었다.

내가 문학인지 무엇인지 하는 소리가 까닭 없이 그네들의 비위에 틀린 것이다.

더군다나 나는 그네들의 생일이나 혹은 대사 때에 돈 한푼 이렇다는 일이 없고, T는 소위 착실히 돈벌이를 해 가지고 국수 밥소라나 보조를 하는 까닭이다.

"얼마 아니 되어 T는 잘살 것이고 K는 거지가 될 것이니 두고 보아!"

오촌 당숙은 이런 말씀까지 하였다 한다.

입 밖에는 아니 내어도 친부모 친형제까지라도 심중으로는 다 이렇게 생각할 것이다.

그래도 부모는 달라서 화가 나시면,

"네가 그리 하다가는 말경에 비렁뱅이가 되고 말 것이야."
라고 꾸중은 하셔도,

"사람이란 늦복 모르느니라."

"그런 사람은 또 그렇게 되느니라."
하시는 것이 스스로 위로하는 말씀이고 또 며느리를 위로하는 말씀이었다.

이것을 보아도 하는 수 없는 놈이라고 단념을 하시면서 그래

언문 한글을 낮추어 부르는 말　시러베 아들 '실없는 사람'을 속되게 일컫는 말
밥소라 밥, 떡국, 국수 등을 담는 큰 놋그릇

도 잘되기를 바라시고 축원하시는 것을 알겠더라.

하여간 이만하면 T의 사람됨을 족히 알 수가 있다.

그리고 그가 우리 집에 올 것 같으면 지어서 쾌활하게 웃으며 힘써 재미스러운 이야기를 하였다.

단둘이 고적하게 그날그날을 보내는 우리에게는 더할 수 없이 반가웠었다.

오늘도 그가 활발하게 집에 쑥 들어오더니 신문지에 싼 기름 한 것을 '이것 봐라' 하는 듯이 마루 위에 올려놓고 분주히 구두 끈을 끄른다.

"이것이 무엇인가."

나는 물어 보았다.

"저어, 제 처의 양산이야요. 쓰던 것이 벌써 낡았고 또 살이 부러졌다나요."

그는 구두를 벗고 마루에 올라서며 나오는 웃음을 참지 못하여 벙글벙글하면서 대답을 한다.

그는 나의 아내를 돌아보며 돌연히,

"아주머니 좀 구경하시렵니까?"

하더니 싼 종이와 집을 벗기고 양산을 펴 보인다. 흰 비단 바탕에 두어 가지 매화를 수놓은 양산이었다.

"검정이는 좋은 것이 많아도 너무 칙칙해 보이고…… 회색이나 누렁이는 하나도 그것이야 싶은 것이 없어서 이것을 산걸요."

그는 '이것보다도 더 좋은 것을 살 수가 있다.' 하는 뜻을 보이려고 애를 쓰며 이런 발명까지 한다.

"이것도 퍽 좋은데요."

이런 칭찬을 하면서 양산을 펴 들고 이리저리 홀린 듯이 들여다보고 있는 아내의 눈에는,

'나도 이런 것을 하나 가졌으면…….'

하는 생각이 역력히 보인다.

나는 갑자기 불쾌한 생각이 와락 일어나서 방으로 들어오며 아내의 양산 보는 양을 빙그레 웃고 바라보고 있는 T에게,

<hr>

발명 죄나 잘못이 없음을 변명하여 밝힘

“여보게, 방에 들어오게그려, 우리 이야기나 하세.”

T는 따라 들어와 물가 폭등에 대한 이야기며, 자기의 월급이 오른 이야기며, 주권을 몇 주 사 두었더니 꽤 이익이 남았다든가, 각 은행 사무원 경기회에서 자기가 우월한 성적을 얻었다든가, 이런 것 저런 것 한참 이야기하다가 돌아갔었다.

T를 보내고 책상을 향하여 짓던 소설의 결미를 생각하고 있을 즈음에,

“여보!”

아내의 떠는 목소리가 바로 내 귀 곁에서 들린다.

핏기 없는 얼굴에 살짝 붉은 빛이 돌며 어느 결에 내 곁에 바짝 다가앉았더라.

“당신도 살 도리를 좀 하세요.”

“…….”

나는 ‘또 시작하는구나’ 하는 생각이 번개같이 머리에 번쩍이며 불쾌한 생각이 벌컥 일어난다.

그러나 무어라고 대답할 말이 없이 묵묵히 있었다.

“우리도 남과 같이 살아 보아야지요.”

아내가 T의 양산에 단단히 자극을 받은 것이다.

예술가의 처 노릇을 하려는 독특한 결심이 있는 그는 좀처럼 이런 소리를 입 밖으로 내지 아니하였다.

그러나 무엇에 상당한 자극만 받으면 참고 참았던 이런 소리

를 하게 되는 것이다.

나도 이런 소리를 들을 적마다 '그럴 만도 하다'는 동정심이 없지 아니하나 심사가 어쩐지 좋지 못하였다.

이번에도 '그럴 만도 하다'는 동정심이 없지 아니하되 또한 불쾌한 생각을 억제키 어려웠다.

잠깐 있다가 불쾌한 빛을 나타내며,

"급작스럽게 살 도리를 하라면 어찌할 수가 있소. 차차 될 때가 있겠지!"

"아이구, 차차란 말씀은 그만두구려, 어느 천년에."

아내의 얼굴에 붉은 빛이 짙어지며 전에 없던 흥분한 어조로 이런 말까지 하였다.

자세히 보니 두 눈에 은은히 눈물이 고이었더라.

나는 잠시 멍멍하게 있었다.

성낸 불길이 치받쳐 올라온다.

나는 참을 수 없었다.

"막벌이꾼한테 시집을 갈 것이지, 누가 내게 시집을 오랬소! 저 따위가 예술가의 처가 다 뭐야!"

사나운 어조로 몰풍스럽게 소리를 꽥 질렀다.

"에그……!"

살짝 얼굴빛이 변해지며 어이없이 나를 보더니 고개가 점점 수그러지며 한 방울 두 방울 방울방울 눈물이 장판 위에 떨어진

다.

나는 이런 일을 가슴에 그리며 그래도 내일 아침거리를 장만하려고 옷을 찾는 아내의 심중을 생각해 보니 말할 수 없는 슬픈 생각이 가을 바람과 같이 설렁설렁 심골을 분지르는 것 같다.

쓸쓸한 빗소리는 굵었다 가늘었다 의연히 적적한 밤공기에 더욱 처량히 들리고 그을음 앉은 등피 속에서 비치는 불빛은 구름에 가린 달빛처럼 우는 듯 조는 듯, 구차히 얻어 산 몇 권 양책의 표제 금자가 번쩍거린다.

장 앞에 초연히 서 있던 아내가 무엇이 생각났는지 고개를 끄덕끄덕하며 들릴 듯 말 듯 목안의 소리로,

"오호…… 옳지 참 그 날…….."

"찾았소?"

"아니야요, 벌써…… 저 인천 사시는 형님이 오셨던 날…….."

아내가 애써 찾던 그것도 벌써 전당포의 고운 먼지가 앉았구나! 종지 하나라도 차근차근 아랑곳하는 아내가 그것을 잡혔는지 안 잡혔는지 모르는 것을 보면 빈곤이 얼마나 그의 정신을 물어뜯었는지 가히 알겠다.

"……."

"……."

한참 동안 서로 아무 말이 없었다.

가슴이 어째 답답해지며 누구하고 싸움이나 좀 해보았으면,

실컷 맞아 보았으면 하는 일종의 이상한 감정이 부글부글 피어
오르며 전신에 이가 스멀스멀 기어다니는 듯 옷이 어째 몸에 끼
이며 견딜 수가 없다.

나는 이런 감정을 노골적으로 드러내며,

"점점 구차한 살림에 싫증이 나서 못 견디겠지?"

아내는 무엇을 생각하는지 모르게 정신을 잃고 섰다가 그 거
슴츠레한 눈이 둥그래지며,

"네에? 어째서요?"

"무얼, 그렇지."

"싫은 생각은 조금도 없어요."

이렇게 말이 오락가락함을 따라 나는 흥분의 도가 점점 짙어
간다.

그래서 아내가 떨리는 소리로,

"어째 그런 줄 아세요?"

하고 반문할 적에,

"나를 숙맥으로 알우?"

라고, 격렬하게 소리를 높였다.

아내는 살짝 분한 빛이 눈에 비치어 물끄러미 나를 들여다본
다.

나는 괘씸하다는 듯이 흘겨보며,

"그러면 그것 모를까! 오늘까지 잘 참아 오더니 인제는 점점

숙맥 어리석고 못난 사람을 비유하는 말

기색이 달라지는 걸 뭐! 물론 그럴 만도 하지마는!"

이런 말을 하는 내 가슴에는 지난 일이 활동 사진 모양으로 얼른얼른 나타난다.

육 년 전에(그 때 나는 십육 세이고 저는 십팔 세였다.) 우리가 결혼한 지 얼마 아니 되어 지식에 목마른 나는 지식의 바닷물을 얻어 마시려고 표연히 집을 떠났었다.

광풍에 나부끼는 버들잎 모양으로 오늘은 지나, 내일은 일본으로 굴러다니다가, 금전의 탓으로, 지식의 바닷물도 흠씬 마셔 보지도 못하고 반거들충이가 되어 집에 돌아오고 말았다.

그가 시집올 때에는 방글방글 피려는 꽃봉오리 같던 아내가 어느 겨를에 기울어 가는 꽃처럼 두 뺨에 선연한 빛이 스러지고 벌써 두어 금 가는 줄이 그리어졌다.

처가 덕으로 집칸도 장만하고 세간도 얻어 우리는 소위 살림을 하게 되었다.

처음에는 그럭저럭 지내었지마는 한푼 나는 데 없는 살림이라 한 달 가고 두 달 갈수록 점점 곤란해질 따름이었다. 나는 보수 없는 독서와 가치 없는 창작으로 해가 지며, 날이 새며, 쌀이 있는지 나무가 있는지 망연케 몰랐다.

그래도 때때로 맛있는 반찬이 상에 오르고 입은 옷이 과히 추하지 아니함은 전혀 아내의 힘이었다.

전들 무슨 벌이가 있으리요, 부끄럼을 무릅쓰고 친가에 가서 눈치를 보아 가며, 구차한 소리를 하여 가지고 얻어 온 것이었다.

　그것도 한두 번 말이지 장구한 세월에 어찌 늘 그럴 수가 있으랴! 말경에는 아내가 가져온 세간과 의복에 손을 대는 수밖에 없었다.

　잡히고 파는 것도 나는 알은 체도 아니 하였다.

　그가 애를 쓰며 퉁명스러운 옆집 할멈에게 돈푼을 주고 시켰었다.

　이런 고생을 하면서도 그는 나의 성공만 마음속으로 깊이깊이 믿고 빌었었다.

　어느 때에는 내가 무엇을 짓다가 마음에 맞지 아니하여 쓰던 것을 집어 던지고 화를 낼 적에,

　"왜 마음을 조급하게 잡수세요! 저는 꼭 당신의 이름이 세상에 빛날 날이 있을 줄 믿어요. 우리가 이렇게 고생을 하는 것이 장차 잘될 근본이야요."

하고 그는 스스로 흥분되어 눈물을 흘리며 나를 위로하는 적도 있었다.

　내가 외국으로 다닐 때에 소위 신풍조에 띄어 까닭 없이 구식 여자가 싫어졌다.

　그래서 나는 일찍이 장가든 것을 매우 후회하였다.

　어떤 남학생과 어떤 여학생이 서로 연애를 주고받고 한다는 이야기를 들을 적마다 공연히 가슴이 뛰놀며 부럽기도 하고 비

신풍조 새로운 풍조

감스럽기도 하였다.

그러나 낫살이 들어갈수록 그런 생각도 없어지고 집에 돌아와 아내를 겪어 보니 의외에 그에게 따뜻한 맛과 순결한 맛을 발견하였다.

그의 사랑이야말로 이기적 사랑이 아니고 헌신적 사랑이었다.

이런 줄을 점점 깨닫게 될 때에 내 마음이 얼마나 행복스러웠으랴! 밤이 깊도록 다듬이를 하다가 그만 옷입은 채로 쓰러져 곤하게 자는 그의 파리한 얼굴을 들여다보며,

'아아, 나에게 위안을 주고 원조를 주는 천사여!'
하고 감격이 극하여 눈물을 흘린 일도 있었다.

내가 아다시피 내가 별로 천품은 없으나 어쨌든 무슨 저작가로 몸을 세워 보았으면 하여 나날이 창작과 독서에 전심력을 바쳤다. 물론 아직 남에게 인정될 가치는 없는 것이다.

그 영향으로 자연 일상 생활이 말유하게 되었다.

이런 곤란에 그는 근 이 년 견디어 왔건만 나의 하는 일은 오히려 아무 보람이 없고 방안에 놓였던 세간이 줄어지고 장롱에 찼던 옷이 거의 다 없어졌을 뿐이다.

그 결과 그다지 견딜 성 있던 그도 요사이 와서는 때때로 쓸데없는 탄식을 하게 되었다.

손잡이를 잡고 마루 끝에 우두커니 서서 하염없이 먼 산만 바라보기도 하며 바느질을 하다 말고 실신한 사람 모양으로 멍멍

천품 자기의 품성이나 자질을 낮추어 이르는 말
말유하게 길이 없게. 어찌할 도리가 없게

히 앉았기도 하였다.

창경으로 비치는 어스름한 햇빛에 나는 흔히 그의 눈물 머금은 근심 있는 눈을 발견하였다.

이럴 때에는 말할 수 없는 쓸쓸한 생각이 들며 일없이,

"마누라!"

하고 부르면 그는 몸을 움칫하고 고개를 저리 돌리어 치맛자락

창경 창문에 단 유리

으로 눈물을 씻으며,

"네에?"

하고 울음에 떨리는 가는 대답을 한다. 나는 등에 물을 끼얹는 듯 몸이 으쓱해지며 처량한 생각이 싸늘하게 가슴에 흘렀다.

그러지 않아도 자비하기 쉬운 마음이 더욱 심해지며,

'내가 무자격한 탓이다.'

하고 스스로 멸시를 하고 나니 더욱 견딜 수 없다.

'그럴 만도 하다.'

는 동정심이 없지 아니하되 그래도 그만 불쾌한 생각이 일어나며,

"계집이란 할 수 없어."

혼자 이런 불평을 중얼거리었다.

환등 모양으로 하나씩 둘씩 이런 일이 가슴에 나타나니 무어라고 말할 용기조차 없어졌다.

나의 유일의 신앙자이고 위로자이던 저까지 인제는 나를 아니 믿게 되었다.

그는 마음속으로,

'네가 육 년 동안 내 살을 깎고 저미었구나! 이 원수야.'

할 것이다. 이렇게 생각하매 그의 불 같던 사랑까지 없어져 가는 것 같았다. 아니 흔적도 없이 사라지고 만 것 같았다.

나는 감상적으로 허둥허둥하며,

자비 스스로 자기 자신을 낮추는 것
환등 그림 사진 실물따위에 강한 불빛을 비치어 그 반사광을 렌즈에 의해서 확대염사하는 틀

"낸들 마누라를 고생시키고 싶어 시켰겠소! 비단옷도 해주고 싶고 좋은 양산도 사 주고 싶어요! 그러길래 왼종일 쉬지 않고 공부를 아니 하우. 남 보기에는 편편히 노는 것 같애도 실상은 그렇지 안해! 본들 모른단 말이오."

나는 점점 강한 가면을 벗고 약한 진상을 드러내며 이와 같은 가소로운 변명까지 하였다.

"온 세상 사람이 다 나를 비소하고 모욕하여도 상관이 없지만 마누라까지 나를 아니 믿어 주면 어찌한단 말이오."

내 말에 스스로 자극이 되어 가지고 마침내,

"아아!"

길이 탄식을 하고 그만 쓰러졌다.

이 순간에 고개를 숙이고 아마 하염없이 입술만 물어뜯고 있던 아내가 홀연,

"여보!"

울음소리를 떨면서 무너지는 듯이 내 얼굴에 쓰러진다.

"용서⋯⋯."

하고는 북받쳐 나오는 울음에 말이 막히고 불덩이 같은 두 뺨이 내 얼굴을 누르고 흑흑 느끼어 운다.

그의 두 눈으로부터 샘솟듯 하는 눈물이 제 뺨과 내 뺨 사이를 따뜻하게 젖어 퍼진다.

내 눈에서도 눈물이 흘러내린다.

뒤숭숭하던 생각이 다 이 뜨거운 눈물에 봄눈 슬듯 스러지고 말았다.

한참 있다가 우리는 눈물을 씻었다.

내 속이 얼마큼 시원한지 몰랐다.

"용서하여 주세요! 그렇게 생각하실 줄은 참 몰랐어요."

이런 말을 하는 아내는 눈물에 부어 오른 눈꺼풀을 아픈 듯이 꿈적거린다.

"암만 구차하기로니 싫증이야 날까요! 나는 한번 먹은 맘이 있는데."

가만가만히 변명을 하는 아내의 눈물 흔적이 어룽어룽한 얼굴을 바라보며 겨우 심신이 가뜬하였다.

어제 일로 심신이 피곤하였던지 그 이튿날 늦게야 잠을 깨니 간밤에 오던 비는 어느 결에 그치었고 명랑한 햇발이 미닫이에 높았더라.

아내가 다시금 장문을 열고 잡힐 것을 찾을 즈음에 누가 중문을 열고 들어온다.

우리는 누군가 하고 귀를 기울일 적에 밖에서,

"아씨!"

하는 소리가 들렸다.

아내는 급히 방문을 열고 나갔다.

그는 처가에서 부리는 할멈이었다.

장문 장에 달린 문

오늘이 장인 생신이라고 어서 오라는 말을 전한다.

"오늘이야? 참 옳지, 오늘이 이월 열엿샛날이지, 나는 깜빡 잊었어!"

"원 아씨는 딱도 하십니다. 어쩌면 아버님 생신을 잊는단 말씀이야요. 아무리 살림이 재미가 나시더래도!"

시큰둥한 할멈은 선웃음을 쳐가며 이런 소리를 한다.

가난한 살림에 골몰하느라고 자기 친부의 생신까지 잊었는가 하매 아내의 정지가 더욱 측은하였다.

"오늘이 본가 아버님 생신이라요. 어서 오시라는데……."

"어서 가구려……."

"당신도 가셔야지요. 우리 같이 가세요."

하고 아내는 하염없이 얼굴을 붉힌다.

나는 처가에 가기가 매우 싫었었다. 그러나 아니 가는 것도 내 도리가 아닐 듯하여 하는 수 없이 두루마기를 입었다.

아내는 머뭇머뭇하며 양미간을 보일 듯 말 듯 찡그리다가 곁눈으로 나를 살짝 엿보더니 돌아서서 급히 장문을 연다.

'흥, 입을 옷이 없어서 망설이는구나.'

나도 슬쩍 돌아서며 생각하였다.

우리는 서로 등지고 섰건만 그래도 아내가 거의 다 빈 장 안을 들여다보며 입을 만한 옷이 없어서 눈살을 찌푸린 양이 눈앞에 선연함을 어찌할 수가 없었다.

선웃음 우습지도 않은데 억지로 웃는 웃음   정지 딱한 사정에 있는 불쌍한 처지
선연함 생생하여 매우 또렷함

"자아, 가세요."

무엇을 생각하는지 모르게 정신을 잃고 섰다가 아내의 부르는 소리를 듣고 나는 기계적으로 고개를 돌리었다.

아내는 당목옷으로 갈아입고 내 마음을 알았던지 나를 위로하는 듯이 빙그레 웃는다.

나는 더욱 쓸쓸하였다.

우리 집은 천변 배다리 곁이었고 처가는 안국동에 있어 그 거리가 꽤 멀었다.

나는 천천히 가노라 하고 아내는 속히 오노라고 오건마는 그는 늘 뒤떨어졌다.

내가 한참 가다가 뒤를 돌아다보면 그는 늘 멀리 떨어져 나를 따라오려고 애를 쓰며 주춤주춤 걸어온다.

길가에 다니는 어느 여자를 보아도 거의 다 비단옷을 입고 고운 신을 신었는데 당목옷을 허술하게 차리고 청록 당혜로 타박타박 걸어오는 양이 나에게 얼마나 애연한 생각을 일으켰는지! 한참만에 나는 넓고 높은 처갓집 대문에 다다랐다.

내가 안으로 들어갈 적에 낯선 사람들이 나를 흘끔흘끔 본다.

그들의 눈에,

'이 사람이 누구인가. 아마 이 집 하인인가 보다.'

하는 경멸히 여기는 빛이 있는 것 같았다.

안 대청 가까이 들어오니 내게 분분히 인사를 한다.

당목옷 되게 드린 무명실로 폭이 넓고 바닥을 곱게 짠 옷
당혜 가죽신의 하나. 울이 깊고 코가 작으며 앞코와 뒤에 당초문을 새겼음
애연한 슬픈 듯한

　그 인사하는 소리가 내 귀에는 어째 비소하는 것 같기도 하고 모욕하는 것 같기도 하여 공연히 가슴이 두근거리고 얼굴이 후끈거린다.

　그 중에 제일 내게 친숙하게 인사하는 사람이 있다.

　그는 아내보다 삼 년 맏인 처형이었다.

　내가 어려서 장가를 들었으므로 그 때 그는 나를 못 견디게 시달렸다.

　그 때는 그게 싫기도 하고 밉기도 하더니 지금 와서는 그 때 그러한 것이 도리어 우리를 무관하게 정답게 만들었다.

　그는 인천 사는데 자기 남편이 기미를 하여 가지고 이번에 돈 십만 원이나 착실히 땄다 한다.

　그는 자기의 잘사는 것을 자랑하고자 함인지 비단을 내리 감고 얼굴에 부유한 태가 질질 흐른다.

　그러나 분으로 숨기려고 애쓴 보람도 없이 눈 위에 퍼렇게 멍든 것이 내 눈에 띄었다.

　"왜 마누라는 어쩌고 혼자 오세요?"

　그는 웃으며 이런 말을 하다가 중문 편을 바라보더니,

　"그러면 그렇지! 동부인 아니 하고 오실라구."

　혼자 주고받고 한다.

　나도 이 말을 듣고 슬쩍 돌아다보니 아내가 벌써 중문 앞에 들어섰다.

그 수척한 얼굴이 더욱 수척해 보이며 눈물 고인 듯한 눈이 하염없이 웃는다.

나는 유심히 그와 아내를 번갈아 보았다.

처음 보는 사람은 분간을 못하리만큼 그들의 얼굴은 혹사하다.

그런데 얼굴빛은 어쩌면 저렇게 틀리는가!

하나는 이글이글 만발한 꽃 같고 하나는 시들시들 마른 낙엽 같다.

아내를 형이라고, 처형을 아우라고 하였으면 아무라도 속을 것이다.

또 한 번 아내를 보며 말할 수 없는 쓸쓸한 생각이 다시금 가슴을 누른다. 딴 음식은 별로 먹지도 아니하고 못 먹는 술을 넉 잔이나 마시었다. 그래도 바늘방석에 앉은 것처럼 앉아 견딜 수가 없다. 집에 가려고 나는 몸을 일으켰다.

골치가 띵하며 내가 선 방바닥이 마치 폭풍에 도도하는 파도 같이 높았다 낮았다 어질어질해서 곧 쓰러질 것 같다.

이 거동을 보고 장모가 황망히 일어서며,

"술이 저렇게 취해 가지고 어데로 갈라구, 여기서 한잠 자고 가게."

나는 손을 내저으며,

"아니에요, 집에 가겠어요."

혹사하다 아주 많이 닮다
도도하는 물이 그득 퍼져 흘러가는 모양이 막힘이 없고 기운찬

취한 소리로 중얼거리었다.

"저를 어쩌나!"

장모는 걱정을 하시더니,

"할멈, 어서 인력거 한 채 불러오게."

한다.

취중에도 인력거를 태우지 말고 그 인력거 삯을 나를 주었으면 책 한 권을 사 보련만 하는 생각이 있었다.

인력거를 타고 얼마 아니 가서 그만 잠이 들었다.

한참 자다가 잠을 깨어 보니 방안에 벌써 남폿불이 켜졌는데 아내는 어느 결에 왔는지 외로이 앉아 바느질을 하고 화로에서 무엇이 끓는 소리가 보글보글하였다.

아내가 나의 잠 깬 것을 보더니 급히 화로에 얹힌 것을 만져 보며,

"인제 그만 일어나 진지를 잡수세요."

하고 부리나케 일어나 아랫목에 파묻어 둔 밥그릇을 꺼내어 미리 차려 둔 상에 얹어서 내 앞에 갖다 놓고 일변 화로를 당기어 더운 반찬을 집어 얹으며,

"자아 어서 일어나세요."

한다.

나는 마지못하여 하는 듯이 부스스 일어났다.

머리가 오히려 아프며 목이 몹시 말라서 국과 물을 연해 들이

켰다.

"물만 잡수셔서 어째요. 진지를 좀 잡수셔야지."

아내는 이런 근심을 하며 밥상머리에 앉아서 고기도 뜯어 주고 생선뼈도 추려 주었다.

이것도 다 오늘 처가에서 가져온 것이다.

나는 맛나게 밥 한 그릇을 다 먹었다.

내 밥상이 나매 아내가 밥을 먹기 시작한다.

그러면 지금껏 내 잠 깨기를 기다리고 밥을 먹지 아니하였구나 하고 오늘 처가에서 본 일을 생각하였다.

어제 일이 있는 후로 우리 사이에 무슨 벽이 생긴 듯하던 것이 그 벽이 점점 엷어져 가는 듯하며 가엾고 사랑스러운 생각이 일어났었다.

그래서 우리는 정답게 이런 이야기 저런 이야기를 하게 되었다.

우리의 이야기는 오늘 장인 생신 잔치로부터 처형 눈 위에 멍든 것에 옮겨 갔다.

처형의 남편이 이번 그 돈을 딴 뒤로는 주야 요리점과 기생집에 돌아다니더니 일전에 어떤 기생을 얻어 가지고 미쳐 날뛰며 집에만 들면 집안 사람을 들볶고 걸핏하면 처형을 친다 한다.

이번에도 별로 대단치 않은 일에 처형에게 밥상으로 냅다 갈겨 바로 눈 위에 그렇게 멍이 들었다 한다.

진지 밥의 높임말

"그것 보아, 돈푼이나 있으면 다 그런 것이야."

"정말 그래요. 없으면 없는 대로 살아도 의좋게 지내는 것이 행복이야요."

아내는 충심으로 공명해 주었다.

이 말을 들으매 내 마음은 말할 수 없이 만족해지면서 무슨 승리나 한 듯이 득의양양하였다. 그리고 마음 속으로,

'옳다, 그렇다. 이렇게 지내는 것이 행복이다.'

하였다.

이틀 뒤 해 어스름에 처형은 우리 집에 놀러 왔었다.

마침 내가 정신 없이 무엇을 생각하고 있을 즈음에 쓸쓸하게 닫혀 있는 중문이 찌긋둥하며 비단옷 소리가 사오락사오락 들리더니 아랫목은 내게 빼앗기고 윗목에서 바느질을 하고 있던 아내가 문을 열고 나간다.

"아이고 형님 오셔요."

아내의 인사하는 소리가 들리더니 처형이 계집 하인에게 무엇을 들리고 들어온다.

나도 반갑게 인사를 하였다.

"그 날 매우 욕을 보셨죠? 못 잡숫는 술을 무슨 짝에 그렇게 잡수세요."

그는 이런 인사를 하다가 급작스럽게 계집 하인이 든 것을 빼앗더니 신문지로 싼 것을 끄집어내어 아내를 주며,

충심 속에서 우러나는 참된 마음 공명 남의 행동이나 사상 등에 깊이 동감하는 것
득의양양 의기양양

"내 신 사는데 네 신도 한 켤레 샀다. 그 날 청록 당혜를……."

말을 하려다가 나를 곁눈으로 흘끗 보고 그만 입을 닫친다.

"그것을 왜 또 사셨어요."

해쓱한 얼굴에 꽃물을 들이며 아내가 치사하는 것도 들은 체 만 체하고 처형은 또 이야기를 시작한다.

"올 적에 사랑양반을 졸라서 돈 백 원을 얻었겠지. 그래서 오늘 종로에 나와서 옷감도 바꾸고 신도 사고……."

그는 자랑과 기쁨의 빛이 얼굴에 퍼지며 싼 보를 끌러,

"이런 것이야!"

하고 우리 앞에 펼쳐 놓는다.

자세히는 모르나 여하간 값 많은 품 좋은 비단인 듯하다.

무늬 없는 것, 무늬 있는 것, 회색, 초록색, 분홍색이 갖가지로 윤이 흐르며 색색이 빛이 나서 나는 한참 황홀하였다.

무슨 칭찬을 해야 되겠다 싶어서,

"참 좋은 것인데요."

이런 말을 하다가 나는 또 쓸쓸한 생각이 일어난다.

저것을 보는 아내의 심중이 어떠할까? 하는 의문이 문득 일어남이라.

"모다 좋은 것만 골라 샀습니다그려."

아내는 인사를 차리느라고 이런 칭찬을 하나마 별로 부러워하는 기색이 없다.

<hr>

청록 당혜 조선시대 부녀자가 신던 가죽신. 코와 뒷꿈치에 당초 무늬를 둘렀다

나는 적이 의외의 감이 있었다.

처형은 자기 남편의 흉을 보기 시작하였다.

그 밉살스럽다는 둥 그 추근추근하다둥 말끝마다 자기 남편의 불미한 점을 들다가 문득 이야기를 끊고 일어선다.

"왜 벌써 가시려고 하셔요, 모처럼 오셨다가. 반찬은 없어도 저녁이나 잡수세요."

하고 아내는 만류를 하니,

"아니 곧 가야지. 오늘 저녁 차로 떠날 것이니까 가서 짐을 매어야지. 아직 차 시간이 멀었어? 아니 그래도 정거장에 일찍이 나가야지. 만일 기차를 놓치면 오죽 기다리실라구, 벌써 오늘 저녁 차로 간다고 편지까지 했는데……."

재삼 만류함도 돌아보지 아니하고 그는 훌훌히 나간다.

우리는 그를 보고 방에 들어왔다.

"그까짓 것이 기다리는데 그다지 급급히 갈 것이 무엇이야."

아내는 하염없이 웃을 뿐이었다.

"그래도 옷감 바꿀 돈을 주었으니 기다리는 것이 애처롭기는 하겠지."

밉살스러우니, 추근추근하니 하여도 물질의 만족만 얻으면 그것으로 기뻐하고 위로하는 그의 생활이 참 가련하다 하였다.

"참, 그런가 봐요."

아내도 웃으며 내 말을 받는다.

불미 추잡스러워 아름답지 못함

이 때에 처형이 사 준 신이 그의 눈에 띄었는지(혹은 나를 꺼려, 보고 싶은 것을 참았는지 모르나) 그것을 집어 들고 조심조심 펴 보려다가 말고 머뭇머뭇한다.

그 속에 그를 해케 할 무슨 위험품이나 든 것같이.

"어서 펴 보구려."

아내는 이 말을 듣더니,

'작히 좋으랴.'

하는 듯이 활발하게 싼 신문지를 헤친다.

"퍽 이쁜걸요."

그는 근일에 드문 기쁜 소리를 치며 방바닥 위에 사뿐 내려놓고 버선을 당기며 곱게 신어 본다.

"어쩌면 이렇게 맞아요!"

연해 연방 감사를 부르짖는 그의 얼굴에 흔연한 희색이 넘쳐 흐른다.

"······."

묵묵히 아내의 기뻐하는 양을 보고 있는 나는 또 다시,

'여자란 할 수 없어'

하는 생각이 들며,

'조심하였을 따름이다.'

하매 밤빛 같은 검은 그림자가 가슴을 어둡게 하였다.

그러면 아까 처형의 옷감을 볼 적에도 물론 마음 속으로는 부러워하였을 것이다.

다만 표면에 드러내지 않았을 따름이다. 겨우,

'어서 펴 보구려.'

하는 한 마디에 가슴에 숨겼던 생각을 속임 없이 나타내는구나 하였다.

내가 무엇을 생각하고 있는지 저는 모르고 새 신 신은 발을 조금 쳐들며,

"신 모양이 어때요?"

"매우 이뻐!"

겉으로는 좋은 듯이 대답을 하였으나 마음은 쓸쓸하였다.

내가 제게 신 한 켤레를 사 주지 못하여 남에게 얻는 것으로

만족하고 기뻐하는 거다.

웬일인지 이번에는 그만 불쾌한 생각이 일어나지 아니하였다.

처형이 동서를 밉다거니 무엇이니 하면서도 기차를 놓치면 남편이 가다릴까 염려하여 급히 가던 것이 생각난다.

그것을 미루어 아내의 심사도 알 수가 있다.

부득이한 경우라 하릴없이 정신적 행복에만 만족하려고 애를 쓰지마는 기실 부족한 것이다.

다만 참을 따름이다.

그것은 내가 생각해야 된다.

이런 생각을 하니 그 날 아내에게 그런 말을 한 것이 후회가 났다.

'어느 때라도 제 은공을 갚아 줄 날이 있겠지!'

나는 마음을 너그러이 먹고 이런 생각을 하며 아내를 보았다.

"나도 어서 출세를 하여 비단 신 한 켤레쯤은 사 주게 되었으면 좋으련만……."

아내가 이런 말을 듣기는 참 처음이다.

"네에?"

아내는 제 귀를 못 미더워하는 듯이 의아한 눈으로 나를 보더니 얼굴에 살짝 열기가 오르며,

"얼마 안 되어 그렇게 될 것이야요!"

라고 힘있게 말하였다.

기실 그 실상

“정말 그럴 것 같소?”

나는 약간 흥분하여 반문하였다.

“그러믄요, 그렇고말고요.”

아직 아무도 인정해 주지 않는 무명 작가인 나를 저 하나만이 깊이깊이 인정해 준다.

그러기에 그 강한 물질에 대한 본능적 욕구도 참아 가며 오늘날까지 몹시 눈살을 찌푸리지 아니하고 나를 도와 준 것이다.

‘아아, 나에게 위안을 주고 원조를 주는 천사여!’

마음속으로 이렇게 부르짖으며 두 팔로 덥석 아내의 허리를 잡아 내 가슴에 바싹 안았다.

그 다음 순간에는 뜨거운 두 입술이…….

그의 눈에도 나의 눈에도 그렁그렁한 눈물이 물 끓듯 넘쳐흐른다.

위안 위로하여 마음을 편하게 함 원조 도와 줌

2년 동안 글만 쓰고 제대로 돈을 벌어오지 않는 나 때문에 아내는 집에 있는 물건들을 대부분 저당 잡히며 살았어요. 아내가 살 궁리를 하라고 말하면 나는 오히려 궁색한 변명을 늘어놓기만 했어요. 그러던 중 처갓집에서 장인어른 생신이라며 오라는 전갈을 받습니다. 모두가 모욕하는 듯한 느낌을 받지만 처형에게서만은 친숙감을 느껴요. 처형은 잘 살기는 하지만 남편에게 얻어맞고 집에 찾아와 남편 흉을 보다 돌아가곤 했어요. 그러면서 아내에게 신을 선물하고 돌아갑니다. 나는 아내에게 "나도 어서 출세를 하여 비단신 한 켤레쯤은 사주게 되었으면 좋으련만……." 하고 말하자 이런 말을 처음 들어본 아내는 기뻐하며 나를 격려합니다.

이 작품의 등장하는 인물 중 가장 두드러진 인물은 네 명입니다. 곧 나, 아내, 은행원 T, 처형이지요. 그러나 실상 이 작품을 이끌어 나가는 것은 정신과 물질 사이의 갈등입니다. 그리고 앞서의 네 사람은 각각 정신과 물질에 확실히 대응하는 행동을 보여 줍니다.

주인공 '나'는 소설가이고 가진 것이 없어요. 반면에 지식인인 은행원 T는 물질적으로 풍부하게 그려지면서 서로의 환경을 대비시킵니다. 가난을 인정하면서 남편을 믿고 따르는 아내가 있고 그 반대쪽에는 부유하지만 삶을 늘 불만족해 하는 처형이 놓여 있지요. 주인공 '나'의 궁색한 삶에 비하여 훨씬 넓고 높은 처갓집 대문이 또 '나'를 주눅 들게 만듭니다.

이 소설은 물질적 가치 지향보다 정신의 그것이 위에 있음을 암시하며 행복함으로 끝을 맺습니다.

돈(돼지)

이효석(1907~1942)

강원도 평창에서 태어났어요. 1930년 경성제국대학 법문학부 영문과를 졸업하였어요. 1925년 〈매일신보〉 신춘문예에 시 〈봄〉이 선외가작으로 뽑힌 일이 있으나 정식으로 활동을 시작한 것은 1928년 〈도시와 유령〉을 발표한 다음부터 입니다. 대학 졸업 후 1931년 경제적 곤란으로 총독부 경무국 검열계에 취직했으나 주위의 지탄을 받자 처가가 있는 경성으로 내려가 경성농업학교 영어 교사로 재직하였어요. 초기 작품은 〈노령근해〉, 〈상륙〉, 〈북국사신〉 등이 있어요. 1933년에는 구인회에 가입하여 활동하였어요.

이 시기에 〈산〉, 〈들〉, 〈메밀꽃 필 무렵〉, 〈석류〉, 〈개살구〉, 〈장미 병들다〉, 〈황제〉 등을 발표했어요. 1942년 뇌막염으로 병석에 눕게 되고, 29여일 후 36세의 나이로 요절하였어요.

옛성 모롱이 버드나무 까치 둥우리 위에 푸르뎅뎅한 하늘이 얕게 드리웠다. 토끼 우리에서는 하아얀 양토끼가 고슴도치 모양으로 까칠하게 웅크리고 있다. 능금나무 가지를 간들간들 흔들면서 벌판을 불어오는 바닷바람이 채 녹지 않은 눈 속에 덮인 종묘장 보리밭에 휩쓸려 돼지 우리에 모질게 부딪친다.

우리 밖 네 귀의 말뚝 안에 얽어매인 암돼지는 바람을 맞으면서 유난히 소리를 친다.

말뚝을 싸고도는 종묘장 씨돈은 시뻘건 입에 거품을 품으면서 말뚝의 뒤로 돌아 그 위에 덥석 앞다리를 걸었다.

시꺼먼 바위 밑에 눌린 자라 모양인 암돼지는 날카로운 비명을 울리며 전신을 요동한다. 미끄러진 씨돈은 게걸떡거리며 다시 말뚝을 싸고돈다. 앞뒤 우리에서 응하는 돼지들 고함에 오후의 종묘장은 떠들썩한다.

반시간이 넘어도 여의치 않았다. 둘러싸고 보던 사람들도 흥이 식어서 주춤주춤 움직인다. 여러 번째 말뚝 위에 덮쳤을 때에 육중한 힘에 말뚝이 와싹 무지러지면서 그 바람에 밑에 깔렸던 돼지는 말뚝의 테두리로 벗어져서 뛰어나갔다.

"어려서 안 되겠군."

종묘장 기수가 껄껄 웃는다.

"황소 앞에 암탉 같으니 징그러워서 볼 수 있나."

"겁을 먹고 달아나는데."

농부는 날쌔게 우리 옆을 돌아 뛰어가는 돼지의 앞을 막았다.

"달포 전에 한 번 왔다갔으나 씨가 붙지 않아서 또 끌고 왔는데요."

식이는 겸연쩍어서 얼굴이 붉어졌다.

"아무리 짐승이기로 저렇게 어리구야 씨가 붙을 수 있나."

농부의 말에 식이는 다시 얼굴을 붉혔다.

"빌어먹을 놈의 짐승."

무안도 무안이려니와 귀치않게 구는 짐승에 식이는 화를 버럭 내면서 농부의 부축을 하여 달아나는 돼지의 뒤를 쫓는다. 고무신이 진창에 빠지고 바지춤이 흘러내린다.

돼지의 허리를 맨 바를 붙들었을 때에 그는 홧김에 바를 뒤로 잡아 낚으며 기운껏 매질한다. 어린 짐승은 바들바들 뛰면서 소리를 친다. 농사 일 년의 생명선—좀 있으면 나올 제일기분세금과 첫여름 감자가 나올 때까지의 가족의 양식의 예산의 부담을 맡은 어린 짐승에 대한 측은한 뉘우침이 나중에는 필연코 나련마는 종묘장 사람들 앞에서의 무안을 못 이겨 식이의 흔드는 매는 자연 가련한 짐승 위에 잦게 내렸다.

"그만 갖다 매시오."

말뚝을 고쳐 든든히 박고 난 농부는 식이에게 손짓한다.

겁과 불안에 떨며 허둥거리는 짐승을 이번에는 한결 더 든든히 말뚝 안에 우겨 넣고 나뭇대를 가로질러 배까지 떠받쳐 올려

달포 한달 조금 넘는 동안   잦게 여러 차례 거듭되는

꼼짝 요동하지 못하게 탐탁하게 얽어매었다.

털몸을 근실근실 부딪치며 그의 곁을 감돌던 씨돈은 미처 식이의 손이 떨어지기도 전에 화차와도 같이 말뚝 위를 엄습한다. 시뻘건 입이 욕심에 목메어서 풀무같이 요란히 울린다. 깔린 암퇘지는 목이 찢어져라 날카롭게 고함친다.

둘러선 좌중은 일제히 웃음소리를 멈추고 일시 농담조차 잊은 듯하다.

문득 분이의 자태가 눈앞에 떠오르자. 식이는 말뚝에서 시선을 돌려 딴전을 보았다.

‘분이 고것, 지금 넌 어데 가 있는구.’

제이기분은새로에 일기분 세금조차 밀려오는 농가의 형편에 돼지보다 나은 부업이 없었다. 한 마리를 일 년 동안 충실히 기르면 세금도 세금이려니와 잔돈푼의 가용 용돈쯤은 훌륭히 우러나왔다. 이 돼지의 공용을 잘 아는 식이가 푼푼이 모은 돈으로 마을 사람들의 본을 받아 종묘장에서 갓난 양돼지 한 자웅을 사 온 것이 지난 여름이었다.

기름이 자르르 흐르는 새까만 자웅을 식이는 사람보다도 더 귀히 여겨 갓 사왔을 무렵에는 우리에 넣기가 아까워 그의 방 한 구석에 짚을 펴고 그 위에 재우기까지 하던 것이 젖이 그리워서 인지 한 달도 못 돼서 수놈이 죽었다.

나머지의 암놈을 식이는 애지중지하여 단 한 벌의 그의 밥그릇에 물을 받아 먹이기까지 하였다. 물도 먹지 않고 꿀꿀 앓을 때에는 그는 나무하러 가는 것도 그만두고 종일 짐승의 시중을 들었다. 여섯 달을 기르니 겨우 암돼지 티가 났다.

달포 전에 식이는 첫시험으로 십 리가 넘는 읍내 종묘장까지 끌고 왔었다. 피돈 오십 전이나 내서 씨를 받은 것이 종시 붙지 않았다. 식이는 화가 났다. 때마침 정을 두고 지내던 이웃집 분이가 어디론지 도망을 갔다. 식이는 속이 상해서 며칠 동안 일이 손에 잡히지 않았다.

늘 뾰로통해서 쌀쌀하게 대꾸하더니 그 고운 살을 한 번도 허

락하지 않고 늙은 아비를 혼자 둔 채 기어코 도망을 가버렸구나 생각하니 분이가 괘씸하였다. 그러나 속 깊은 박 초시의 일이니 자기 딸 조처에 무슨 꿍꿍이 수작을 대었는지 도무지 모를 노릇이었다.

청진으로 갔느니, 서울로 갔느니, 며칠 전에 박 초시에게 돈 십 원이 왔느니, 소문은 갈피갈피였으나 하나도 종잡을 수 없었다. 이래저래 상할 대로 속이 상했다. 능금꽃 같은 두 볼을 잘강잘강 씹어 먹고 싶던 분이인만큼 식이는 오늘까지 솟아오르는 심화를 억제할 수 없었다.

"다 됐군."

딴전만 보고 섰던 식이는 농부의 목소리에 그 쪽을 보았다. 씨돋은 만족한 듯이 여전히 꿀꿀 짖으면서 그 곳을 떠나지 않고 빙빙 돈다.

파장 후의 광경이언만 분이의 그림자가 눈앞에 어른거리는 식이는 몹시도 겸연쩍었다. 잠자코 섰는 까칠한 암퇘지와 분이의 자태가 서로 얽혀서 그의 머리속에 추근하게 떠올랐다. 음란한 잡담과 허리 꺾는 웃음소리에 얼굴이 더한층 붉어졌다.

환영을 떨쳐 버리려고 애쓰면서 식이는 얽어매었던 돼지를 풀기 시작하였다. 농부는 여전히 게걸떡거리며 어른어른 싸도는 욕심 많은 씨돋을 몰아 우리 속에 가두었다.

"이번에는 틀림없겠지."

<hr>

갈피갈피 여러 개의 갈피로　　심화 마음속에서 복받쳐 오르는 화

장부에 이름을 올리고 오십 전을 치러 주고 종묘장을 나오니 오후의 해가 느지막하였다.

능금밭 건너편 양옥 관사의 지붕이 흐린 석양에 푸르둥둥하게 빛난다. 옛성 어귀에는 성 안으로 드나드는 장꾼의 그림자가 어른어른한다. 성 안에서 한 채의 버스가 나오더니 폭넓은 이등 도로를 요란히 달려온다.

돼지를 몰고 길 왼편으로 피한 식이는 퍼뜩 지나가는 버스 안을 흘끗 살펴본다. 분이를 잃은 후로부터는 그는 달아나는 버스 안까지 조심스럽게 살피게 되었다. 일전에 라남에서 버스 차장 시험이 있었다더니 그런 데로나 뽑혀 들어가지 않았을까? 분이의 간 길을 이렇게도 상상하여 보았기 때문이다.

'장이나 한 바퀴 돌아 올까?'

북문 어귀 성 밑 돌 틈에 돼지를 매놓고 식이는 성을 들어가 남문 거리로 향하였다.

분이가 없는 이제, 장꾼의 눈을 피하여 으슥한 가게 앞에 가서 겸연쩍은 태도로 매화분을 살 필요도 없어진 식이는 석유 한 병과 마른 명태 몇 마리를 사들고 장판을 오르락내리락하였다. 한 동리 사람들의 그림자도 눈에 띄지 않기에 그는 곧게 성 밖으로 나와 마을로 향하였다.

어기적거리며 돼지의 걸음이 올 때만큼 재지 못하였다. 그러나 이제 매질할 용기는 없었다.

철로를 끼고 올라가 정거장 앞을 지나 오촌포 한길에 나서니 장 보고 돌아가는 사람들의 그림자가 드문드문 보인다. 산모퉁이가 바닷바람을 막아 아늑한 저녁빛이 한길 위를 덮었다. 먼 산 위에는 전기의 고가선이 솟고 산 밑을 물줄기가 돌아내렸다.

온천 가는 넓은 도로가 철로와 나란히 누워서 남쪽으로 줄기차게 뻗쳤다. 저물어 가는 강산 속에 아득하게 뻗친 이 두 줄기의 길이 새삼스럽게 식이의 마음을 끌었다.

걸어가는 그의 등뒤에서는 산모퉁이를 돌아오는 기차 소리가 아련히 들린다. 별안간 식이에게는 이상한 생각이 들었다.

'이 길로 아무 데로나 달아날까.'

장에 가서 돼지를 팔면 노자가 되겠지. 차 타고 노자가 자라는 곳까지 달아나면 그곳에 곧 분이가 있지 않을까. 어디서 들었는지 공장에 들어가기가 분이의 소원이더니 그 곳에서 여직공 노릇 하는 분이와 만나 나도 노동자가 되어 같이 살면 오죽 재미있을까.

공장에서 버는 돈을 달마다 고향에 부치면 아버지도 더 고생할 것 없겠지. 돼지를 방에서 기르지 않아도 좋고 세금 못 냈다고 면소 서기들한테 밥솥을 뺏길 염려도 없을 터이지. 농사같이 초라한 업이 세상에 또 있을까. 아무리 부지런히 일해도 못살기는 일반이니…… 분이 있는 곳이 어디인가……. 돼지를 팔면 얼마나 받을까. 이 돼지, 암돼지, 양돼지…….

노자 먼길을 오고 가는데 드는 돈

"앗!"

날카로운 소리에 번쩍 정신이 깨었다.

찬바람이 휙 앞을 스치고 불시에 일신이 딴 세상에 뜬 것 같
다. 눈 보이지 않고, 귀 들리지 않고—잠시간 전신이 죽고 감각
이 없어졌다. 캄캄하던 눈앞이 차차 밝아지며 거물거물 움직이
는 것이 보이고 귀가 뚫리며 요란한 음향이 전신을 쓸어 없앨 듯
이 우렁차게 들렸다—우레 소리가…… 바다 소리가…… 바퀴 소
리가…… 별안간 눈앞이 환해지더니 열차의 마지막 바퀴가 쏜살

일신 한 몸

같이 눈앞을 달아났다.

"앗, 기차!"

다 지나간 이제 식이는 정신이 아찔하며 몸이 부르르 떨린다.

진땀이 나는 대신 소름이 쭉 돋는다. 전신이 불시에 빈 듯이 거뿐하다. 글자대로 전신은 비었다. 한쪽 팔에 들었던 석유병도 명태 마리도 간 곳이 없고 바른손으로 이끌던 돼지도 종적이 없다.

"아, 돼지!"

"돼지구 무어구 미친놈이지, 어디라고 후미끼리를 막 건너."

따귀를 철썩 맞고 바라보니 철로 망보는 사람이 성난 얼굴로 그를 노리고 섰다.

"돼지는 어찌 됐단 말이요."

"어젯밤 꿈 잘 꾸었지. 네 몸 안 치인 것이 다행이다."

"아니 그럼 돼지가 치었단 말요."

"다음부터 차에 주의해!"

독하게 쏘아붙이면서 철로 망꾼은 식이의 팔을 잡아 낚아 후미끼리 밖으로 끌어냈다.

"아, 돼지가 치었다니. 두 번이나 종묘장에 가서 씨 받은 내 돼지 암퇘지, 양돼지……."

엉겁결에 외치면서 훑어보았으나 피 한 방울 찾아볼 수 없다. 흔적조차 없다니—기차가 달랑 들고 간 것 같아서 아득한 철로

위를 바라보았으나 기차는 벌써 그림자조차 없다.

'한 방에서 잠재우고 한 그릇의 물 먹여서 기른 돼지, 불쌍한 돼지…….'

정신이 아찔하고 일신이 허전하여서 식이는 금시에 그 자리에 푹 쓰러질 것도 같았다.

주인공 식이는 푼푼이 모은 돈으로 돼지 한쌍을 사다가 길렀으나 수놈은 죽고 겨우 암놈만 살아 남았어요. 암퇘지를 여섯 달을 길러서 십 리가 넘는 종축장까지 끌고 가 씨돼지에게 맡겼으나 너무 어린 탓에 돈만 버리고 실패했어요. 달포 가 지나 육중한 수놈에게 붙여서 겨우 성사가 되었지요. 식이는 암놈이 고난을 당하는 동안 구경꾼들이 낄낄거리는 음담 속에서 달아나 버린 분이가 어쩌면 버스 차장이 되었을지도 모른 다고 생각합니다. 집으로 돌아오면서 기차를 타고 분이를 찾고 싶다는 생각에 잠겨 정신없이 기찻길을 건너는 순간 돼지는 기차에 깔려 버리고 맙니다.

작가는 이 작품으로 인간과 자연의 교감을 서정적 문장으로 구사하기 시작했어요. 간결한 문체와 돼지를 통해 인간의 성적인 애욕을 나타내는 작품입니다. 여기서는 동물들의 생식이 결코 추잡한 것이 아니라 가장 순수하고 아름답다는 것을 나타내지요. 식이의 상상 속에 분이는 암퇘지로 생각을 하고 결국 돼지를 잃어버림으로써 분이와는 끝내 맺을 수 없는 인연으로 여기며 상심합니다. 당시의 어려운 농촌을 떠나 도시로 나간 분이를 통해 경제적으로 어려움을 겪고 있는 농촌의 모습을 보여 주고 있어요.